S0-CAJ-836

AU NOM DU CŒUR

DU MÊME AUTEUR
CHEZ POCKET

COUPS DE CŒUR
UN SI GRAND AMOUR
JOYAUX
DISPARU
LE CADEAU
ACCIDENT
NAISSANCES
PLEIN CIEL
CINQ JOURS À PARIS
LA FOUDRE
MALVEILLANCE
LA MAISON DES JOURS HEUREUX

DANIELLE STEEL

AU NOM DU CŒUR

PRESSES DE LA CITÉ

Titre original :
GOING HOME

Traduction d'Isabelle Marrast

La loi du 11 mars 1957 n'autorisant, aux termes des alinéas 2 et 3 de l'article 41 d'une part, que les *copies ou reproductions strictement réservées à l'usage privé du copiste et non destinées à une utilisation collective*, et, d'autre part, que les analyses et courtes citations dans un but d'exemple et d'illustration, *toute représentation ou reproduction intégrale ou partielle, faite sans le consentement de l'auteur ou de l'éditeur, ou de ses ayants droit ou ayants cause est illicite* (alinéa 1er de l'article 40). Cette représentation ou reproduction, par quelque procédé que ce soit, constituerait donc une contrefaçon sanctionnée par les articles 425 et suivants du Code pénal.

© 1973 by Danielle Steel
© 1986, Presses de la Cité, pour la traduction française.
© Presses de la Cité 1991, pour la présente édition

ISBN 2-266-08229-9

Maintenant, je reprends ce sentier qui me ramène chez moi.
Les chênes ont grandi ; longtemps, je suis partie,
Emportant avec moi ton souvenir et ton absence.
Mais je redescends aujourd'hui vers un jour plus serein.

Edna St. VINCENT MILLAY

CHAPITRE PREMIER

Vers neuf heures trente, par une belle matinée ensoleillée, je reçus un appel de l'agence de publicité Carson. Leur styliste était tombée malade, et ils avaient besoin de quelqu'un pour un tournage sur la côte. Etais-je disponible ? J'étais libre et le salaire était intéressant : cent vingt dollars, plus les frais. J'avais d'abord travaillé à New York avant de m'installer en Californie et j'avais bien fait. Cela les impressionnait et j'étais bien payée, sans compter que le travail était facile. Un ou deux tournages par semaine me suffisaient largement ; ajoutés à ma pension alimentaire, ils nous permettaient de bien vivre, à Samantha et moi. Il m'arrivait de rester plusieurs semaines sans travailler, mais nous nous en tirions quand même, et nous étions heureuses.

Nous avions quitté New York par une journée grise et pluvieuse, comme deux pionnières en partance vers un autre monde. J'avais vingt-huit ans, Samantha presque cinq, et nous étions toutes les deux effrayées. En route pour le Nouveau Monde ! Et nous partîmes pour San Francisco, où nous ne connaissions personne. Mais la vie y était agréable et je ne regrettais pas ma décision.

Nous étions installées depuis un peu moins de trois mois lorsque Carson m'appela pour un tournage sur la côte. Nous vivions dans un appartement minuscule dans une Marina, mais nous avions une vue splendide sur la baie et sur Sausalito. Par la fenêtre, je voyais les mâts des voiliers qui, amarrés au quai du Yacht Club, dansaient sur la mer. Lorsque je ne travaillais pas et qu'il faisait beau, j'emmenais Sam sur le petit bout de plage devant la maison et je m'étendais au soleil tandis qu'elle gambadait sur le sable. Je songeais qu'au même moment il neigeait encore à New York. Bien sûr, nous étions seules et encore très jeunes pour des pionnières, mais tout allait bien se passer. Lorsque je voyais ma fille bronzée et en pleine santé, et que je me regardais chaque matin dans mon miroir, je me disais que nous avions bien fait. J'avais rajeuni de dix ans, et puis j'étais en vie. Gillian Forrester venait de renaître à l'âge de vingt-huit ans, dans une ville qui s'étalait sur de belles collines, tout près des montagnes et à deux pas de la mer. San Francisco.

Ce matin-là, après avoir admiré une fois encore le mont Tamalpais depuis ma fenêtre, je regardai ma montre. Il était neuf heures trente et le fourgon de chez Carson devait passer me chercher à dix heures. Toute l'équipe serait là, mis à part les producteurs, qui avaient leur propre véhicule. Et très certainement leurs idées à eux. Je me demandai un court instant ce qu'ils allaient penser de ma présence et de mon aide. Probablement pas grand-chose. Les agences de publicité aiment toujours avoir une assistante qui puisse donner un coup de main mais l'équipe technique a en général peu d'idées sur la question. J'imaginais des propos du genre : « Qui c'est ? Quoi ?... Une styliste ?... Oh ! Tu veux rire... De New York ?... Ben, dis donc ! » Je m'en fichais. J'étais payée pour ce travail et ils n'étaient pas obligés de m'aimer. Le principal était que les agences m'apprécient et fassent appel à moi.

Le bus scolaire était passé prendre Sam et j'avais juste eu assez de temps pour me doucher et mettre un vieux jean, un tee-shirt et une saharienne. Le temps était incertain : on était début avril et il pouvait faire froid si le tournage durait jusqu'au soir.

Tôt ou tard, le brouillard tomberait. Je chaussai une vieille paire de bottes et me fis un chignon. J'appelai à la hâte une voisine qui prendrait Sam à la sortie de l'école et la garderait jusqu'à mon retour. J'étais fin prête pour affronter Carson.

Nous devions tourner un film publicitaire pour une marque de cigarettes, sur des rochers au bord de la mer. L'agence disposait de quatre modèles, de quelques chevaux et d'un bon nombre d'accessoires. Nous allions faire une de ces publicités toniques qui distillent un climat trompeur d'oisiveté et de plein air, ce qui n'était vrai qu'en partie, puisque j'allais passer ma journée à préparer le pique-nique, à vérifier le maquillage des modèles, à m'assurer qu'ils montaient correctement à cheval et qu'ils ne tomberaient pas sur les rochers. Mais je ne m'en plaignais pas, au contraire. C'était somme toute un travail agréable pour cent vingt dollars.

A dix heures précises, j'entendis un coup de klaxon en bas de chez moi. Je me précipitai, portant sous le bras ma « mallette magique » qui contenait des pansements, des calmants, de la laque, un nécessaire à maquillage, un carnet, des crayons et des stylos, des épingles de sûreté, des aiguilles et un livre – un recueil de nouvelles que je n'avais jamais le temps de lire pendant les tournages, mais que j'emportais chaque fois en me disant « un jour ou l'autre »...

Une Jeep et un minibus vert foncé m'attendaient. Ce dernier était bourré d'accessoires et de décors. Sur les sièges arrière, deux jeunes filles semblaient dormir. C'étaient nos modèles féminins. Deux garçons, d'apparence très virile, étaient assis à l'avant, arborant une coupe de cheveux impeccable et une mâchoire carnassière. Je vis très vite à leurs attitudes qu'ils étaient homosexuels, et compris au même instant qu'il s'agissait des deux autres figurants. Je ne me formalisais pas car à San Francisco, la morale est plus laxiste qu'à New York, si bien que les gens n'hésitent pas à s'afficher, à la première occasion. Un des deux Apollons me fit signe, et le conducteur descendit puis s'avança vers moi en souriant. Il était petit, trapu, les cheveux noirs et les sourcils épais. Je l'avais déjà rencontré sur d'autres tournages de l'agence Carson. C'était Joe Tramino, le directeur artistique, un homme sympathique.

– Salut, Gillian. Comment vas-tu? Je suis content que tu aies pu venir.

– Et moi donc! Je crois qu'il va faire très beau pour le tournage. Est-ce que les types dans la Jeep sont avec toi?

– Et comment! ce sont les mecs qui veillent au budget de la pub! Et cette publicité est notre plus gros budget. Je vais te présenter.

Il se dirigea vers la Jeep, à courtes enjambées, et l'un des hommes baissa sa vitre.

– Voici notre styliste, Gillian Forrester... Gill, je te présente John Ackley, Hank Todd et Mike Willis.

Ils firent un signe de tête en souriant et me tendirent la main sans beaucoup d'empressement. Cinquante mille dollars en jeu, voilà ce qui les préoccupait. Ils n'avaient pas la tête à faire du charme à une styliste.

– Tu veux monter avec nous ou avec les autres? De toute façon, tout est plein!

Joe haussa les épaules et m'interrogea du regard. Je savais qu'il m'aimait bien et me trouvait jolie fille. J'étais un tout petit peu plus grande que lui, et mon teint clair détonnait avec le sien. Je crois que c'est ce qui le fascinait. Je n'avais jamais attaché beaucoup d'importance à mes yeux bleus et à mes cheveux bruns, mais le contraste semblait lui plaire et mon physique ne le laissait pas indifférent...

– Je vais monter avec l'équipe, Joe. Ne te fatigue pas! Enchantée, messieurs. On se verra là-bas.

Je regardai Joe, tandis que nous nous éloignions, et éclatai de rire.

– Surpris? Tu me prends pour qui? Une snob?

Je lui donnai une accolade amicale et montai à

l'arrière avec les filles. L'une dormait, tandis que l'autre feuilletait un magazine. Quant aux modèles masculins, ils parlaient chiffon. Selon eux, la mode vestimentaire était de plus en plus affreuse... Joe roula de gros yeux et m'adressa une grimace amusée dans le rétroviseur. Il mit le contact, desserra le frein à main et appuya sur l'accélérateur, laissant loin derrière la Jeep et Lombard Street. Nous nous dirigions vers le Golden Gate.

– Bon Dieu, Joe, tu conduis aussi vite qu'un Italien !

J'étais obligée de me tenir au siège avant pour ne pas aller m'écraser sur la fille qui dormait à côté de moi.

– Je fais aussi l'amour comme un Italien...

– Je l'aurais parié !

– Pourquoi parier ? Fais donc l'expérience... Je suis sûr que tu aimeras...

– J'en suis persuadée ! répondis-je en souriant.

Nous approchions du Golden Gate, dont la beauté et la majesté me submergeaient toujours. Je restai silencieuse, heureuse comme une enfant, émerveillée à la vue des tours orangées et des lignes courbes et vertigineuses se découpant sur le bleu du ciel.

– Tu essaies de distinguer New York ?

Joe avait remarqué mon sourire rayonnant. Je me penchai contre la vitre et levai les yeux.

– C'est votre pont que je regarde, Joe, en bonne paysanne que je suis !

– Attends, tu vas pouvoir le voir beaucoup mieux.

Il se pencha en arrière sur son siège, leva le bras et fit glisser le panneau du toit ouvrant. La vue était superbe, étendue : le Golden Gate se dressait au-dessus de nous dans la lumière du soleil. L'air pur de la Californie nous fouettait le visage.

– Que c'est bon ! Est-ce que je peux me lever ?

L'ouverture semblait juste assez large.

– Bien sûr. Mais ne marche pas sur les filles et

surveille les flics. J'ai peur qu'ils me filent une contredanse !

Une fois de plus, il s'attarda sur ma chute de reins... Je posai délicatement les pieds entre les deux modèles et disparus au-dehors. Quel spectacle ! J'avais du mal à respirer, mes cheveux commençaient à s'emmêler dans le vent. Au-dessus de moi, il était là, ce pont qui était mien, tout comme ces montagnes, cette mer. Et dans le lointain, la ville. Ma Californie. C'était prodigieux.

Je sentis que Joe me tirait par la veste. Nous allions quitter le pont. Je descendis et me rassis.

– Tu es contente maintenant ?

– Très !

– Vous, les gens de l'Est, vous êtes tous toqués...

En fait, il semblait très heureux de ma petite lubie.

Dans le fourgon, régnait le plus grand silence. Chacun était plongé dans ses pensées. Rien à voir avec les ambiances orageuses que j'avais connues à New York, lorsque j'avais travaillé, d'abord dans une agence, puis dans un magazine de décoration. Tout était différent en Californie.

– Qui réalise le film, Shazzam ou Barclay ?

Shazzam était la nouvelle boîte dans le vent ; elle produisait tout ce qui se faisait de plus « branché » en ville, Barclay étant en revanche la maison de production la plus ancienne et la mieux établie dans les environs.

– Ni l'un ni l'autre. Ce qui t'explique la présence des types du budget. Ils s'arrachent les cheveux. J'ai pris une autre maison de production, qui n'en est même pas une : une simple équipe avec à sa tête un type un peu fou. Mais ils sont jeunes et ils me plaisent. Ils ont l'air un peu flemmards, plutôt bons à se droguer, mais je leur ai passé un sacré savon. Et puis ils m'ont fait une offre fantastique. Je crois qu'ils te plairont ; c'est agréable de travailler avec eux.

J'acquiesçai, me demandant s'ils m'apprécieraient. Les « drogués » n'affectionnent pas particulièrement les stylistes qui viennent de New York, même si je n'en avais plus tellement l'air.

Nous avions dépassé Sausalito et Mill Valley, et roulions sur une route sinueuse, bordée d'arbres immenses, qui menait à Stinson Beach. Une odeur d'eucalyptus flottait dans l'air. L'ambiance, un peu celle d'une partie de campagne, me faisait presque oublier que nous allions entamer une journée de travail.

Les modèles s'étaient réveillés et tout le monde était de bonne humeur. Nous redescendions maintenant l'autre versant de la montagne. La vue était magnifique. Par instants, un vaste panorama se découvrait, laissant voir des montagnes qui s'abaissaient tout à coup pour faire place à de hautes falaises contre lesquelles la mer venait se briser en gerbes d'écume. Le vert éclatant se mêlait au bleu resplendissant du ciel et à la douce couleur brune des rochers. Paysage divin.

Tout en redescendant vers Bolinas, nous avions chanté des chansons. Nous arrivâmes enfin dans un endroit que je ne connaissais pas. Mais le paysage était encore plus admirable. J'étais heureuse d'être venue.

– Tu as l'air aussi contente qu'une petite fille qui va à un anniversaire, Gill !

– Tu ferais mieux de te taire, espèce de satyre ! C'est ma façon à moi de ressentir cet endroit.

– Rien à voir avec New York, c'est certain !

– Dieu merci !

– A ce point-là ? s'exclama-t-il en riant.

Il quitta la route et emprunta un chemin mal entretenu qui serpentait entre des collines et surplombait la côte.

– Mais qu'est-ce que c'est que cet endroit ?

Les modèles tentaient en vain de discerner quelque chose. Mais nous étions totalement isolés du reste du monde, et rien ne laissait présager qu'un tournage allait avoir lieu.

– Tu verras. L'équipe technique a cherché trois semaines avant de dénicher cet endroit fantastique. Il appartient à une vieille dame qui vit à Hawaii et qui n'est pas venue ici depuis des années. Elle nous l'a loué pour la journée.

Après un virage, nous arrivâmes sur un plateau niché entre les montagnes et les falaises. La mer, qui se brisait là avec encore plus de force qu'à Big Sur, semblait éclabousser les arbres, pareils à d'immenses drapeaux.

J'aperçus la Jeep et me demandai comment elle avait pu arriver avant nous, surtout lorsque je songeais à la conduite de Joe. Une charrette à cheval, une vieille voiture et une camionnette en piteux état sous laquelle s'affairaient plusieurs hippies étaient garées à côté.

Nous descendîmes du minibus et tout le monde se réunit pour définir précisément les attributions de chacun.

Les gens du budget se tenaient en retrait, apparemment nerveux, consultant leurs notes. Les modèles remontèrent dans le minibus et entreprirent de se maquiller et de se peigner. Un groupe d'hommes, à l'aspect peu recommandable, déchargeait du matériel. Joe était en compagnie d'un jeune homme grand, musclé, à la tignasse blonde et aux yeux étrangement fixes. Je fus frappée par son sourire irrésistible qui faisait apparaître deux fossettes au bord des lèvres. Je m'aperçus qu'il m'observait.

– Gill, viens ici une minute.

Je m'avançai, me demandant qui pouvait être ce jeune homme. Il semblait plus jeune que les autres et aussi moins affairé.

– Gillian Forrester, Chris Matthews. C'est lui qui dirige cette maison de fous !

Il eut un grand sourire qui découvrit des dents superbes. Ses yeux étaient vert pâle. Il ne me tendit pas la main et ne parut même pas faire attention à moi. Il se contenta d'un petit signe de la tête, l'œil rivé sur son personnel, puis se remit à discuter avec Joe. Je me sentais un peu de trop.

– Hé... Où vas-tu ? demanda Chris.

J'avais décidé de rejoindre les modèles.

– Vous êtes trop occupés, tous les deux. Je reviendrai plus tard.

– Attends, je t'accompagne. Il faut quand même que je voie ce que je vais filmer.

Il s'amusa en chemin à piétiner les mauvaises herbes avec ses bottes et à regarder le ciel. Il me faisait penser à un adolescent en balade.

Il fit la connaissance des figurants, qui, je fus heureuse de le constater, s'étaient coiffés et maquillés à merveille. C'étaient des professionnels. J'étais contente de ne pas avoir à me fâcher. La semaine précédente, j'avais eu affaire, sur un tournage, à une armée d'adolescents qui savaient à peine tenir un peigne.

Au bout d'un moment, Chris recula et secoua la tête.

– Joe !

Sa voix retentit jusqu'en bas de la colline, éveillant immédiatement l'attention de Joe, à qui Chris fit signe de s'approcher. Je compris qu'il y avait un problème entre eux, mais je me gardai d'intervenir.

– Oui, qu'est-ce qu'il y a ?

Le petit Italien arrivait, haletant, visiblement ennuyé.

Il avait compris que quelque chose n'allait pas.

– Il y a un ennui. Et ça va augmenter les frais. Tu as pris cinq modèles, alors que nous n'avons besoin que de quatre.

– Ah bon ?

Il jeta un coup d'œil vers le minibus et secoua la tête.

– Mais non. Tu rêves ! Tu ne sais plus compter ? Un, deux, trois, quatre.

– Et cinq.

Joe et moi éclatâmes de rire : il me désignait.

– Quatre seulement ! Pas de panique, je suis la styliste. Je pensais que vous le saviez.

Chris éclata de rire à son tour.

– Bon Dieu, tu aurais pu me le dire. Je ne sais rien, moi ! A part faire des prises de vue... ! Encore que ça ne me déplairait pas de vous photographier, un jour...

Il m'évalua longuement du regard.

– La flatterie ne vous mènera nulle part, monsieur Matthews.

– Non. Mais j'y gagnerai une amie styliste. Allez, remue-toi. Je commence à tourner dans cinq minutes. Et si les modèles ne sont pas prêts, tu sais ce qui va se passer ?

Il me regardait sans aménité et je songeai tout à coup que New York n'était pas si loin que cela. Ils étaient tous les mêmes. Je fis non de la tête, attendant ses menaces.

– S'ils ne sont pas prêts, c'est simple. On arrête tout et on se fait lapider. Tu crois que je vais m'emmerder à travailler toute la journée ? Pas question.

Je me remis à rire ; quant à Joe, que le regard complice de Chris amusait, il tentait de garder son sérieux. Il savait que les passagers de la Jeep nous observaient.

– Ecoute, espèce de fainéant : arrête de terroriser ma styliste préférée et remue-toi. Il faut y aller.

Il fit mine de sonner le clairon et Chris repartit. Nous étions enfin prêts à commencer.

On avait amené les chevaux, les mannequins avaient revêtu leurs costumes, les caméras étaient en place et un feu de camp crépitait déjà. Je vérifiai les provisions qui devaient servir au « pique-nique » que nous allions filmer. Les aliments avaient été vernis pour mieux ressortir. Je les disposai à terre, desserrai un peu le foulard qu'un des modèles avait autour du cou, vérifiai la coiffure des deux figurantes, rajoutai un peu de fard sur les joues du quatrième, puis me retirai.

Je m'amusais à observer Chris. Il plaisantait avec tout le monde, demandant aux modèles de prendre des poses inhabituelles qui les déconcertaient. Au bout d'une demi-heure, tout le monde était proche de l'hystérie et les types du budget paraissaient à la fois furieux et épouvantés. Tout à coup, Chris partit vers les rochers et disparut. Joe et moi nous précipitâmes sur le bord de la falaise, craignant le pire. Nous nous penchâmes et Joe hurla le nom de Chris, mais personne ne répondait. Aucun signe de vie. Il avait disparu...

– Chris...

Joe appelait encore. Seul l'écho lui répondait sans fin. Tout à coup, Chris apparut :

– Chut ! Mais qu'est-ce que tu cherches ? A me faire peur ? Je fume. Descendez.

Il était assis sur une corniche bien cachée, un peu en contrebas, à califourchon sur un buisson, et fumait un joint.

– Tu es un sacré salaud ! Mais enfin, qu'est-ce que tu... ? Joe était irrité, mais visiblement soulagé. Quant à moi, je me mis à rire nerveusement. Ce type était manifestement toqué, mais il agissait avec tant de naturel qu'on lui pardonnait aisément ses incartades.

– C'est la pause ?

J'essayais de paraître décontractée, ce qui n'était pourtant pas le cas. Je l'avais vraiment cru mort pendant un instant.

– Tu ferais mieux de venir, espèce de cinglé ! Lève-toi et remets-toi au travail. Qu'est-ce que je vais raconter aux mecs du budget, moi ?

– Tu veux vraiment le savoir ? Dis-leur qu'ils peuvent...

Joe lui coupa la parole et me regarda, désolé.

– Allez, Chris, viens...

Je ne pus m'empêcher de rire de nouveau aux éclats, tant la situation était absurde. Joe et moi, penchés dans le vide, parlions à un buisson invisible, tandis que notre réalisateur fumait tranquillement un joint.

Nous avions déjà rejoint le reste de l'équipe pour les rassurer, mais le ridicule de la situation était tout de même évident.

– D'accord, Joe, j'arrive.

Le beau Christopher Matthews daigna rejoindre le plateau. Je le vis sortir quelque chose de sa poche et entendis au même instant un bruit aigu et strident. C'était un sifflet comme en possèdent les enfants. De l'autre main, Chris tenait un pistolet à eau.

– Venez, les gars, on va faire la séquence sur la route.

Il fit mettre tout le monde en rang, y compris les gens du budget. Il paraissait très content de lui, très heureux.

Lorsque je revins pour jeter un coup d'œil au pique-nique, il avait mis une paire de lunettes de soleil et jouait au réalisateur débordé. L'un des chevaux avait traversé le plateau ; il me fallut dix bonnes minutes pour tout remettre en place. N'ayant plus rien à faire, je m'assis sur le marchepied de l'estafette. Je m'amusais beaucoup ; je n'avais pas vu de meilleur tournage depuis des années.

– Que penses-tu de Chris, Gill ?

Joe m'avait rejointe et allumait un cigare.

– Difficile à dire. Tantôt, il est génial, tantôt épouvantable. Je me prononcerai quand j'aurai vu le film. Quoi qu'il en soit, c'est amusant de travailler avec lui. Quel âge a-t-il ?

Je pensais qu'il avait environ vingt-deux ans et sortait frais émoulu d'une toute nouvelle école de cinéma.

– Je ne sais pas au juste. Dans les trente ans. Mais qui s'en douterait ? Il agit comme s'il en avait douze. En tout cas, j'espère qu'il fait du bon boulot en ce moment, parce qu'autrement je peux dire adieu au mien...

Il avait raison. Pour faire passer toutes les extravagances de Chris, il fallait que le résultat soit excellent. Heureusement, je constatai avec plaisir que tout semblait maintenant se dérouler au mieux. L'équipe lui obéissait au doigt et à l'œil ; quant aux figurants, ils étaient merveilleux de naturel. Il était difficile de dire où en était le tournage, mais il semblait toucher à sa fin.

Tout à coup, je sus que, de toute façon il n'irait pas plus loin : Chris venait de s'immobiliser, le regard vide. Il se mit à chanceler, la main crispée sur le cœur, puis glissa et s'effondra, inconscient. Je compris tout de suite qu'il ne jouait pas la comédie et songeai aussitôt à une overdose. Joe se précipita et le retourna avec précaution. J'étais accourue pour l'aider, tentant de trouver son pouls. A ce moment, Chris ouvrit les yeux, nous fit une grimace espiègle et éclata de rire.

– Je vous ai eus, hein ?

Il était ravi. Mais pas pour longtemps. Joe le maintint au sol et m'indiqua quelque chose derrière lui. Je compris immédiatement : il me montrait le seau d'eau qui servait d'abreuvoir. Je courus le chercher, le vidai un peu pour pouvoir le soulever et le déversai entièrement sur la tête de Chris. Mais cela ne fit qu'augmenter son hilarité. Il finit par me faire tomber et se mit à me tirer les cheveux. Pour finir, tout le monde accourut pour voir ce qui se passait et la mêlée devint générale. J'entendis Joe hurler par-dessus le tumulte que le tournage devait continuer et qu'il fallait cesser. Mais je continuai à lutter contre Chris, lorsque je sentis un objet étrange pointé dans mon dos.

– Ne bouge pas, Forrestal. Lève-toi et marche normalement.

Son attitude et ses paroles sortaient tout droit d'un western de série B.

– Premièrement, mon nom est Forrester, et deuxièmement, est-ce que vous pouvez m'expliquer ce que vous comptez faire ?

J'essayais de rendre ma voix déterminée et menaçante, mais sans résultat.

– On va faire un tour, petite madame... tranquillement...

Je savais qu'il était fou et me rappelai tout à coup qu'il tenait un revolver pointé dans mon dos. Dans quel pétrin m'avait fourrée Joe pour ces fichus cent vingt dollars ? Il ne m'avait pas engagée pour qu'on me tire dans le dos ! Et Samantha ?

– Allez, avance ! C'est ça...

Je cherchai désespérément Joe du regard, mais tout le monde continuait à se battre, et je ne distinguais que des bras et des jambes entremêlés.

Chris s'approcha des chevaux et en libéra un, qu'il tira par la bride. Il me tenait toujours en joue.

– Allons ! Arrêtez votre cinéma ! La fête est finie.

– Certainement pas. Elle ne fait que commencer.

Il repéra un mégaphone, par terre, près de la roulotte, le rapprocha de lui avec son pied et le fit sauter en l'air pour pouvoir l'attraper. Il tenait toujours la bride du cheval et le revolver. Il semblait savoir exactement ce qu'il faisait, me gratifiant de temps en temps d'un sourire éclatant. J'aurais voulu qu'il aille au diable avec son sourire ! J'en avais plus qu'assez.

– Bruno !

Le son de sa voix éclata dans le mégaphone.

– Viens me chercher chez les Watson, à Bolinas, à huit heures.

Je vis un bras s'agiter dans la foule. La pression du revolver se fit plus forte. Qu'était-ce donc que les Watson ? Et pourquoi huit heures ? Il était juste un peu plus d'une heure. Qu'allait-il donc me faire ?

– Lève-toi ! Tu sais monter à cheval ?

Son visage se crispa un instant, comme celui d'un petit garçon qui se rend compte qu'il n'a pas d'amorce dans le pistolet qu'on lui a donné.

– Oui, je sais. Mais je ne trouve pas ça drôle du tout. J'ai une petite fille, et si vous me tuez, vous détruirez aussi d'autres vies.

C'était un raisonnement assez mélodramatique, mais je n'étais pas capable de faire mieux.

– Je m'en souviendrai.

Mes paroles semblèrent pourtant le laisser complètement indifférent. Je montai en selle, me félicitant d'avoir mis des bottes. Je me demandais ce qui allait arriver. Chris s'installa derrière moi ; je sentais toujours le canon du pistolet dans mon dos. Une vague d'angoisse m'envahit lorsque nous partîmes d'abord au trot, puis au galop. Et si le coup partait tout seul ? Qu'arriverait-il alors ? Le terrain était accidenté, le cheval pouvait trébucher, et alors...

En moins d'une minute, nous nous retrouvâmes au cœur des montagnes. Mais le panorama que j'avais tant admiré le matin même me laissait froide. Soudain, je me sentis prise de haine pour cet adolescent attardé et déséquilibré qui jouait avec ma vie. Ce n'était qu'un sale morveux, suffisant, insensible et stupide qui pensait avoir le droit de faire tout ce qui lui plaisait, comme de feindre d'être évanoui et même mort, ou encore de me tirer dessus... Eh bien, il se trompait. Il ne pourrait pas me tuer. Je me contractai et rassemblai mes forces avec la ferme intention de le faire tomber de cheval. Mais au moment où je me retournai, je reçus un jet d'eau froide en plein visage. Le pistolet à eau... Voilà avec quoi il me menaçait depuis le début.

– Espèce d'ordure...

Je bredouillais de rage. J'avais de l'eau plein les yeux, je tentais de m'essuyer comme je pouvais.

– Espèce de salaud... je... j'ai cru...

– Tais-toi.

Il me mit le pistolet dans la bouche et m'envoya un grand jet d'eau. Je ne pus m'empêcher d'éclater de rire. Christopher Matthews ne ressemblait décidément à personne.

Pendant ce temps, sans que je m'en sois aperçue, le cheval s'était arrêté. Nous étions sur une falaise, où nous dominions le Pacifique, qui s'étendait à perte de vue.

– C'est beau, n'est-ce pas ?

Son visage était calme. L'enfant espiègle avait disparu.

J'acquiesçai en silence et regardai la mer ; à nouveau m'envahissait cette délicieuse sensation d'avoir eu raison de partir et de faire de ce paysage le cadre de ma nouvelle vie. La terreur qui m'oppressait tout à l'heure m'avait quittée. Je suivais des yeux le vol gracieux d'un oiseau de mer, lorsque Chris s'approcha de mon visage et m'embrassa. Ce fut un baiser long, tendre et doux. Pas le baiser d'un adolescent capricieux, mais bien celui d'un homme.

Quand je rouvris les yeux, je vis qu'il souriait. Il semblait heureux.

– Vous me plaisez beaucoup, madame. Comment m'as-tu dit que tu t'appelais déjà ?

– Oh ! Allez au diable !

Je lui pris les rênes des mains, lui conseillai de se cramponner et fis partir le cheval au galop. Voilà une chose que je savais faire : je montais à cheval depuis l'âge de cinq ans. Je savourais le plaisir de galoper à travers les montagnes, sans rencontrer âme qui vive, que ce cheval élancé, en compagnie d'un homme que je trouvais beau, même s'il était un peu fou.

– D'accord, beauté, galope. Mais tu sais où tu vas ?

Je ris en moi-même, car je n'en avais pas la moindre idée.

– Et vous, où voulez-vous aller ?

C'était idiot. Je ne savais même pas où j'étais.

– A Bolinas. Tu repars vers cette route en bas, tu prends la première à droite et tu essaies de ne pas nous faire tomber dans l'eau, s'il te plaît. Je ne sais pas nager.

Je suivis ses instructions et ne tardai pas à voir la route qu'il m'avait indiquée.

– C'est celle-là.

Nous ne croisâmes qu'une ou deux voitures. Je prenais de plus en plus plaisir à chevaucher, et commençais à apprécier ce fou à cheveux longs et au pistolet à eau. Il me tenait fermement par la taille et je sentais ses cuisses contre les miennes.

– C'est ici ?

Nous nous trouvions dans un endroit plutôt indéfinissable. Nous étions près de la plage, je ne voyais que quelques arbres.

– Dirige-toi vers les arbres et continue. Tu vas voir.

Nous nous retrouvâmes en effet dans une petite crique. De l'autre côté, une magnifique plage de sable s'étendait sur trois kilomètres, entourée de montagnes. C'était un endroit splendide. Je poussai un cri admiratif.

– Voici Bolinas. Et là-bas, c'est Stinson Beach. Tu sais nager ?

Il descendit de cheval et tendit les bras pour m'attraper. Lorsque je fus à terre, je remarquai combien il était grand.

– Bien sûr ! Mais vous, non, rappelez-vous.

– Eh bien, j'apprendrai.

Je le regardai tout à coup avec surprise, me demandant ce qu'il avait en tête : il avait enlevé sa veste, ses bottes, et s'apprêtait à quitter son tee-shirt et peut-être son jean.

– Je peux poser une question ? Qu'est-ce que vous faites ?

Il s'arrêta et me regarda longuement.

– Je pensais que nous pourrions faire traverser le cheval à la nage d'ici à l'autre rive ; ce n'est pas loin. Après on pourra galoper sur la plage, se baigner, et tout et tout. Enlève tes vêtements, je vais les attacher sur la selle.

Oui, bien sûr, pensais-je... Nager et tout et tout... Qu'est-ce que cela voulait dire ? On verrait bien.

Je rassemblai mes cheveux puis enlevai ma veste, mes bottes, mon tee-shirt, mon jean et mon slip. Il n'y avait personne sur la plage. Avril était chaud, cette année-là. Christopher et moi nous tenions face à face, nus et sereins. Le cheval nous regardait, l'air interrogateur. Quant à moi, je me demandai si Chris allait me sauter dessus et me violer, ou m'asperger avec son pistolet à eau, ou que sais-je encore ? Il était si imprévisible ! Mais il resta imperturbable et disposa tranquillement nos vêtements sur la selle. Nous nous mîmes en route. Il conduisait le cheval, qu'il tenait par la bride, sans paraître sentir le froid de l'eau, se contentant de se retourner quelquefois pour s'assurer que je suivais bien. J'avais froid mais j'essayais de ne pas le montrer. Je plongeai dans l'eau et m'éloignai rapidement vers l'autre rive. J'éprouvai une sensation délicieuse. J'étais en Californie, je me baignais dans un endroit superbe, en compagnie d'un cheval et d'un jeune réalisateur un peu fou. « Pas mal, madame Forrester, pas mal du tout... »

Nous marchâmes doucement sur le bord de la plage et Chris attacha le cheval à une branche d'arbre échouée. Nous étions seuls. J'avais l'impression de tourner un film ou de vivre un rêve. Nous pouvions faire absolument ce que nous voulions.

– Vos tournages se passent toujours comme ça, Chris ?

Je m'étais étendue sur le sable, à bonne distance de lui, et j'observais la mer.

– Non. Seulement la plupart du temps. Je ne vois pas l'intérêt de travailler quand ça devient une corvée.

– Joe dit que vous êtes valable.

– Joe se monte toujours la tête, mais c'est un type bien. Il me fait beaucoup travailler.

– Moi aussi. Et j'en ai besoin. J'aime bien travailler avec lui.

Nous parlions tranquillement ; je trouvais amusant de discuter ainsi, tout nus sur le sable.

– D'où es-tu, Gill ? De l'Est ?

– Oui. De New York. Mais je n'aime pas le dire.

– C'est une sale ville.

– C'est vrai. Je suis ici depuis trois mois et je commence enfin à me sentir bien.

– Mariée ?

C'était un peu tard pour le demander...

– Non. Divorcée. Et vous ?

– Libre comme l'air !

Il me montra une mouette qui tournoyait doucement.

– Et c'est bien agréable.

– Quelquefois, pourtant, je me sens seule. Pas vous ?

Il ne semblait pas avoir souffert de la solitude. Il n'avait pas le regard meurtri de ceux qui tentent de survivre.

– Oui, bien sûr... mais je travaille beaucoup. Non, je ne peux pas dire que je me sente seul.

Je l'enviais. Peut-être vivait-il avec quelqu'un, mais je ne voulais pas le lui demander.

En tout cas, cela faisait longtemps que je n'avais pas rencontré un homme si énergique, si désopilant et si hors du commun.

– Tu es plutôt cérébrale, n'est-ce pas ?

Il avait roulé sur le ventre et me regardait avec une grimace amusée.

– Cérébrale ?

Oui. Et qu'y avait-il de mal à ça ?

– C'est vrai.

– Tu lis beaucoup ?

J'acquiesçai.

– Et tu te sens terriblement seule.

J'opinai encore, mais ce qu'il me disait commençait à me mettre mal à l'aise. J'avais l'impression qu'il me scrutait du haut de son Olympe.

– Et vous vous parlez trop.

Je me levai, lui jetai un rapide coup d'œil et partis me baigner. Il me plaisait, mais j'avais envie d'être un peu seule. Il me semblait très proche et devinait beaucoup de choses. Je craignais d'avoir un penchant pour lui. A cause de ce qu'il disait, de ce qu'il était. Il m'attirait déjà physiquement... Chris Matthews était celui que j'attendais, mais maintenant qu'il était là, j'avais peur.

Un grand bruit d'éclaboussure me tira de mes pensées. Je crus à un monstre marin. Ce n'était que Chris. Il semblait très juvénile malgré sa stature. Je m'attendais déjà à ce qu'il me tire sous l'eau ou à ce qu'il essaie de me faire boire la tasse. Mais il se contenta de nager dans ma direction et m'embrassa longuement.

– Revenons sur la plage.

Il semblait tout à fait calme. J'en fus heureuse, car j'en avais assez de ses facéties.

J'allais de nouveau m'étendre sur le sable lorsqu'il me prit la main et me regarda.

– Il y a un très joli coin abrité là-bas. Je vais te le montrer.

Il garda ma main dans la sienne et me mena jusqu'à une petite crique, couverte d'herbe et cachée de tout.

Jamais, depuis des années, je ne m'étais sentie plus sûre de moi et plus désirable. J'avais envie de lui, il le savait, et je voyais qu'il me désirait aussi. Mais c'était trop tôt, je le connaissais à peine. Il fallait attendre... J'étais effrayée.

– Chris, je...

– Chut... Tout ira bien.

Il m'enlaça. Nous roulâmes dans l'herbe, puis sur le sable, et je m'abandonnai dans ses bras.

CHAPITRE 2

– Tu fais ça souvent ?

Le soleil brillait encore et nous étions toujours étendus sur le sable.

– Quoi ? L'amour ? Beaucoup, oui.

– Non, je veux dire, comme ça, ici, avec quelqu'un que tu ne connais même pas.

Je parlais sérieusement. J'avais l'impression qu'il avait tout arrangé d'avance, dans le but de m'emmener ici.

– Qu'est-ce que tu veux dire ? On se connaît, non ? Tiens, ton nom, c'est... Attends une seconde, je l'ai sur le bout de la langue... Tu t'appelles...

Il se gratta la tête en prenant un air niais. Je faillis l'assommer, puis éclatai de rire.

– D'accord, j'ai compris. Je n'ai qu'à m'occuper de mes affaires, hein ?

– Quand tu commences à m'ennuyer, oui. Les New-Yorkais posent toujours des tas de questions.

– Vraiment ?

Je voulus paraître outrée, mais il avait raison. Les New-Yorkais sont plus indiscrets que les Californiens, sans doute parce que malgré le nombre incroyable des gens qui vivent presque les uns sur les autres, l'anonymat est terrifiant. Si bien que lorsqu'ils s'accrochent à quelqu'un, ils le questionnent sans cesse et ne le lâchent plus.

– On va se promener, Gill ?

Il cherchait des coquillages dans le sable.

– D'accord, avec plaisir. Mais je marcherai derrière toi, cette fois.

– Tu veux voir mon dos, c'est ça. Il te plaît ?

– Terriblement !

– Toi aussi, New York murmura-t-il.

Il se redressa, m'embrassa et m'aida à me relever. Une grande sensualité émanait de ses gestes et de ses mots. Tout en lui montrait qu'il profitait pleinement de la vie et qu'il aimait par-dessus tout faire l'amour.

– Tiens, j'ai un cadeau pour toi.

Il me glissa quelque chose dans la main et se dirigea vers le cheval. Connaissant son sens de l'humour, je me dis qu'il y avait toutes les chances pour qu'il m'ait offert un poisson séché trouvé dans le sable. Mais je découvris un très joli coquillage fossile, sur lequel était imprimée la découpe d'une fleur. Il était si fin qu'il en devenait presque transparent.

– Oh, mais c'est magnifique, Chris ! Merci.

Je me haussai et l'embrassai dans le cou.

Un trouble profond s'empara de moi. Je n'avais pas connu d'homme depuis mon arrivée en Californie.

– Arrête de m'embrasser, ou je te refais l'amour sur la plage !

– Ne fais pas des promesses que tu ne pourras pas tenir !

Je plaisantais et il le savait. Mais il m'attrapa le bras et me fit chanceler. Lorsque je repris mes esprits, nous étions par terre et nous faisions l'amour.

– Vous êtes fou, monsieur Matthews, vous le savez, au moins ?

– C'est toi qui m'as forcé, alors ne me fais pas de reproche !

– Inutile d'essayer de me culpabiliser, parce que je suis très heureuse, tu sais !

– Moi aussi. Maintenant, allons nous promener.

Chris déboucla la selle et la posa sur le sable. Il flatta la jument d'une main experte et monta prestement sur son dos. Puis il se tourna vers moi.

– Tu attends quelque chose, Gill ?

– Non. Je te regardais.

Il était en selle, grand, superbe, fier sur ce cheval dont la blondeur contrastait harmonieusement avec la couleur mate de sa peau. J'admirais la grâce de l'homme et de l'animal, qui me rappelaient soudain les contes de mon enfance.

– Allez, monte.

Il me tendit la main et me hissa derrière lui. Je mis mes mains autour de sa taille et restai blottie contre lui durant toute notre chevauchée. Jamais je n'avais éprouvé une sensation si merveilleuse. Me trouver ainsi sur ce cheval avec l'homme que j'aimais... Aimer ?... Chris ? Je le connaissais à peine. Quelle importance ! J'étais déjà amoureuse de lui.

Nous galopâmes sur la plage jusqu'au crépuscule et nous nous baignâmes de nouveau, avant de partir à regret.

– Est-ce qu'on repart en traversant la baie ?

La marée montait et j'étais un peu inquiète.

– Non. On va passer par la route. C'est moins amusant mais plus sûr.

– Ah oui ? Je me demande finalement si tu n'as pas fait exprès de faire passer le cheval dans l'eau pour que je me déshabille...

– C'est ce que tu penses ?

Il prit un petit air blessé.

– Eh bien, il t'arrive d'avoir raison !

Il partit d'un rire joyeux.

– Qu'a prévu maintenant notre bandit de grands chemins ? De me ligoter toute nue à un poteau téléphonique jusqu'à demain matin ?

– Non. Je vais te faire manger. Qu'en dis-tu ?

– Par intraveineuse, ou normalement ?

– Tu plaisantes, Gill. Normalement, bien sûr. On va aller chez *Watson*. C'est ce qu'il y a de mieux à Bolinas. Tu connais ?

– Non.
– Alors, tu vas voir.
Nous remontâmes sur la jument, qui se mit à trotter doucement. Un quart d'heure après, nous étions à Bolinas. Le soleil se couchait, illuminant le ciel et la terre de reflets flamboyants. Chris attacha le cheval devant une petite bâtisse délabrée, de style victorien. Des hippies y entraient et en sortaient, l'air désœuvré. Au-dessus de la porte, je vis seulement une enseigne discrète qui indiquait *Chez Watson*.
– Qu'est-ce que c'est que cet endroit ?
– Un restaurant, petite idiote ! Comment trouves-tu ?
– Je ne sais pas... A propos, il faut absolument que j'appelle ma voisine pour lui dire que je serai en retard. C'est elle qui garde ma fille.
– Bien sûr. Il y a un téléphone à l'intérieur.
Chris monta les marches et ouvrit doucement la porte vitrée. L'intérieur faisait plus songer à une grande maison familiale qu'à un restaurant. Dehors, du linge séchait sur un fil, au milieu des bicyclettes et des vélomoteurs. Deux chats et un chien jouaient dans l'herbe. C'était un endroit chaleureux et accueillant qui me plut tout de suite et qui correspondait bien à Chris.
Il se dirigea vers la cuisine et souleva le couvercle d'une marmite qui mijotait sur une magnifique cuisinière ancienne. Trois jeunes filles et un homme se trouvaient là. L'homme avait des cheveux jusqu'à la taille, réunis en une queue de cheval, et portait une sorte de veste de pyjama en guise de chemise, pardessus son jean. Je fus surtout frappée par ses yeux clairs, bienveillants, souriants. Les jeunes filles étaient jolies et habillées avec simplicité.
– Gillian, je te présente Bruce, Anna, Penny et Beth.
Tous me saluèrent, et Chris me conduisit dans une petite pièce agréable, décorée dans le même style rococo.
– Mais où sommes-nous, Chris ? C'est vraiment adorable !

– C'est une communauté de hippies. Pour vivre, ils ont ouvert un restaurant, et je ne connais pas d'endroit où l'on mange mieux sur la côte. Je te conseille les escargots, ils sont fantastiques !

Ils étaient effectivement délicieux, sans parler du coq au vin, du pain qu'ils faisaient eux-mêmes, de la salade, de la mousse au chocolat et de la tarte aux fraises... Le repas fut d'autant plus réussi qu'une atmosphère d'amitié régnait dans cette maison qu'on eût dite pleine d'enfants heureux. La communauté comptait vingt-sept personnes, dont chacune avait une tâche bien précise. Tout le monde semblait connaître Chris ; beaucoup s'installèrent à notre table quelques instants pour discuter avec lui.

– Tu viens souvent ici ?

– Oui. Surtout l'été. Je loue une petite cabane à Bolinas. Il m'arrive de venir discuter avec eux. Quelquefois, je viens déjeuner. Mais seulement dans de grandes circonstances !

J'aimais la façon dont il se moquait gentiment de moi. Il me regarda avec douceur. Je savais qu'il n'était pas méchant.

– Quel âge a ta petite fille ?

Je sentis qu'il me questionnait un peu par politesse, mais je lui en fus tout de même reconnaissante.

– Elle aura cinq ans le mois prochain. Elle est terrible, tu sais. Sa grande ambition dans la vie est de devenir cow-boy. Si elle savait que j'ai passé ma journée sur un cheval sans elle, elle ne me parlerait pas pendant une semaine. Je crois qu'elle pense qu'on est venues en Californie pour devenir des cow-boys !

– Il faudra l'emmener faire du cheval, un jour. Elle n'aura pas peur ?

– Sûrement pas. Elle adorera. J'avais son âge quand j'ai commencé.

– J'ai vu que tu savais monter à cheval, mais pour ce qui est de se tenir en selle comme les gens de l'Ouest, tu pourras repasser !

Je me mis à rougir et tentai de trouver une

réplique cinglante mais je ne pus m'empêcher d'éclater de rire.

– Tu as raison !

Nous discutâmes pendant une heure à bâtons rompus, évoquant surtout la Californie, notre travail et la vie agréable que nous menions. Tout à coup, un groupe de personnes qui ne me semblaient pas inconnues firent leur entrée dans le restaurant.

– Qu'est-ce que tu regardes ?

Chris avait remarqué mon intérêt soudain.

– Rien. Je croyais connaître ces gens, mais je me suis trompée.

C'étaient trois hippies, dont l'aspect rappelait un peu celui de Chris et de nos hôtes.

– Tu les connais ?

Il paraissait surpris.

– Non. Je croyais.

– Mais non, attends. C'est amusant.

Il leur fit signe de s'approcher. J'aurais préféré me cacher dans un trou de souris.

– Chris, non, voyons, ne les appelle pas...

Au même instant, je les reconnus. C'était l'équipe de Chris. Tout le monde se mit à rire. Ils avaient entendu notre conversation et avaient compris que Chris plaisantait, une fois de plus.

– Chris Matthews, tu es un sacré vaurien !

Je me tournai vers l'équipe.

– Je suis très contente de vous revoir. Comment s'est terminée la bagarre ? Est-ce que vous avez noyé les types du budget, pour finir ?

– Non. Ils nous ont quittés dès que vous êtes partis. Alors on a passé l'après-midi à boire du vin avec Joe et les figurants. Comme ils étaient payés pour la journée, autant en profiter ! Et vous, comment ça a été ?

Comme la question semblait s'adresser surtout à Chris, je le laissai parler, d'autant qu'il voulait savoir ce que l'équipe pensait du tournage et de la réussite du film. Tout le monde semblait satisfait, et je fus soulagée pour Joe Tramino. Je n'aurais pas supporté qu'il paie les conséquences de notre coup de folie. Et si je disais « notre », c'est que j'étais partie avec Chris, ce qui n'était pas très bien... Qui aurait cru cela d'une « styliste de New York » ? Même pas moi !

Après avoir réglé l'addition, nous quittâmes tous les cinq le restaurant. A côté de la voiture et de l'estafette, je retrouvai notre cheval avec plaisir. Il me rappelait notre aventure sur la plage.

– On repart en voiture. Merci de ramener la jument !

L'équipe nous dit bonsoir et Chris me fit monter dans une sorte d'engin qui ne m'inspira pas confiance. Je le voyais se débattre avec le starter, et j'appréhendais un peu le voyage du retour.

Finalement, le trajet fut agréable. Le ciel était dégagé et la lune éclairait la route d'une lueur argentée. Je me mis à chanter de vieilles ballades que j'avais apprises dans mon enfance, et Chris m'accompagna même une fois. Nous nous regardions dans le clair de lune en nous embrassant de temps en temps. Nous n'avions pas besoin de parler ; nous étions bien. Je distinguai l'échangeur avec regret ; j'aurais voulu être encore loin de la ville, loin de la foule et des voitures. Je revoyais notre route de montagne et notre plage déserte...

– Où habites-tu, Gill ?

Nous traversions le pont. Je regardai avec ravissement les lumières de Sausalito, de Tiburon et du Belvédère, et la baie de San Francisco, de l'autre côté. Il était rare que le ciel fût dégagé.

– Dans la Marina. Sur la baie.

– C'est chouette !

Je lui donnai l'adresse et, cinq minutes plus tard, nous étions devant chez moi.

– Il faut que j'aille chercher Sam chez ma voisine.

– Sam ?

Il leva un sourcil, l'air surpris.

– Ma petite fille !

J'étais heureuse qu'il ait pu être jaloux.

– Ça ne te gêne pas si j'attends ?

– Non, au contraire. J'en ai pour une minute.

Je sonnai chez ma voisine et pris Sam dans mes bras. Elle était somnolente, mais pas encore endormie. Je m'aperçus qu'il n'était en fait que neuf heures. Je remerciai mes voisins et rejoignis Chris, qui s'était assis sur notre perron. Le doigt sur les lèvres, je lui tendis la clef de la porte d'entrée, pour ne pas réveiller Sam. Elle s'était endormie dans mes bras.

Il la contempla un instant, puis ouvrit la porte. A ce moment-là, la voix de Sam retentit dans la nuit.

– Qui c'est, Maman ?

Chris se mit à rire. Je la posai par terre.

– C'est Chris Matthews, Sam. Chris, je te présente Samantha. Et maintenant, au lit. Je vais chercher ton pyjama, et tu auras un verre de lait, si tu veux.

– D'accord.

Sam s'assit sur une chaise et se mit à observer Chris, étendu de tout son long sur le canapé, les cheveux en bataille. Je revenais vers la cuisine lorsque je l'entendis demander à Chris, dans un murmure :

– Vous êtes un vrai cow-boy ?

Je sentis combien elle l'espérait, tout en me demandant ce qu'il allait répondre.

– Oui, absolument. Ça t'ennuie ?

– Oh non, non ! J'aimerais bien être un cow-boy moi aussi !

Elle parlait sur le ton de la conspiration.

– C'est vrai ? Formidable ! On pourrait faire du cheval tous les deux, un jour. Mais est-ce que tu sais quelles sont les règles à respecter ?

Je ne pouvais pas voir le visage de Sam, mais je l'imaginais, les yeux grands ouverts, attendant ce qu'il allait lui dire.

– Il faut boire beaucoup de lait et aller au lit chaque fois que Maman te le dit. Alors, seulement, tu deviendras grande et forte et tu pourras devenir un cow-boy exceptionnel.

– Il faut faire tout ça ?

Sam paraissait déçue.

– Non, bien sûr. A moins que tu ne veuilles devenir un cow-boy.

– Ah bon ! d'accord...

J'écoutais Chris avec reconnaissance. Pour la première fois, Sam but son verre de lait d'un trait et partit se coucher comme une fusée, en murmurant :

– Au revoir, monsieur... Monsieur Crits... A bientôt, j'espère, pour un rodéo !

Je la mis au lit, la bordai et l'embrassai, puis je rejoignis Chris dans le salon.

– Merci. Tu m'as bien facilité la tâche !

– Elle est très dégourdie. Je l'aime beaucoup. Elle a l'air adorable.

– Oh ! Mais tu ne l'as pas vue dans ses grands jours ! Elle était à moitié endormie. La prochaine fois, elle essaiera de te prendre au lasso et de te ficeler. C'est quelqu'un, tu sais !

J'étais heureuse qu'il l'aime.

– Comme toi. Mais je ne sais pas si je te laisserais m'attraper au lasso ! Tu serais bien capable de m'étrangler. J'étais sûr cet après-midi que tu avais dans l'idée de me faire tomber du cheval pendant que je te menaçais. Mais je t'attendais au tournant.

– Et tu avais raison ! J'avais décidé de te faire mordre la poussière...

– Tu ne veux pas réessayer ?

Il me tendit les bras. Je m'approchai de lui, avec la sensation de renaître enfin à la vie. J'avais attendu si longtemps avant qu'un homme fasse attention à moi, me désire en tant que femme... Mais maintenant, il y avait Chris. Et je saurais toujours assez tôt s'il tenait vraiment à moi.

CHAPITRE 3

Le lendemain, mercredi, le téléphone sonna à nouveau à neuf heures et demie. J'étais partagée entre l'espoir d'entendre la voix de Chris et le désir d'être contactée pour un travail. J'avais besoin d'argent.

– Allô ?

– Gillian ? C'est Joe.

– Oh ! Salut ! Ça a été un sacré tournage, hier !

– Tu peux le dire. Je t'appelais pour être sûr que tu ne m'en voulais pas trop de t'avoir fourrée dans cette histoire de fous. Et puis, j'avais peur qu'il ne t'ait jetée par-dessus les falaises, ou quelque chose dans ce goût-là...

Lui en vouloir, moi ?

– Il n'y a rien eu de tout cela. J'ai passé une journée très agréable. Je n'ai jamais gagné cent vingt dollars aussi facilement ! J'ai eu de petits ennuis avec le pistolet à eau, c'est tout.

– Il t'a fait le coup ? Je croyais que tu étais au courant.

– Eh bien, non ! Il a failli tomber de cheval... mais tout s'est bien terminé.

Très bien, même...

– Tant mieux. Ecoute, je t'appelle pour te demander quelque chose. Est-ce que tu es libre, vendredi soir ?

Vendredi soir ! Il ne s'agissait pas de travail...

C'était un rendez-vous. Et j'avais envie de sortir avec Chris, pas avec Joe.

– C'est la réception annuelle des directeurs artistiques. Il y a toujours une faune incroyable. J'ai pensé que ça te plairait.

Pourquoi pas, après tout ?

– D'accord, Joe. Avec plaisir.

Et si Chris m'appelait ? Qu'est-ce qu'il...

– Formidable ! Habille-toi comme tu veux. C'est plutôt du genre non-conformiste, tu sais... On fait ça dans un entrepôt. C'est un peu dingue, comme ambiance, mais c'est très amusant.

– Fantastique, Joe. Merci d'avoir pensé à moi.

– *Prego, prego, Signora.* Je suis très content que tu viennes. Je passerai te prendre à huit heures. A bientôt ! Au revoir, Gill.

– Au revoir.

Tout en raccrochant, je me demandai aussitôt si j'avais bien fait. Joe ne m'avait jamais proposé de sortir avec lui et je ne voulais pas m'embarquer dans une affaire compliquée avec quelqu'un qui me donnait du travail. Et si Chris voulait... Oh, flûte, après tout ! Il comprendrait, et puis de toute façon j'avais accepté, alors pourquoi me compliquer la vie ? Je pourrais en parler à Chris... J'aurais pu, du moins s'il m'avait téléphoné...

La semaine passa sans un seul appel de lui. J'emmenai plusieurs fois Sam à la plage, je repeignis ma cuisine en bleu, blanc et rouge... avec des étoiles au plafond. L'agence Freeman et Barton me contacta et je travaillai deux heures pour eux, le vendredi après-midi. Je n'avais toujours aucune nouvelle de Chris. J'aurais pu l'appeler, mais je ne voulais pas le faire. Il m'avait quittée le mercredi matin, à l'aube, en me disant qu'il me téléphonerait. Mais il n'avait pas précisé quand. L'année prochaine, qui sait ? Ou peut-être se faisait-il violence, bien que ce ne fût pas tellement son style... Ou alors son travail l'accaparait trop... Non, décidément, tout cela ne lui ressemblait pas et, lorsque le vendredi soir arriva, j'avais le moral au plus bas.

Je préparai le dîner de Sam.

– Pourquoi tu sors ce soir, Maman ?

– Parce que je pense que je vais m'amuser. Et puis, comme tu dormiras, je ne te manquerai pas du tout.

J'essayais, pour préserver Sam, d'avoir l'air joyeuse, mais je me sentais déprimée.

– Est-ce que je vais avoir une baby-sitter ?

J'opinai en lui montrant du doigt son dîner qu'elle ne mangeait pas.

– Peut-être que je l'attacherai à une chaise et que je mettrai la ficelle dans le feu... C'est comme ça que font les Indiens. On appelle ça une « ruse de Sioux ».

– Non. Une ruse de Sioux, c'est quand on fait semblant de donner quelque chose à quelqu'un et qu'on le lui reprend.

Je songeai à Chris avec un pincement au cœur.

– Si tu fais ça, Sam, je te donnerai une fessée dont tu te souviendras. C'est clair ?

– D'accord, Maman.

Elle plongea le nez dans son verre de lait, la mine désespérée, et je retournai dans ma chambre pour m'habiller.

Comme Joe m'avait dit que l'ambiance était plus que décontractée, je choisis une jupe gitane à grosses fleurs et un dos-nu orange. J'avais de nouvelles bottes en cuir orange et de grands anneaux créoles qui feraient très bien l'affaire. Et puis j'espérais qu'un bain me remettrait en forme.

A huit heures moins dix, j'entrai dans la chambre de Sam.

– Allez, Sam. Range tes jouets et mets ton pyjama. C'est l'heure. La baby-sitter va arriver.

– Comme tu es jolie, Maman ! Est-ce que tu sors avec M. Crits ?

Mon cœur se serra à nouveau. Je secouai la tête. Non, je ne sortais pas avec « M. Crits »... Mais je l'aurais tellement voulu ! Et je me demandai tout à coup si Chris serait à la réception.

La sonnette retentit à huit heures. Joe Tramino et ma baby-sitter étaient arrivés en même temps.

– Sam est au lit. Je suis prête, Joe. Salut, Barbara ! Bonne nuit, Sam.

Je lui envoyai un rapide baiser, voulant éviter des discours qui étaient toujours interminables. J'étais énervée.

– Bon Dieu, Gill, mais tu es superbe !

Il semblait si admiratif que je retrouvai un peu de gaieté. Peut-être allais-je vraiment m'amuser, après tout !

– Mais vous êtes magnifique, vous aussi, monsieur Tramino ! Eblouissant !

Il portait un pantalon de daim marron foncé et un pull à col roulé rouge sombre. Je me rendis compte tout de suite que nous étions mal assortis. Mais sans doute était-ce subjectif... Nous montâmes dans sa voiture.

– J'ai pensé qu'on pourrait s'arrêter dîner quelque part. Est-ce que tu connais *Chez Nicole* ?

– Non, je ne suis pas d'ici, tu sais bien.

– Tu aimeras. C'est de la cuisine française. C'est délicieux.

Il se donnait tant de mal pour m'être agréable qu'il me faisait de la peine. Pauvre Joe ! Il était pourtant considéré comme un très bon parti à l'agence ; il n'était pas beau mais il avait trente-six ans, un bon métier, un salaire impressionnant, une nature agréable et un grand sens de l'humour. Mais il ne me plaisait pas. Et maintenant encore moins qu'avant. Il était si loin de Chris...

Nous plaisantâmes beaucoup pendant le dîner et je m'efforçai d'instaurer entre nous une relation de camaraderie, mais Joe cherchait manifestement autre chose. Il essayait de m'assommer à coups de vin rouge.

– Qui va être à cette réception, Joe ? Des gens que je connais ?

J'essayai en vain de parler avec détachement.

– Tous les habitués : les directeurs artistiques des principales agences de la ville, pas mal de mannequins, quelques acteurs, rien de particulier, quoi...

Mais il m'avait comprise. Il savait que je voulais parler de Chris et il attendait ce que j'allais dire.

– Pas mal du tout... Il y a le même genre de réunions à New York, chaque année, mais il y a toujours tellement de monde qu'on ne retrouve jamais personne.

– Ici, c'est différent. San Francisco est une très petite ville. Tout le monde se connaît, dans le métier... Tiens, je peux te parler de ceux qu'il faut éviter, si on ne veut pas se condamner à souffrir. Comme Chris, par exemple...

Il l'avait dit.

– Ah ?

– Ecoute, quand je t'ai appelée l'autre jour, ce n'était pas pour jouer à l'entremetteur. Il s'agissait de travail, un point c'est tout. J'avais même une autre styliste sous la main, mais elle est tombée malade. Gill, Chris est un type fantastique, je l'adore, mais il n'a aucune morale. Il collectionne les aventures, mais il n'y a que lui-même qui l'intéresse. Il a beaucoup de charme, c'est vrai. Mais garde-toi de tomber amoureuse de lui. Peut-être que je fais fausse route mais il fallait que je te le dise. Ne te fais pas d'illusions, il ne sera pas là ce soir. Il déteste ce style de soirées. C'est un paumé, Gill. Et toi, tu es une jeune femme charmante, tu viens de New York, certainement d'une bonne famille. Tu as eu des problèmes, tu as divorcé... Alors, ne t'occupe pas de lui.

Quel discours !

– Tu ne m'as même pas laissé parler, Joe. Bien sûr que je ne suis pas amoureuse de lui ! Je l'ai rencontré mardi dernier et je ne l'ai pas revu depuis.

Malheureusement...

– ...Je suis d'accord avec toi, Joe. Il est formidable dans le travail, mais certainement difficile à vivre. Allez ! Je suis forte, je sais où je vais. Et puis je ne suis pas amoureuse de lui, d'accord ?

Qui sait, d'ailleurs ?

– Je veux bien te croire. Mais ça me ferait de la peine d'apprendre qu'il y a quelque chose entre vous. Je me sentirais coupable... et je ferais certainement une horrible crise de jalousie ! Tu es prévenue.

Il me servit un dernier verre de vin. J'aurais tellement aimé qu'il la fasse, sa fameuse crise !

Laissant derrière nous les dancings en plein air, aux lumières éblouissantes, nous gagnâmes Battery Street, près du Bay Bridge. Il y avait eu autrefois un port à cet endroit, et un ou deux bâtiments témoignaient encore de l'ancienne activité maritime. Tout avait été remblayé, au début du siècle, pour laisser place à un vaste terrain qui avait pris de la valeur, depuis peu, grâce à toutes les agences de publicité qui s'y étaient installées. Des entrepôts, vieux et tristes, alternaient maintenant avec des bâtiments ultra-modernes aux façades de verre.

Joe gara la voiture devant l'un des entrepôts, et nous entrâmes. Le spectacle était hallucinant. La pièce était entièrement sertie de petits carreaux de glace qui brillaient comme des miroirs et sur lesquels se reflétaient les éclairs éblouissants des projecteurs et les stroboscopes. Le sol était recouvert de confettis de cellophane, et un groupe de rock, en pantalons et tee-shirts lamés, jouait une musique au rythme endiablé, presque inaudible. Dans un coin se trouvait un bar, conçu comme un iceberg. Les serveuses, poitrine nue, portaient des jupes pareilles à des stalactites de plastique ; au milieu de la pièce et le long des murs, évoluaient les invités. Joe ne s'était pas trompé en me parlant de tenues excentriques... Satins fuchsia, cuir vert, robes largement ouvertes ou décolletées, coupes de cheveux bizarres aux couleurs extravagantes, et beaucoup de bottes et de jeans. Il fallait se trouver dans cet univers pour rencontrer autant de démesure. Je me sentais un peu bête dans ma tenue de Gitane, mais j'étais contente de l'avoir mise. Cela me permettait de passer inaperçue et d'observer les invités en toute tranquillité.

Tout à coup, je remarquai un groupe de personnes, les yeux levés vers le plafond.

Joe m'attrapa le bras.

– Tu as vu?

Je me tournai et découvris une petite piste de patinage suspendue au plafond, à cinq mètres du sol à peu près, sur laquelle évoluait avec grâce une jeune fille qui ne semblait même pas entendre la musique d'enfer que dispensaient les musiciens. Elle était merveilleuse.

– Mais où donc l'ont-ils trouvée?

– Je ne sais pas, mais tu n'as pas encore tout vu. Regarde par ici.

Je découvris cette fois une ballerine qui tournoyait lentement dans un coin de la pièce et qui, de temps à autre, faisait mine de tomber et restait immobile, comme morte. Puis elle se relevait, effectuait de nouveau quelques pirouettes et retombait sur le sol. Elle était encore plus belle à regarder que la patineuse. Je me tournai ensuite vers la foule pour observer les invités. Parmi eux, j'aperçus un homme distingué, habillé avec élégance qui, tout en déambulant tranquillement au milieu des gens, faisait des bulles de chewing-gum aussi grosses que son poing.

Je perdis Joe au moins une douzaine de fois dans la soirée. Je rencontrai quelques personnes que je connaissais et dansai avec des hommes qui se ressemblaient tous. Leurs visages se confondaient dans mon esprit et je songeais à Chris qui n'était pas là. Je passai quand même une bonne soirée et partis avec Joe vers trois heures du matin. La soirée battait encore son plein, mais nous étions fatigués. Joe m'emmena prendre un café irlandais puis me raccompagna chez moi.

– Merci, Joe. J'ai passé une très bonne soirée.

Voilà longtemps que je n'avais pas assisté à une réception aussi fantastique.

– Et moi, cela faisait longtemps que je n'avais pas eu une compagne aussi charmante... Il faudra recommencer, d'accord ?

– Bien sûr, Joe. Et merci.

Je l'embrassai vivement sur la joue et ouvris rapidement la porte d'entrée. Je fus soulagée de voir qu'il s'éloignait vers sa voiture. Ouf ! J'avais évité une discussion difficile. Je réveillai la baby-sitter et offris de lui appeler un taxi, mais elle avait sa propre voiture. Elle partit rapidement et je restai seule avec Sam.

Tout était tranquille. Trop tranquille. La baby-sitter m'avait dit qu'il n'y avait eu aucun appel pour moi. Hélas !

CHAPITRE 4

Il faisait déjà plein soleil lorsque je me réveillai le lendemain matin. Nous décidâmes, Sam et moi, d'aller sur la plage, à côté du Yacht Club, avant le déjeuner. Nous eûmes une longue discussion sur les avantages de la vie de cow-boy, puis je racontai ma soirée à Sam. Elle fut très impressionnée par la patineuse, la ballerine et l'homme aux bulles de chewing-gum. Vers midi, nous grignotâmes un hot-dog avec des chips, et nous jetâmes quelques morceaux de pain aux mouettes qui tournoyaient au-dessus de nous.

– Maman, qu'est-ce qu'on fait, aujourd'hui ?

– Rien de particulier, pourquoi ?

Je n'avais pas de projets et le fait que Sam m'ait réveillée tôt pour avoir ses corn-flakes ne m'avait pas permis de récupérer. Je n'avais pas la chance de la Belle au Bois Dormant...

– Allons voir les chevaux !

Mon Dieu, pourquoi pas un match de football... !

– Oui, on pourrait aller au Golden Gate Park...

Je n'étais pas très enthousiaste.

– Moi, je trouve que c'est une très bonne idée.

La voix qui parlait n'était pas celle de Sam. C'était une voix d'homme. Je me retournai, mais je l'avais déjà reconnue...

C'était Chris.

– Bonjour, Gill. Bonjour, ma puce. Vous n'êtes

jamais chez vous ? Je suis passé deux fois cette semaine. Personne.

– Ah bon ? Pourquoi n'as-tu pas laissé de mot ?

– Ça ne me vient jamais à l'idée. Et puis, je savais bien que je finirais par vous trouver.

J'aurais aimé que cela arrive plus tôt... Mais quelle importance puisqu'il était revenu... !

– Je suis contente de te voir. Et ce film ?

– Formidable ! Tramino va nous porter aux nues ! Mais assez parlé travail. J'ai entendu que vous alliez voir les chevaux au parc. Je peux venir ?

Il plaisantait ! Bien sûr qu'il pouvait venir ! Je l'aurais même emmené avec moi chez le dentiste s'il l'avait voulu. Ces trois jours m'avaient paru trois siècles.

– Oh oui, vous venez, monsieur Crits !

– Merci, mesdames, avec grand plaisir. Mais arrête de m'appeler monsieur Chris. Tu veux que je t'appelle Samantha ?

La mine dégoûtée de Sam fut si éloquente que nous éclatâmes de rire.

– C'est bien ce que je pensais. Alors appelle-moi Chris, d'accord ?

Sam était sur le point de pousser une exclamation ravie, mais je secouai la tête et Chris haussa les sourcils.

– Quoi, ça ne te va pas, Gill ? Allez, ne fais pas la tête. Qu'est-ce que tu penses de « Oncle Chris » alors ?

– C'est mieux.

– Allez, Sam. Tu m'appelles Oncle Chris. Ça te plaît ?

– Oh oui, je préfère. Oncle Crits. C'est très bien.

Elle médita un instant, puis sourit et lui offrit sa dernière chip.

– Merci, Sam. Et si je te prenais sur mes épaules pour aller jusqu'à la camionnette ?

– Oh oui, oh oui !

Elle grimpa sur son dos et le tint solidement par le cou. Je pris de mon côté les serviettes de plage, le cœur joyeux, certaine de passer une journée merveilleuse.

Nous nous arrêtâmes d'abord à la maison. Je préparai un sandwich pour Chris, envoyai Sam aux toilettes, me brossai les cheveux et rassemblai quelques affaires, comme l'ours en peluche de Sam et une bouteille de vin. Nous partîmes pour le parc dans la camionnette de Chris et nous fîmes une ou deux promenades à cheval. Chris avait pris Sam avec lui. En les voyant tous les deux, je repensais à ma balade avec Chris sur la plage et je comprenais encore mieux l'enthousiasme de Sam... Nous allâmes ensuite au jardin japonais prendre le thé et manger de curieux petits gâteaux, puis nous restâmes étendus sur l'herbe, au jardin botanique, jusqu'à cinq heures. Nous fîmes aussi une partie de cache-cache. Le temps était superbe, mais il fallut bientôt se résoudre à rentrer, car il commençait à faire froid.

– Est-ce que vous seriez intéressé par un vrai repas fait à la maison, monsieur Matthews ?

– Tu sais faire la cuisine ?

Il me sembla que mon invitation l'ennuyait. Je me souvins de l'avertissement de Joe. Il avait peut-être autre chose à faire.

– Bien sûr. Mais si tu acceptes pour critiquer, tu peux aller au diable !

– C'est gentil ! Eh bien, puisque tu me donnes à choisir, je préfère venir dîner.

Sam poussa un grand cri de joie. Elle avait parlé pour moi. Nous fîmes quelques courses au supermarché avant de rentrer et Chris donna son bain à Sam pendant que je préparais des spaghetti bolognaise et une grande salade.

Chris et Sam sortirent de la salle de bains, main dans la main. Sam avait l'air tellement enchanté que je supposai qu'ils avaient dû largement s'asperger...

– Dis donc, Gill. Il y a un problème pour le dîner.

Il me parlait à voix basse. Je le regardai sans comprendre.

– Quoi ?
– Il y a des vers de terre dans la sauce tomate... mais ne le dis pas à Sam.
– Des vers ? Où ça ?
J'avais presque hurlé. Des vers ? J'en avais le cœur levé. Il s'approcha du saladier, une fourchette à la main, et piqua parmi les spaghetti.
– Regarde ça. C'est le plus grand ver de terre que j'aie jamais vu.
– Oh, mais c'est un des spaghetti !
Comme s'il ne le savait pas !
– Ah bon, tu es sûre ?
Un grand sourire espiègle éclaira son visage.
– Des vers ! Des vers ! Tu parles ! Allez, tout le monde à table !
Jusqu'à ce que Sam soit couchée et que j'aie fini la vaisselle, il y eut beaucoup de désordre et de bruit dans la cuisine. Rien à voir avec la soirée que j'avais passée avec Joe, la veille. Au diable ses avertissements ! Nous étions si bien tous les trois ! Rien ne me déplaisait chez Chris. Il avait de la personnalité, il aimait faire des blagues, monter des coups, et il possédait ce côté enfant qui m'enchantait et qui me faisait croire, par moments, qu'il était plutôt l'ami de Sam... Mais c'était un homme bien et je ne me voyais vivre avec lui que des moments heureux.
– Je vous emmène à la plage, demain ?
Il s'était étendu sur le canapé et sirotait un verre de vin pendant que je terminais la vaisselle.
– Oh oui ! Ce serait bien ! Nous irons à Stinson ?
Nos regards se croisèrent longuement. Nous pensions tous deux à ce que nous avions vécu sur la plage.
– Oui, d'accord pour Stinson. A propos, Gill... Il faut que je te dise quelque chose... Je vis avec une fille... Tu... tu comprends ?

CHAPITRE 5

Cette révélation me causa un grand choc. J'y avais pourtant songé dès le premier jour, mais j'avais bien vite chassé cette éventualité de mon esprit. Je ne voulais pas savoir. Je ne voulais pas qu'il y ait quelqu'un d'autre dans sa vie. Il m'assura qu'elle ne comptait pas beaucoup pour lui. Qu'il ne fallait pas m'en faire. Qu'il s'arrangerait. Il me l'avait dit d'un ton si résolu que je l'avais cru. J'avais confiance en lui.

Il dormit avec moi cette nuit-là, mais il fallut ruser pour qu'il regagne le canapé avant que Sam se réveille. Je pensais qu'elle ne devait pas savoir. Pas encore. C'était trop récent.

Nous partîmes pour Stinson Beach vers dix heures, après un copieux petit déjeuner, et nous emportâmes de quoi pique-niquer. Il faisait un temps superbe, mais je fus un peu déçue de voir qu'il y avait du monde sur la plage. Je pensais qu'elle était un peu à nous. Sam alla jouer avec d'autres enfants et nous restâmes seuls, Chris et moi.

– Est-ce que ça change quelque chose, Gill ?

– Tu parles de ta « locataire » ?

Il acquiesça.

– Oui et non. Ça m'ennuie et je suis jalouse. Mais je te laisse te débrouiller. Si elle ne compte pas pour toi, je pense que ça ne changera pas grand-chose. Qu'est-ce qui va se passer avec elle ?

Là était toute la question.

– Oh, elle s'en ira. C'est une hippie. Je l'ai récupérée l'hiver dernier. Elle était sans le sou, et j'ai pensé que je pourrais l'aider à s'en sortir. Elle est très jeune.

– Tu as fait plus que ça, je suppose...

La situation commençait à me peser. Cette fille existait bel et bien et elle vivait avec Chris.

– Mais dis-moi, tu es vraiment jalouse... Calme-toi, chérie. Elle s'en ira. Et puis je ne suis pas amoureux d'elle, si c'est ce que tu veux savoir.

– Est-ce qu'elle est bien faite ?

– Oui, mais toi aussi ! Allez, ne t'énerve pas. Il n'y a eu qu'une seule fille qui ait compté dans ma vie, et c'est fini maintenant.

– Qui était-ce ?

Je voulais tout savoir.

– Une Eurasienne avec qui j'ai vécu il y a longtemps, Marilyn Lee. Mais elle est à Honolulu, maintenant. Très, très loin d'ici.

– Tu crois qu'elle reviendra ?

J'avais l'impression de devenir folle.

– Et toi, tu crois que tu vas enfin te taire ? Et puis, en plus, je suis amoureux de ta fille. Alors fiche-moi la paix. Tu es terrible en belle-mère. Te voilà un rôle tout trouvé !

Je lui envoyai une poignée de sable, mais il m'immobilisa et m'embrassa.

– Qu'est-ce que vous faites à Maman ? Est-ce que Oncle Crits joue avec toi ? Je veux jouer, moi aussi.

Elle était couchée sur le sable, tout près de nous, et nous observait.

– Ça s'appelle le bouche-à-bouche, et c'est un jeu réservé aux adultes. Si tu allais faire un cheval de sable ?

L'idée plut à Sam, qui en oublia notre jeu et partit retrouver ses petits camarades. Nous la regardâmes s'éloigner en riant.

– Tu t'occupes bien des enfants, Chris. Est-ce que tu en as ?

– Voilà une question perfide... Non, je n'en ai pas. Ça me dérouterait.

– Pourquoi ?

– A cause de la responsabilité. Je ne supporte pas. Allez, viens, on va faire la course dans l'eau.

Je le battis d'un petit centimètre, ce qui me valut une bonne tasse d'eau glacée.

Alors, comme ça, il fuyait les responsabilités ? Compris. Et désolée d'en avoir parlé.

– Est-ce que quelqu'un a envie de manger chinois ?

Nous étions sur le chemin du retour. Tout le monde était de bonne humeur. Sam avait joué tout l'après-midi, et Chris et moi avions discuté cinéma. C'était un sujet qui le passionnait ; ses yeux s'illuminaient dès qu'il en parlait. Je l'enviais car mon métier de styliste était loin d'être aussi exaltant. Je ne faisais qu'améliorer le travail de création d'un autre.

Nous accueillîmes l'invitation de Chris avec joie. Lorsque nous arrivâmes à Chinatown, Sam fut très excitée par tout ce qu'elle voyait. Beaucoup de maisons ressemblaient à des pagodes et les rues étaient pleines de boutiques remplies d'objets insolites. Une forte odeur d'encens flottait dans l'air et d'innombrables clochettes tintaient au-dessus des portes des magasins.

– Tu aimes la cuisine chinoise, Gill ?

– J'adore.

La question m'étonna presque. Je croyais qu'il savait déjà tout de moi, tant il me semblait que nous nous connaissions depuis longtemps.

Le menu fut composé de poulet *foo yong*, de porc sucré, de beignets de crevette, d'ailerons de requin sautés, de riz cantonais et de gâteaux de riz accompagnés de thé. A la fin du repas, je n'en pouvais plus et Chris me parut aussi repu que moi. Quant à Sam, elle venait de s'endormir sur la table.

– Eh bien, on forme un joli tableau ! J'ai l'impression d'être aussi gonflé qu'un ballon.

– Moi aussi. Rentrons.

– Je veux te montrer quelque chose avant. Sam dormira dans la camionnette. Je vais la porter.

Nous regagnâmes lentement le parking.

– Où allons-nous ?

Nous avions croisé Van Ness Avenue et nous dirigions vers les quartiers résidentiels.

– Tu vas voir.

Chris tourna à droite et nous nous retrouvâmes en haut d'une colline. Nous surplombions toute la baie de San Francisco. La vue était magnifique. La beauté et la sérénité du paysage envahissaient nos cœurs.

Nous redescendîmes la colline à petite allure et nous longeâmes les luxueuses maisons de Pacific Heights avant d'atteindre Lombard Street. J'étais triste de rentrer.

Chris tourna vers la Marina.

– Ne fais pas cette tête. Ce n'est pas fini.

– Ah bon ?

Il longea les docks et gara la voiture à côté du Yacht Club.

– Viens. Sam dort. On va s'asseoir là un moment.

L'air était doux et l'eau clapotait doucement le long de la rive. Nous nous installâmes sur le mur de remblai, les jambes dans le vide. Il n'était pas nécessaire de parler ; nous étions bien. Et pour la première fois depuis longtemps, je ne me sentais plus seule.

– Gill...

Il hésitait à parler, évitant de me regarder.

– Oui ?

– Je crois que je suis amoureux de toi. C'est un peu bizarre de te le dire comme ça, mais c'est vrai.

– Moi aussi, tu sais. Qu'importe la façon de le dire !

– Tu regretteras peut-être un jour de m'aimer.

– Ça m'étonnerait. Je sais ce que je fais, et je crois que je te connais bien. Je t'aime, Chris.

Il se pencha doucement, me prit dans ses bras et m'embrassa. Nous échangeâmes un long sourire. Le monde semblait si beau...

Nous reprîmes la voiture jusqu'à la maison. Chris souleva délicatement Sam, la porta à l'intérieur et la mit dans son lit. Il me contempla longuement, puis quitta la chambre sans un mot.

– Qu'est-ce qui ne va pas, Chris ?

Nous étions dans le salon. Je voyais que quelque chose le tourmentait.

– Je rentre chez moi, cette nuit. Et n'essaie pas de me culpabiliser. Jamais. Tu entends, Gill ? Jamais. De toute façon, tu ne pourrais pas y arriver.

Il partit sans que j'aie pu lui répondre, mais je revoyais encore la flamme étrange qui brillait dans ses yeux, au moment où il avait prononcé ces paroles.

CHAPITRE 6

Lundi fut une journée chargée. J'avais reçu une proposition intéressante d'une agence de publicité qui m'engageait pour la première fois. Je dus acheter de nombreux accessoires pour le tournage d'un film publicitaire qui avait lieu le lendemain et qui vantait une marque de tissus. Je m'amusai à courir les magasins pour trouver des bijoux, des chaussures à la bonne pointure, des sacs à main, des chapeaux et mille babioles encore. Une styliste doit avoir du goût, de l'imagination... et surtout de bonnes jambes.

Le directeur de l'agence m'invita à déjeuner dans un restaurant où se retrouvaient les gens chics. Il avait dans les quarante-cinq ans et venait de divorcer. Je crois n'avoir jamais rencontré un dragueur aussi invétéré. Il ne cessa de me suggérer d'aller prendre ensuite le café et des liqueurs chez lui, dans son appartement d'où la vue était fantastique... Il plaisantait, ou quoi ? J'avais du travail. Et surtout, j'avais Chris. Avant de rentrer, je m'arrêtai chez Magnin, le fourreur, où je pris plaisir à choisir des capes de zibeline, des étoles d'hermine et quelques pièces de vison et de léopard qui se marieraient à merveille avec les tissus présentés. Il était si enivrant de choisir des fourrures, et en plus par douzaines !

Sam était restée chez mes voisins tout l'après-midi. Je vis tout de suite qu'elle était fâchée contre moi lorsque j'arrivai, de très bonne humeur, vêtue d'une nouvelle robe de lainage noir que j'avais achetée chez Magnin. Je me trouvais très élégante et très pimpante.

– C'est une nouvelle robe, Maman ?

– Oui. Elle te plaît ?

– Non. Elle est noire.

Je savais qu'elle m'en voulait de n'avoir pu l'emmener à la plage. Mais je tenais un engagement important : quatre cents dollars en deux jours.

– Viens, Sam. Je vais préparer le dîner et tu me raconteras ce que tu as fait aujourd'hui.

– Oh ! Ça a été une journée épouvantable !

– Epouvantable ? Tant que ça ?

Je la vis tout à coup partir comme une flèche et je compris vite pourquoi : Chris était sur le perron. Il s'était habillé avec soin, sa crinière blonde était impeccable et il tenait à la main un gros bouquet de fleurs.

– Tu es superbe !

– Toi aussi, Gill. Ecoute, je n'ai pas été très bien avec toi la nuit dernière. Je suis désolé, vraiment désolé. Nous allons passer une bonne soirée, tu vas voir...

– Calme-toi. Tout va bien, Chris. Ne t'en fais pas.

– De quoi vous parlez ? Je comprends rien.

J'avais oublié Sam qui se trouvait près de nous et nous écoutait, effarée.

– Ça va, Sam. Va te laver les mains. Je vais faire le dîner.

– Non, Gill. Je t'emmène. Appelle une baby-sitter.

– Maintenant ?

– Maintenant. Je vais faire la paix avec Sam.

Il me montra le téléphone et partit discuter avec Sam.

Il était arrivé, tout à coup, avec ses fleurs... Il avait raison : il avait été un peu dur la nuit dernière. Juste un peu. Il m'avait dit qu'il vivait avec quelqu'un, ce qui était honnête de sa part, et il était rentré chez lui. Cela m'avait fait mal, mais il y était bien obligé, de temps en temps. Le plus curieux, c'est que je le comprenais, parce que je savais qu'il ne voulait pas me blesser.

Je téléphonai à la baby-sitter, qui accepta d'arriver une demi-heure plus tard. Mais restait Sam. Je n'étais pas sûre que Chris parvienne à le lui faire comprendre. J'installai les fleurs dans un vase en attendant qu'elle revienne, ce qui ne fut pas long.

– Oncle Chris dit que vous allez sortir. Il dit que tu as beaucoup travaillé aujourd'hui, et tout ça. Alors, tu peux partir, Maman.

– Merci, Sam.

Je n'étais pas très sûre d'apprécier qu'une petite fille haute comme trois pommes m'accorde sa permission. Mais je préférais cela à une colère. Chris entreprit alors de s'occuper de moi.

– Maintenant, tu vas aller t'habiller. J'accepte de te sortir si tu mets quelque chose de joli et d'excitant. Et puis, défais tes cheveux.

Au moment où j'allais m'éloigner, il s'approcha et me murmura à l'oreille :

– A propos, madame Forrester, je suis tellement amoureux de vous que je n'ai plus ma raison. Je crois que je suis très atteint...

– Heureuse de l'entendre !

Je lui donnai un baiser et passai dans ma chambre. J'avais l'impression de flotter sur un nuage, et, tout en m'habillant, j'entendais Sam et Chris qui imitaient le hennissement d'un cheval. Ils étaient en plein western. Je les écoutais avec plaisir, le cœur débordant de bonheur.

– Où allons-nous ?

– Je t'emmène dîner à Clay Street. C'est un producteur qui donne une réception. Mais il y a quelque chose que je veux te dire tout de suite.

Il arrêta la camionnette, se gara sur le trottoir et se tourna vers moi, l'air amusé. Il m'enlaça et m'embrassa avec tant de force qu'il me fit presque mal.

– Tu es magnifique. Je t'avais dit de t'habiller sexy, mais pas au point de me rendre fou de désir...

– Flatteur... !

J'étais heureuse qu'il m'apprécie. J'avais mis une tunique verte et dorée, un pantalon étroit en velours noir et des chaussures de cuir noir. J'avais laissé mes cheveux libres, selon ses ordres, et ne portais rien sous ma tunique, ce qui ne manqua pas de produire son effet : Chris fut très troublé durant le trajet...

La réception était offerte par un producteur de San Francisco qui avait obtenu un grand succès avec un film sur les drogués et qui fêtait ainsi son triomphe dans sa toute nouvelle maison. Quand nous arrivâmes, il y avait déjà au moins deux cents personnes qui allaient et venaient, aux accents d'une musique tonitruante. A part la stéréo, ni meubles ni décoration murale. Mais le spectacle était dans cette foule bigarrée et jeune qui, par son style, ressemblait à Chris. Je vis beaucoup de hippies aux vêtements excentriques et aux cheveux longs. Une forte odeur d'herbe flottait dans l'air. La maison avait été construite dans un style victorien un peu bâtard et s'ouvrait sur une cage d'escalier monumentale qui semblait s'envoler vers le ciel. Des couples enlacés se tenaient accoudés à la rampe, discutant entre eux ou se caressant. Cela correspondait tout à fait à ce que je savais des réceptions de San Francisco.

– Un peu dur pour toi, non, Gill ?

Je me sentais un peu déboussolée et je me demandai tout à coup, en entendant la remarque de Chris, si cela se voyait.

– Non, c'est bien. J'aime assez.

– Et moi aussi, je t'aime. Viens, je vais te présenter à quelques amis.

Il me prit par la main et nous plongeâmes dans la foule, acceptant de temps à autre de goûter à un joint ou à un verre de vin.

La soirée me paraissait, somme toute, beaucoup plus calme que celle où m'avait emmenée Joe. Je m'attendais à des scènes spectaculaires où des couples se déshabilleraient pour faire l'amour devant tout le monde. Au lieu de cela, la foule semblait peu à peu se clairsemer. Je me tournai vers Chris, un peu étonnée.

– J'imaginais autre chose. Ou alors je me trompe complètement...

Ma question sembla l'amuser. Il parut hésiter.

– A quoi t'attendais-tu ?

– Je ne sais pas.

Je me sentais un peu bête.

– Eh bien, tu n'as pas tout à fait tort, Gill. Mais je pensais que nous n'irions pas plus loin que le rez-de-chaussée...

– Il se passe quelque chose d'autre en haut ?

– Peut-être bien.

– Je veux voir, Chris. Montre-moi.

– D'accord. Si tu y tiens...

Il me présenta à quelques personnes puis me prit par le cou et me fit asseoir par terre. Nous discutâmes un moment. Je remarquais que beaucoup de gens montaient à l'étage et ne revenaient pas. Nous n'étions plus qu'une douzaine en bas.

– Est-ce que c'est fini, ou bien se passe-t-il des choses ailleurs ?

– Gillian Forrester, tu es une vraie peste. Mais puisque tu le demandes... Allez, viens. Montons.

Je sentais que c'était important.

– Mais je ne suis pas sûr que tu apprécies.

– On dirait que vous voulez me protéger du diable, monsieur Matthews...

Nous nous frayâmes un chemin dans l'escalier encombré d'invités étendus qui avaient l'air soûls ou drogués. Sur le palier, Chris se tourna vers moi, me regarda longuement et m'embrassa. Je sentais sa main sur ma poitrine nue et j'eus envie tout à coup de rentrer à la maison et de faire l'amour avec lui.

– Gill, il se passe deux choses ici... En bas, des gens qui fument de la drogue et, en haut, d'autres qui se livrent à une tout autre activité.

– Qu'est-ce que tu veux dire ? Ils se piquent ?

– Non, chérie. Autre chose... Mais je pense que tu le supporteras.

Il me serra contre lui et nous montâmes l'escalier. La pièce était seulement éclairée par deux immenses chandeliers. Il me fallut une minute pour distinguer ce qui se passait. Il y avait beaucoup de gens, mais je ne voyais pas ce qu'ils faisaient et où nous étions. Je remarquai seulement le silence presque total qui régnait dans la pièce. Tout à coup, je compris où je me trouvais.

Nous étions dans la salle la plus spacieuse et la plus longue de la maison, une sorte d'immense grenier aménagé et vitré, sans aucun meuble. Mais il se passait là beaucoup de choses. Tout autour de nous, se trouvaient réunies les deux cents personnes que nous avions vues en bas, nues, enlacées, dans des positions équivoques, par groupes de cinq ou six. C'était une orgie.

– Gill... Ça va ?

Il m'observait à la lueur du candélabre.

– Je... euh... Oui, Chris, mais...

– Mais quoi, chérie ? Il ne faut pas se mêler de ça.

– Je... je ne pense pas que je le veuille, Chris.

J'étais tellement abasourdie que j'avais du mal à m'exprimer. J'avais vingt-huit ans et l'on m'avait déjà parlé de ce genre de réunion, mais en voir une en réalité était différent. Chris me prit par la main et nous redescendîmes l'escalier. Il s'arrêta pour m'embrasser tendrement. Il ne semblait pas déçu d'être parti.

– Je te ramène.

Pour revenir seul ?

Mon cœur se brisa. Il dut voir mon trouble.

– Allons, chérie. Je n'ai pas besoin de ça. L'amour à plusieurs, c'est très ennuyeux.

Je me demandai combien de fois il l'avait pratiqué pour en arriver à cette conclusion, mais me gardai de le lui demander. Je lui étais reconnaissante de sa réaction et j'étais heureuse de rentrer chez moi. J'en avais assez vu. Le trajet du retour fut rapide et agréablement silencieux. Jamais je ne m'étais sentie aussi proche de Chris. Il gara la camionnette devant la maison et m'aida à descendre. Je me demandais s'il allait rester.

Je payai la baby-sitter, qui partit non sans m'avoir dit avec empressement qu'il n'y avait eu aucun appel pour moi, ce qui me fit sourire. J'étais avec la seule personne qui m'importait.

– Je te sers un verre, Chris ?

Il secoua la tête sans mot dire.

– Tu es fâché que nous soyons partis ?

– Non, Gill. J'aime comme tu es. Allez, viens, allons dormir. J'ai beaucoup de travail demain.

– Moi aussi.

En éteignant les lumières du salon et en passant à pas de loup devant la chambre de Sam, je ressentis avec bonheur l'atmosphère d'intimité qui s'était installée : j'étais heureuse qu'il reste dormir, et je trouvais agréable que se soient instaurées si facilement entre nous des relations franches et directes qui lui faisaient dire simplement : « Allons au lit, il est tard, j'ai du travail demain matin. » Je m'attendais à ce qu'il se déshabille, s'assoie sur le lit pour remonter le réveil et m'embrasse avant de s'endormir.

Je ne songeais même pas à faire l'amour avec lui.

– Qu'est-ce que tu fais, Gill ?

– D'après toi ? Je me brosse les cheveux, chéri !

– Tu as tort... J'ai horreur des partouzes, mais j'aime bien m'offrir mon orgie à la maison... Viens ici et laisse-moi faire.

Il se leva, vint à ma rencontre et me déshabilla lentement. Je lui enlevai ses vêtements et restai blottie contre lui un moment avant de sentir son corps se fondre dans le mien.

CHAPITRE 7

– Hé... Chris ! Il fait jour et tu n'as même pas dormi... Je me sentais un peu coupable.

– Aucune importance. Mais il faut que je me lève. On commence à travailler à six heures.

Il était déjà cinq heures.

– Habillons-nous et sortons. J'ai envie de voir le soleil se lever.

– Moi aussi.

Nous remîmes nos vêtements qui gisaient par terre depuis la veille et allâmes nous asseoir sur le petit carré d'herbe devant chez moi. Il faisait frais et la terre était humide mais le lever du soleil était magnifique sur la baie de San Francisco.

– Il n'y a pas de brouillard, aujourd'hui. C'est très bon pour mon tournage. Tu veux venir me voir ?

– J'aurais bien aimé mais je ne pense pas que ce soit possible. Il faut que j'emmène Sam à l'école et j'ai un tournage à dix heures. Une pub pour des tissus. On va d'abord dans la fabrique, puis on filme les modèles à l'Opéra ensuite. Je pense que ça va être agréable.

– Certainement... Tu sais qui est le réalisateur ?

Il me caressait les cheveux en souriant, et m'attira à lui pour m'embrasser.

– Hé... mais est-ce que ce serait toi, par hasard ?

– Qui t'a recommandée, d'après toi ?

Il voulait se donner l'air solennel.
– Pas toi, en tout cas ! Ils m'ont dit que c'était Joe Tramino qui leur avait donné mon nom.
– Bon, d'accord, mais je leur ai dit que tu étais une grande styliste.
– Après que j'ai été engagée...
– Oui, après, c'est vrai... C'est incroyable, la vanité de certaines femmes !
– Ne parlons pas de celle de certains hommes... Je suis contente qu'on travaille ensemble. Et si on traversait la fosse d'orchestre à cheval et qu'on parte vers Van Ness ?
– On peut toujours essayer, chérie...
Il m'enlaça et me fit rouler sur l'herbe. Nous restâmes étendus, nous souriant l'un l'autre.
– Il faut que j'y aille, Gill. Je te verrai au tournage.
– Je suis sûre que les voisins n'ont jamais aperçu deux personnes se disant au revoir de cette manière, Chris Matthews... Mais j'aime bien !
– Tant mieux, parce que ça se reproduira. Et je me fiche bien de ce que pourront faire les voisins !
– Ils pourraient me chasser !
J'avais envie de m'amuser. Je l'accompagnai jusqu'à sa camionnette.
– On reparlera de ça plus tard... Mais ce n'est pas encore le moment.
Il ferma sa portière, mit le moteur en route et s'en alla. Je me demandais ce qu'il avait voulu dire. Mais, de toute façon, j'étais contente de travailler avec lui et je trouvais amusant que le réalisateur soit dans d'aussi mauvaises conditions que moi pour tourner : la nuit précédente, nous n'avions dormi ni l'un ni l'autre... L'orgie de Clay Street m'importait bien peu. Nous avions eu la nôtre, Chris et moi.
J'arrivai à l'Opéra à dix heures précises et pris le temps de contempler la façade splendide de l'édifice. Je me mis à rire en moi-même : c'était amusant d'imaginer Chris dans un tel endroit.

En passant par l'entrée des artistes, je rencontrai quelqu'un qui m'indiqua mon chemin. Je me rendis dans les coulisses pour jeter un coup d'œil aux vêtements et aux accessoires que j'avais choisis la veille. L'équipe de l'agence avait l'air très contente de mes emplettes. Le tournage s'annonçait bien. Il y avait sept modèles de San Francisco et trois autres venus de Los Angeles pour la journée, des filles superbes à qui les toilettes allaient à ravir, depuis les robes du soir jusqu'aux maillots de bain. Tout était fait pour titiller les fibres masculines...

J'habillai les modèles, puis je partis à la recherche de Chris.

Lui et son équipe s'étaient installés dans la fosse d'orchestre et mangeaient des omelettes et des sandwiches au saucisson, accompagnés de soda.

– C'est le petit déjeuner ou le déjeuner ?

– Ni l'un ni l'autre. Plutôt un en-cas. Descends et viens manger quelque chose.

Chris eut un instant un regard équivoque, puis satisfait, de notre complicité voilée.

Je me demandais s'il voulait que l'équipe soit au courant de notre liaison. Je pensais qu'il n'y tenait pas trop, tout comme moi d'ailleurs, n'ayant aucune envie d'avoir à entendre les condoléances de Joe Tramino. Pas avant que nous soyons sûrs l'un de l'autre.

Je descendis dans la fosse me joindre à l'équipe. Tout le monde mangea gaiement jusqu'au moment où le tournage put débuter. Nous avions eu la permission d'utiliser les accessoires et les décors du théâtre dont je m'amusais à regarder l'envers. Je restai ensuite dans les coulisses, jetant un dernier coup d'œil aux mannequins, avant leur entrée en scène, et veillant à ce qu'il n'y ait pas de temps mort. J'observais de temps à autre les loges et le grand balcon, et je me revoyais tout à coup parmi un auditoire huppé, avec cravates blanches et queues de pie. Ces temps étaient si loin de moi... J'y songeais avec amusement.

– A quoi penses-tu, Gill ?
– A rien. Qu'est-ce que tu fais là ?
– On a fini.
– Déjà ? Il est seulement...
Je regardai ma montre et me rendis compte avec stupéfaction qu'il était quatre heures et quart.
– Eh oui ! Six heures sans s'arrêter ! Maintenant, on va chercher Sam et on file à la plage de la Marina.
– D'accord, patron !
Je le saluai rapidement et nous partîmes main dans la main. La journée avait passé sans que je m'en sois rendu compte. Pas de folles escapades cette fois-ci ; beaucoup de travail et seulement quelques baisers volés.
Nous passâmes prendre Sam et nous restâmes à la plage jusqu'au coucher du soleil.
– Sam, c'est l'heure de rentrer !
Elle était au bord de l'eau et semblait très affairée. Chris eut vite fait de la persuader de rentrer.
– Viens, je vais te faire galoper.
– D'accord, Oncle Crits.
Elle revint en courant et Chris la ramena sur ses épaules jusqu'à la maison.
Je regardais s'éloigner cette enfant et cet homme que j'aimais. Samantha Forrester et son « cheval »... Mon homme à moi.

– Qu'est-ce que tu fais, aujourd'hui, Gill ? Tu as du travail ?
Il vivait à la maison depuis une semaine, et le petit déjeuner à trois était devenu chose courante. Pourtant, pour moi, chaque jour était une fête.
– Non. Si on allait à Stinson, Chris ? On pourrait passer prendre Sam à l'école.
– Je ne peux pas. Je travaille à trois heures. Une autre pub pour des cigarettes.
– Tant mieux. J'ai beaucoup de choses à faire à la maison. Tu rentres pour dîner ?
C'était la première fois que je lui posais ce genre de question. J'avais dû prendre ma respiration.

– Peut-être pas. On verra.

Il ne rentra pas. Mais lorsqu'il revint deux jours plus tard, je ne notai aucun changement en lui. Il semblait le même et se comportait exactement de la même façon. Mais il m'avait laissé une blessure au cœur. Sans parler de Sam. J'avais fini par décider que, s'il ne réapparaissait pas à la fin de la semaine, il faudrait attacher Sam à une chaise et la bâillonner ; je ne supportais plus ses incessantes questions.

Je n'osai pas lui demander ce qu'il avait fait durant ces deux jours. Je préparai des hamburgers et des frites pour le dîner et nous partîmes tous les trois après le repas chez *Swensen*, dans Hyde Street, où l'on mangeait les meilleures glaces de la ville. Chris offrit ensuite à Sam une balade en funiculaire et lui acheta au retour une tortue multicolore. Il fut vraiment irrésistible, ce soir-là, et acheva de conquérir Sam. Quant à moi, je me sentais un peu rassérénée. Nous revînmes à la maison très heureux. Tout allait bien. Ou presque.

– Tu veux qu'on aille à Bolinas demain, Gill ?

Nous étions au lit, dans le noir.

– Ça dépendra du temps...

Je n'étais pas sûre d'en avoir envie.

– Ne fais pas la tête, Gillian. On pourrait partir tout le week-end. J'ai des amis qui me prêtent leur maison jusqu'à lundi.

– Ah bon ! Ce serait bien alors !

– Bien sûr que ce sera bien ! Et maintenant, assez ronchonné. Je suis revenu et je t'aime.

Il m'embrassa dans le cou et mit doucement la main sur mes lèvres pour m'empêcher de parler. Nous passâmes encore une nuit blanche. Mais l'important était que nous nous soyons reconquis.

Notre week-end à Bolinas fut merveilleux. La maison, perdue dans les bois, comprenait deux chambres. Nous allâmes à la plage tous les jours et nous dînâmes une fois chez *Watson*, mais nous passâmes le reste de nos soirées chez nous. Je savourais ce havre de paix qui me faisait trouver San Francisco très bruyant, sans parler de New York... Je repartis à regret lorsque le lundi arriva.

La semaine suivante fut très chargée. Je travaillai de nouveau pour Carson, mais cette fois sans Chris, qui avait d'autres engagements. Il vint dîner à la maison tous les jours et resta dormir presque toutes les nuits. Il disparut encore le week-end suivant, mais revint le dimanche soir. A partir de ce jour-là, il ne nous laissa jamais plus sans nouvelles une semaine entière. Sa façon de partir et de revenir était un peu étrange mais je m'y étais habituée, et la vie suivait tranquillement son cours.

Nous étions incroyablement heureux tous les deux, à tel point que je ne lui tenais jamais rigueur de ses « vagabondages », qui me permettaient d'avoir aussi du temps pour moi. Les semaines passèrent ainsi, et je me rendis compte tout à coup, à la fin du mois de mai, que nous vivions ensemble depuis deux mois, deux mois qui me paraissaient deux années. J'étais devenue à la fois la femme, la mère et l'amie de Chris Matthews et j'avais l'impression de l'avoir toujours connu. Il était mon meilleur ami et l'homme que j'aimais. Je m'amusais toujours avec lui. Bien sûr, il avait un côté égoïste – il ne faisait jamais ce qu'il n'avait pas envie de faire et il n'agissait jamais contre son gré – mais je m'en accommodais. Je comprenais ses raisons et je les acceptais. A beaucoup d'égards, je me sentais plus mûre que lui, mais j'avais mené une vie différente, et puis je devais élever Sam. Il n'avait pas ce genre de préoccupation. Il n'avait qu'à se soucier de lui seul, Chris Matthews, et de moi, quand il le voulait bien.

C'était un jeudi matin, nous étions étendus sous un arbre, dans un parc. Nous n'avions rien à faire, si ce n'était savourer la vie et nous aimer. Je me souvins que le week-end suivant était férié.

– Qu'est-ce que tu fais ce week-end, Chris ? C'est fête, tu sais ?

– Oui, je sais. Eh bien, si tu veux savoir, je quitte la ville.

– Très amusant ! Mais j'ai compris. C'était une simple question, tu sais.

J'arrachai une touffe d'herbe et m'amusai à lui chatouiller le visage. Je me demandais quand il allait enfin se débarrasser de la fille avec qui il vivait. Il ne l'avait pas encore fait.

– Je ne plaisantais pas, Gill. Je pars. Je vais à Bolinas pour l'été. Tu veux venir ?

– Est-ce que tu plaisantes encore ou pas ?

C'était la première fois qu'il me parlait de ce départ, à part une vague allusion au fait qu'il passait habituellement tous ses étés à Bolinas. Mais avec Chris, peu de choses étaient « habituelles », et il n'avait jamais de projet précis.

– Je suis sérieux. Je pensais partir demain ou samedi. D'ailleurs, je voulais t'en parler. Pourquoi ne viendrais-tu pas t'installer avec Sam ?

– Et après ? Elle est déjà tellement attachée à toi, Chris ! Si elle commence à s'habituer continuellement à ta présence, elle souffrira lorsque nous reviendrons ici. Elle a déjà subi cette situation avec son père... Je ne sais pas si...

– Ne complique pas tant les choses. Elle sera heureuse avec nous, et tu m'as dit que tu allais l'envoyer dans l'Est pour qu'elle le voie. Comme ça, cela la détachera de moi. Quand doit-elle aller chez son père ?

– De la mi-juillet à la fin août. Six bonnes semaines.

– C'est parfait ! Alors, où est le problème ? Elle passera six semaines avec nous et six semaines avec lui. Et on pourra être un peu seuls tous les deux... Gill, s'il te plaît... J'aimerais tellement !

Il se tourna vers moi avec la mine suppliante d'un petit garçon abandonné ; mon cœur se fendit. Je ne savais pas si je devais accepter ou refuser cette chance. Ce serait tellement agréable de vivre avec Chris... Mais ensuite ?

– On va voir... Mais comment ferai-je pour mon travail ?

C'était une bien mauvaise raison et j'en étais aussi consciente que lui.

– Ne chicane pas. Je travaille bien à Bolinas, alors toi aussi, tu peux, non ? Il y a le téléphone là-bas. On t'appellera, n'aie pas peur... Oh, et puis si tu ne veux pas, va te faire foutre !

Tout à coup, c'était moi la méchante fille, c'était lui qui était blessé. Mais il ne m'avait jamais dit qu'il partait. C'était bien Chris !

– Mais je veux, je veux, bon sang... D'accord, je viendrai. J'ai simplement peur de trop m'habituer à ta présence. Est-ce que tu peux essayer de comprendre ça ? Je t'aime, Chris, je veux vivre avec toi, mais quand nous reviendrons à San Francisco, je retournerai chez moi, et toi tu retrouveras ta « compagne de chambre ».

Je n'en avais pas parlé depuis longtemps.

– Eh bien, Gill, je peux te dire que tu te trompes. Elle s'en va la semaine prochaine. Je le lui ai annoncé.

– Tu l'as fait ? Elle... ah !

– Mais oui, petite madame, tu peux faire ah ! Et j'ai pensé que si ça marchait cet été, vous pourriez vous installer chez moi en septembre, Sam et toi. La maison est bien assez grande pour nous trois.

Mais ton cœur, Chris, où en était-il ?... La question était pourtant inutile. Je savais qu'il nous aimait, et j'étais très émue que la fille parte enfin...

– Chris Matthews, tu veux tout savoir ? Eh bien, je t'aime ! Et ce sera fantastique à Bolinas ! Ramène-moi à la maison, je vais faire les bagages.

– Bien, Madame. A votre service.

Je songeai tout à coup, pendant le trajet, que

je n'étais jamais allée chez lui. Je savais qu'il habitait Sacramento Street, mais rien de plus. J'eus l'envie soudaine de visiter sa maison et de m'imprégner de cet endroit où nous allions vivre à l'automne, mais je me tus. Il avait dit : « Si tout marche bien cet été. » Mais je ne voyais aucune raison pour qu'il en soit autrement. Aucune.

CHAPITRE 8

– Chris ! Sam ! Le déjeuner est prêt !

J'avais préparé un grand plat de sandwiches au beurre de cacahuète et à la confiture, avec un pichet de lait. Nous mangions sous un grand arbre, derrière la petite maison que Chris avait louée pour l'été. C'était une merveille. Chris l'avait entièrement repeinte de couleurs vives l'année précédente. Elle était simple, rustique mais confortable et tout près de la mer.

– Je viens, Maman. Oncle Crits m'a dit qu'on irait faire une balade cet après-midi.

Samantha parvint à se hisser sur son siège, malgré le poids de la ceinture munie d'un étui à revolver que Chris lui avait offerte, et enfourna un sandwich dans sa bouche avec un air de satisfaction.

– Tu veux venir aussi, Gill ?

– Bien sûr.

Je jetai un rapide coup d'œil à Chris, par-dessus la tête de Sam, et nous échangeâmes un sourire complice. Tout allait bien. Merveilleusement bien. Nous étions à Bolinas depuis un mois et tout se passait comme dans un conte de fées. Nous faisions des promenades à cheval, nous allions nous baigner et, le soir, nous discutions dehors. Nous étions tellement amoureux l'un de l'autre que cela nous rendait aveugles à tout ce qui n'était pas nous.

Sam devait partir deux semaines plus tard rejoindre son père, Richard. Pour la première fois, j'étais moins triste de son départ. J'avais envie d'être seule avec Chris, même si nos rapports étaient déjà au beau fixe.

– Gill, qu'est-ce qu'il y a ?

Je venais d'avoir un malaise et Chris s'en était aperçu. Il me semblait que mon estomac remontait dans ma gorge, comme si j'avais eu le mal de mer.

– Sans doute quelque chose que j'ai mangé...

– Le beurre de cacahuète, non ? C'est possible. Ou alors, le soleil. Va t'étendre. Je surveille Sam.

Je suivis son conseil. Une demi-heure après, je me sentais mieux.

– Tu veux toujours venir avec nous, chérie ?

– Non, je vous accompagnerai demain.

– Oh, bon sang, j'ai oublié de te dire : je rentre à San Francisco cette nuit. J'ai du travail demain.

– Veinard !

Je n'avais pas eu de proposition depuis trois semaines. En été, il y a moins de tournages. Mais ce n'était pas très grave : nous vivions de peu à Bolinas.

– Quand rentres-tu ?

– Demain soir ou après-demain. Ça dépendra de la durée du tournage. C'est un documentaire pour notre Etat de Californie.

Il me regarda en souriant.

– Ne t'en fais pas. Je reviendrai.

– Heureuse de l'entendre.

Mais il ne revint ni le lendemain ni la nuit suivante.

Il ne réapparut que trois jours plus tard. Je m'étais inquiétée et je l'avais appelé plusieurs fois à Sacramento Street sans obtenir de réponse.

– Mais où étais-tu donc, Chris ?

– J'ai eu un travail fou. Pourquoi t'es-tu fait du souci ? Tu savais que je reviendrais. Alors, où est le problème ?

– Le problème est qu'il aurait pu t'arriver quelque chose, c'est tout.

– Occupe-toi de toi, et moi, je m'occuperai de moi.

C'était comme ça. Fin de la discussion.

– Très bien. Eh bien, moi, je vais à San Francisco demain. Joe Tramino m'a contactée pour un tournage chez Carson.

– Formidable !

Oui... Formidable... Mais qu'avais-tu fait pendant ces trois jours ? Tu aurais pu appeler au moins...

Je me gardai de l'interroger.

Ce soir-là, il se comporta comme si rien ne s'était passé, et le lendemain matin, je partis en lui laissant la garde de Sam. J'avais rendez-vous à neuf heures. Joe m'invita au restaurant pour le déjeuner, puisque le tournage était terminé. Nous étions en terrasse car il faisait beau et chaud. Seule une petite brise agitait doucement les arbres.

– Tu as bien travaillé aujourd'hui, Gill. Comment va ta vie ?

Il savait, c'était évident.

– Tout se passe bien. Vraiment bien.

– On dirait que tu as maigri.

– Tais-toi, tu parles comme ma mère !

Pourtant, il avait raison. Je ne me sentais pas très bien depuis le jour où j'avais eu un malaise à Bolinas, mais je pensais que l'absence de Chris pendant ces trois derniers jours y était pour beaucoup.

– D'accord, je laisse tomber. Mais je me reproche tous les jours de t'avoir présenté ce type et les murs de mon bureau font les frais de ma jalousie féroce... On ne te l'a pas dit ?

Nous éclatâmes de rire.

– Tu es vraiment terrible, Joe ! Mais tu me flattes ! Je tiens pourtant à te rappeler que nous sommes très heureux, Chris et moi. Tu as vraiment bien fait de nous présenter.

Je trouvais un peu bête de le rassurer ainsi, mais je savais qu'il souhaitait sincèrement que je sois heureuse. Sans le vouloir, il avait fait beaucoup pour Chris et moi, ainsi que pour Sam.

Le repas fut animé. Nous causâmes du tournage et d'autres sujets. Je regrettais presque d'avoir à m'en aller. Sa compagnie était agréable, j'aimais discuter avec lui tout en regardant les gens passer. Je m'arrêtai à mon appartement au retour, le temps de prendre mon courrier et de réunir quelques affaires, et je repartis pour Bolinas. J'étais un peu en avance, mais j'étais heureuse de rentrer tôt pour pouvoir me baigner. Il avait fait très chaud.

– Oh hé ! Je suis là !

La maison semblait vide ; ils devaient être à la plage ou à Stinson. J'appelai une nouvelle fois : sans résultat.

J'enlevai mes chaussures et jetai un coup d'œil dans la cuisine avec l'intention de boire quelque chose de frais. Je m'aperçus au même moment que la porte de notre chambre était fermée, ce qui était inhabituel. Je me demandai tout à coup s'il n'était rien arrivé. Mon instinct maternel me fit songer immédiatement à Sam.

Je m'approchai de la chambre, m'arrêtai un instant, pris ma respiration et tournai la poignée de la porte. Ce n'était pas Sam qui était dans la chambre, mais Chris, en train de faire l'amour dans notre lit.

– Oh... je... !

Je restai figée sur place, bouche bée, et mes yeux se remplirent de larmes. Chris avait tourné la tête quand j'étais entrée et l'absence d'expression de ses yeux m'avait frappée. Il ne semblait ni atterré ni épouvanté. Son visage était resté de marbre. La fille avait sursauté et poussé un petit cri horrifié, examinant la pièce de ses yeux terrifiés, comme si elle avait voulu sauter par la fenêtre pour s'échapper. Je ne lui en voulais pas ; je ressentais la même chose qu'elle. Elle restait immobile sous la pression de Chris, qui l'avait agrippée. Je refermai la porte violemment. Que pouvais-je dire ? J'eus pourtant un remords et la colère monta en moi. Je fis volte-face et rouvris la porte.

– Je me moque bien de ce que tu fais et de savoir qui est cette fille, mais où est Sam ?

Chris me décocha un regard plein de haine. Le mien devait l'être encore plus.

– Qu'est-ce que tu crois, Gill ? Que je l'ai ligotée et que je l'ai attachée sous le lit ? Les Gillmour l'ont emmenée pique-niquer avec eux. Je leur ai dit que j'irais la reprendre à six heures.

– Je m'en occupe.

La fille tentait de se dégager mais Chris la tenait toujours fermement. L'horreur de la scène me poignarda le cœur.

– Je reviendrai chercher mes affaires dans une heure.

Je claquai la porte, remis mes chaussures, attrapai mon sac à main et courus jusqu'à la voiture. Qu'il aille au diable ! Si c'était ça sa vie, qu'il la mène, mais sans moi. Je n'en voulais pas. Espèce de pourri... de minable... de menteur... pauvre mec...

Sur le chemin qui me menait chez les Gillmour, je sanglotais sans pouvoir m'arrêter. Tout ce que je désirais, c'était récupérer Sam et partir. Pour de bon. Je me félicitais d'avoir gardé mon appartement. Nous pourrions rentrer cette nuit, Sam et moi, et faire comme s'il n'était jamais rien arrivé, comme si Chris n'avait jamais existé, comme s'il était parti pour toujours. Je pris soin avant de sonner chez les Gillmour, d'essuyer mes larmes. Il me semblait que le monde venait de s'arrêter. Comment allais-je faire avec Sam ?

Elinor Gillmour sortit sur le pas de la porte en me voyant arriver et me fit signe.

– Bonjour, Gillian. Tu as passé une bonne journée ?

Une bonne journée ? Elle plaisantait...

– Excellente. Merci d'avoir emmené Sam avec vous. Je suis sûre qu'elle s'est beaucoup amusée.

Les Gillmour avait cinq enfants, dont deux à peu près de l'âge de Sam. Leur maison était aussi bruyante qu'une cour de récréation.

– Dis, Maman, je peux rester dîner ?

Sam était arrivée en courant en entendant le son de ma voix.

– Non, chérie, il faut rentrer.

– Oh... Maman...

Elle poussa un petit gémissement. Je secouai la tête.

– Je ne plaisante pas, Sam. Nous rentrons. Merci, Elinor. Allez, nous partons !

Je la pris fermement par la main et nous nous dirigeâmes vers la voiture.

– Tu t'es bien amusée ?

– Oh oui ! On fait quelque chose pour dîner ? Si on allait pique-niquer avec Oncle Crits ?

– Non. Tu as déjà pique-niqué à midi. Et puis, j'ai une surprise pour toi : il faut que nous rentrions à la maison quelques jours, parce que Maman a des choses à faire.

Je préférais le lui présenter ainsi. De toute façon, elle partait chez son père dans une semaine.

– Pourquoi ? Je ne veux pas rentrer, moi. Est-ce que Oncle Crits vient aussi ?

– Non, mon cœur, il faut qu'il reste là.

En arrivant chez Chris, j'étais complètement livide. Je ne ressentais plus rien. J'avais une seule envie : le tuer. Mais je ne voulais pas que Sam se rende compte de quelque chose.

– Gill...

Il nous attendait devant la maison.

– Salut, Oncle Crits. C'était un pique-nique formidable !

– Tant mieux, Sam. Est-ce que tu voudrais me faire un très grand plaisir et aller arroser mes plantes ? Elles sont aussi assoiffées qu'un cow-boy perdu dans le désert. Merci.

– Bien sûr, Oncle Crits.

Ravie de se voir confier une telle tâche, elle courut derrière la maison pour remplir sa mission.

– Gill...

Il me suivit dans la maison.

– Laisse tomber, Chris. Et ne te fatigue pas à

trouver des excuses, ça ne m'intéresse pas. J'ai vu ce qui s'était passé et je ne parviens pas à comprendre. Je rentre cette nuit avec Sam. Je te laisserai la voiture quelque part en ville demain matin.

– Je me fous de la voiture.

J'avais vidé les tiroirs de la commode et jeté mes affaires en vrac dans ma valise ouverte sur le lit défait. Le lit où il avait couché avec cette fille. Le salaud.

– Tu aurais pu au moins recouvrir le lit.

– Gill, s'il te plaît, écoute-moi...

– Non, il n'y a pas de « s'il te plaît »... Je m'en vais et tout de suite.

– Ecoute, tout ça n'est pas bien grave. Je me fous de cette fille. Cela ne change rien entre nous. Je l'ai rencontrée en ville, c'est tout.

Sa voix était désespérée.

– Ah bon ? Je suis vraiment étonnée qu'elle ne représente rien pour toi. Mais j'ai l'impression que je n'ai pas beaucoup plus d'importance pour toi. Et tout le temps que tu as vécu avec cette autre fille ? Tu viens, tu repars, tu arrives pour dîner, tu passes la nuit avec moi, et puis tu disparais trois jours, sans rien dire... Et maintenant, tu couches avec cette fille, juste comme ça... dans notre lit... Je sais bien que c'est ton lit à toi, mais je m'en fous. Je croyais qu'on vivait ensemble. Et je ne supporte pas ce genre de choses, ce qui est certainement un grand tort.

– Non, Gill, tu te trompes. Je t'aime telle que tu es. Mais je suis un homme, bon Dieu, et j'ai besoin de m'amuser.

– Mais alors, qu'est-ce que je suis, moi ?

La colère me faisait hurler.

– Justement, Gill. Toi, c'est sincère. Ce n'est pas simplement pour passer un moment. Je t'aime.

Sa voix n'était plus qu'un murmure, son regard était devenu implorant.

– S'il te plaît, Gill, ne t'en va pas. J'ai besoin de toi. Je suis désolé de ce qui est arrivé.

– Moi aussi, crois-le bien. Mais je m'en vais.

Je n'étais pourtant plus si résolue à partir. Il m'aimait donc pour de bon... Mais qu'est-ce que cela signifiait ?

– Chris, je suis sûre que cela arrivera de nouveau. Et je ne peux pas supporter cette idée. Je suis désolée.

Désolée... Pourquoi aurais-je dû être désolée ? Pourtant, je l'étais, ô combien...

– Pourquoi veux-tu absolument faire de cet incident un événement si important ? Il n'y a vraiment pas de quoi, je t'assure.

– Peut-être pour toi, mais pas pour moi. Est-ce que tu sais ce que ça peut faire de te trouver nu, allongé sur une fille, les jambes écartées, en train de lui faire l'amour ?

– D'après ta description, c'était vraiment fantastique...

Il s'était calmé et se tenait davantage sur ses gardes.

– Ça l'était peut-être, effectivement. Ça en avait l'air, en tout cas, quand je suis arrivée... Tu sais ce que je ressens ? J'ai l'impression d'être stupide et surtout de ne pas te convenir ni de te satisfaire. Si je ne te rends pas heureux, dis-le-moi au lieu de te taire et de coucher avec quelqu'un d'autre dès que j'ai le dos tourné. Joe Tramino avait bien raison.

Je regrettai presque aussitôt d'avoir prononcé ce nom et de le mêler à cette histoire.

– Qu'est-ce que cette espèce de minus d'Italien est allé raconter sur moi !

Chris était devenu livide.

– Rien. Oublie ça. Il m'a simplement dit que tu me rendrais malheureuse.

– Merde alors, tu as été heureuse ! Et si tu étais rentrée à l'heure convenue, tu m'aurais trouvé en train de dîner avec Sam, et tu ne te serais rendu compte de rien, parce que tu n'aurais rien su. Si tu me connaissais vraiment, tu comprendrais et rien ne serait changé maintenant...

– Tu plaisantes, j'espère ?

– Non, pas du tout. Ça pourrait t'arriver à toi aussi, Gill, et je ne partirais pas quand même. Tu as raison quand tu dis que nous vivons ensemble ; et je t'assure que je t'aime. Mais, à la différence de toi, j'essaie de comprendre les gens.

Je commençais à me demander s'il avait raison et j'étais ébranlée par ses arguments. Il y avait quelque chose de sensé dans ce qu'il disait. Peut-être était-ce une sorte de fatalité... Mais pourquoi cela m'arrivait-il à moi ? Et pourquoi avait-il fallu que je le sache ?

– Gill, si tu passais la nuit ici ? Tu verrais comment tu te sens demain matin. Ce serait idiot de partir maintenant. Sam ne va pas comprendre. Je travaille à San Francisco demain. Si tu veux toujours t'en aller, je te ramènerai.

Je n'avais pas envie de rester dormir mais il avait raison pour Sam. J'hésitais et il le sentit.

– Bon, d'accord. Mais c'est uniquement à cause de Sam. Ecarte-toi de mon chemin. Je dormirai sur le canapé. Toi, retourne dans ta chambre.

Je jetai ma valise par terre et sortis.

– Je vais faire le dîner, Gill. Calme-toi. Tu as l'air épuisée.

– Plutôt, oui. Mais je ferai à manger pour Sam. Tu n'as qu'à t'occuper de toi.

Je sortis un instant pour aller chercher Sam qui arrosait encore les plantes de Chris avec une application amoureuse. Elle semblait ne rien avoir entendu de la discussion, mais je n'en étais pas sûre.

– Sam, tu veux manger, ma chérie ? Qu'est-ce que tu dirais d'un peu de poulet froid ?

– Oh, ce sera très bien, Maman.

Je compris qu'elle nous avait entendus, car elle se montrait inhabituellement obéissante. Je lui en fus reconnaissante.

– Tu es une adorable petite fille.

– Merci, Maman. Est-ce que Oncle Crits va manger avec nous ?

– Non.

Mes lèvres se contractèrent involontairement.

– Ah bon.

Elle mangea son poulet en silence, mit son pyjama et me dit qu'elle était prête pour aller se coucher. Lorsque je la bordai dans son lit, mon cœur se fendit. Il m'était insupportable qu'elle croie que les hommes qui entraient dans notre vie ne faisaient que passer et s'éloignaient ensuite, ou m'obligeaient à m'éloigner d'eux. Ce n'était pas bon pour elle. J'en voulais à Chris de reproduire cette situation, et je m'en voulais à moi-même de l'avoir laissée se reproduire. Je n'aurais jamais dû venir à Bolinas. Un sentiment de regret m'envahit tandis que j'embrassais Sam en éteignant la lumière.

– A demain, mon cœur, fais de beaux rêves.

Je partis dans la cuisine me faire chauffer un café. Les larmes coulaient sur mes joues. Je me sentais complètement abattue. Quelle journée abominable ! Et je ne voyais pas comment demain pourrait être meilleur.

– Comment te sens-tu, Gill ?

Je ne l'avais pas entendu entrer dans la cuisine.

– Très bien, merci. Tu veux bien rester pour garder Sam ? J'ai envie de prendre l'air.

– Oui, bien sûr.

Je sentis son regard posé sur moi tandis que je fermais doucement la porte et que je m'éloignais vers la mer. La nuit était calme et l'air encore tiède. Je levai les yeux et vis les étoiles qui brillaient dans la nuit, mais ce spectacle merveilleux ne me consola pas. Tout près, la mer venait mourir doucement sur le rivage. Je m'étendis sur le sable pour réfléchir. Mais que penser ? Je ne savais pas ce que je faisais. Je voulais seulement être seule, loin de Chris et de la maison.

Machinalement, je commençai à me déshabiller, entrai dans l'eau puis me mis à nager vers cette petite avancée de sable qui se trouvait au bout de

Stinson Beach, me souvenant du jour où nous l'avions traversée, Chris et moi, avec le cheval de l'agence Carson. C'était le jour de notre rencontre, il y avait trois mois... Tout était différent aujourd'hui.

Une fois arrivée sur le bord, je m'étendis sur le sable, dans le clair de lune. Je me demandais de quoi serait fait l'avenir et s'il me serait possible de faire confiance à quelqu'un. Il me semblait que j'étais là depuis plusieurs heures lorsque j'entendis des pas. Je me retournai, effrayée.

– Gill ?

C'était Chris.

– Qu'est-ce que tu fais là ? Tu m'avais dit que tu surveillerais Sam !

Il aurait pu faire au moins cela pour moi.

– Elle dort comme un ange, et puis je voulais te parler.

– Il n'y a rien à dire. Comment as-tu su que j'étais là ?

– Je m'en doutais, c'est tout. Je serais allé au même endroit, à ta place.

– Je ne pensais pas que cela pouvait avoir de l'importance pour toi...

Je pleurais doucement.

– Je voudrais que tu saches au contraire combien cet endroit a de la valeur pour moi, Gill.

Il s'assit sur le sable, à côté de moi, et je voyais les gouttes d'eau étinceler sur sa peau dans la clarté de la lune

– Il vaut mieux que je rentre pour surveiller Sam.

Je ne voulais pas rester ainsi sans parler.

– Reste avec moi, rien qu'une minute, s'il te plaît...

Quelque chose dans le ton de sa voix m'émut jusqu'au cœur, un peu comme quand Sam m'avait répondu avec tant d'obéissance avant d'aller se coucher.

– Mais pourquoi, Chris ? Qu'y a-t-il de plus ? Nous nous sommes tout dit.

– Non, justement. Et même si c'est vrai, laisse-moi rester près de toi, ici, tranquillement, quelques instants encore. Je ne peux pas supporter l'idée que tu t'en ailles, Gill.

Je fermai les yeux et fis un effort pour étouffer les sanglots qui m'oppressaient.

– Tu veux qu'on marche un peu ?

J'acquiesçai en silence et nous nous mîmes à marcher le long de la plage, côte à côte, mais sans jamais nous toucher. Je me sentais horriblement seule.

– Il vaut mieux rentrer, Chris. Pense à Sam.

Il nous fallait encore marcher, nager jusqu'à la plage de Bolinas et ensuite rentrer à la maison, ce qui prendrait une bonne demi-heure. Je commençais à m'inquiéter au sujet de Sam ; elle serait terrorisée si elle se réveillait et ne trouvait personne.

– D'accord, Gill. Mais je voulais m'arrêter dans notre petite crique.

Sa voix ressemblait à celle d'un petit garçon auquel on vient de faire beaucoup de chagrin, mais sa réflexion me mit hors de moi.

– Chris, comment oses-tu ? Décidément, tu ne comprends rien à rien.

Le charme de la nuit et de son silence était rompu. Je courus vers la mer, plongeai et nageai aussi vite que je le pus vers l'autre rive. Mais il avait gagné la plage bien avant moi et m'enlaça étroitement lorsque je sortis de l'eau.

– Maintenant, tu vas te taire, Gillian Forrester. C'est vrai que je me suis très mal conduit aujourd'hui, mais je t'aime et si tu n'as pas compris ça maintenant, c'est que tu n'as pas une once de cœur.

Il écrasa sa bouche sur la mienne et me donna un baiser qui m'ébranla jusqu'au plus profond de moi.

– Chris...

– Tais-toi. Il faut rentrer à cause de Sam. Il me prit fermement la main, m'amena là où j'avais laissé mes vêtements et me regarda me rhabiller, tout en remettant son jean.

Il me reprit la main et nous marchâmes en silence jusqu'à la maison. Les lumières étaient restées allumées, tout était calme à l'intérieur. Je fus soulagée lorsque je vis que Sam était profondément endormie. En passant devant notre chambre, je constatai que Chris avait refait le lit et mis des draps propres. Un grand bouquet de fleurs trônait sur la commode.

– Tu viens te coucher ?

Il était assis sur le bord du lit, un petit sourire aux lèvres.

– Tu as fait un joli travail...

Rien ne pouvait plus me rappeler ce qui s'était passé l'après-midi même, excepté cette blessure qui me déchirait le cœur.

– Tu ne m'as pas répondu. Tu viens te coucher ?

Il éteignit la lumière. Je restai immobile dans l'obscurité, incapable de savoir ce que j'allais faire. Je ne voulais pas dormir dans notre lit mais je n'avais pas non plus envie de le quitter. Je me demandais s'il avait eu raison, cet après-midi, lorsqu'il m'avait dit que tout aurait été pareil si je n'étais pas rentrée plus tôt que prévu. Le problème, c'était justement que j'étais revenue en avance.

Il se tourna sur le côté. Je m'approchai doucement et commençai à me déshabiller. Je voulais bien dormir à ses côtés mais je ne ferais pas l'amour avec lui. Peut-être ne le désirait-il pas, après tout. Il avait eu son compte pour aujourd'hui. L'évocation de ce souvenir me fit tressaillir de douleur. Je me glissai dans les draps, lui tournai le dos et m'endormis aussitôt. J'étais épuisée.

Lorsque je m'éveillai le lendemain matin, une odeur de bacon grillé envahissait la chambre. Il était cinq heures. Je vis par la fenêtre qu'il y avait du brouillard.

– Bonjour, belle au bois dormant. Le petit déjeuner est servi.

Je me sentais plutôt laide et l'odeur du bacon me souleva le cœur. Mes nerfs étaient vraisemblablement en train de craquer.

– Bonjour, Maman. On t'a fait des gaufes.
– Des gaufres, ma chérie. Et vous êtes déjà habillés tous les deux ? Mais vous avez dormi, au moins ?
Je me sentais épuisée mais il fallait faire bonne figure, au moins pour Sam.
Je me levai, me brossai les dents et me sentis ensuite un peu mieux. Je fis honneur aux gaufres, qui étaient excellentes. Sam était tout excitée.
– Elles sont bonnes, hein, Maman ?
– Fantastiques, Sam.
Je lançai un rapide coup d'œil à Chris mais il me tournait le dos.
– Pourquoi tout le monde est-il levé si tôt ?
– Je commence à tourner en extérieur à six heures, alors si tu veux toujours repartir pour San Francisco, il faut te dépêcher. Je suis déjà en retard.
– Très bien. Je range mes affaires et je m'habille. J'en ai pour dix minutes.
Je n'avais rien à faire à San Francisco, si ce n'était féliciter Joe Tramino pour sa perspicacité.
Sam avait une mine triste dans la voiture et j'essayai de la divertir en lui faisant chanter des chansons. J'étais heureuse qu'il y eût du brouillard ; il m'épargnait de voir s'éloigner Stinson et Bolinas.
Comme il était très tôt, il n'y avait aucune circulation sur la route et nous fûmes en ville en une demi-heure. Chris nous déposa devant notre appartement et porta Sam sur ses épaules jusque devant la porte.
– A bientôt, collègue !
Elle semblait sur le point d'éclater en sanglots. Il s'agenouilla et lui murmura quelque chose à l'oreille. Un grand sourire éclaira aussitôt son visage.
– D'accord, Oncle Crits. Au revoir.
Elle courut à l'intérieur et referma la porte d'entrée. Je me tournai vers Chris.
– Qu'est-ce que tu lui as dit ?
Il n'était pas question qu'il lui raconte des mensonges en lui promettant de revenir bientôt.

– Allons, dis-le-moi.
– Aucun rapport avec toi. C'est entre elle et moi. Et puis, j'ai aussi un message pour toi. Je veux te dire que rien n'est fini. Et n'essaie pas de t'en persuader, parce que ce n'est aucunement le cas. Je m'y emploierai, d'ailleurs. Tu m'entends ?
Il me fixa intensément un long moment, m'embrassa sur le front et s'éloigna.
Il avait commis une grosse erreur. Pour moi, tout était bien fini.

A neuf heures, je déposai Sam à l'école, dans la cour de récréation. J'avais remarqué avec plaisir qu'elle ne semblait plus du tout affectée par notre retour. Une fois chez moi, je me mis à déballer mes affaires.
Je dus également téléphoner à toutes les agences de publicité pour lesquelles je travaillais occasionnellement, afin de les prévenir que j'avais regagné San Francisco. Et ensuite ? Que faire ? Pleurer, peut-être ? Pourquoi pas...
Je déambulai dans la maison, me fis un café, puis je partis chercher Sam à l'école et nous allâmes au zoo. La vue des valises sur le lit me déprimait, tout comme mes coups de téléphone pour trouver du travail. Nous dînâmes dans un self et rentrâmes à la maison dans la soirée. Je fis prendre un bain à Sam et la mis au lit. Mais je savais bien malgré toutes ces menues occupations que l'angoisse allait s'emparer de moi à nouveau. Chris était parti.
– Je peux entrer ?
Mon cœur se mit à battre plus vite lorsque je vis la tignasse blonde dans l'encadrement de la porte.
– Tu pourrais fermer ta porte.
– Et toi, tu pourrais écouter ce qu'on te dit. Je t'ai dit de me laisser tranquille.
Mais j'étais si heureuse de le voir que je crus que j'allais me jeter dans ses bras. Son absence m'avait pesé toute la journée.
– Tu es dégueulasse, Gill. Et, de toute façon, je dois revenir, je l'ai promis à Sam.

Il s'était étendu sur le canapé et semblait content.
– Eh bien, tu n'aurais pas dû.
– Je vous ramène toutes les deux à Bolinas demain. J'ai pensé qu'une journée ici te ferait du bien.
– En effet. Et nous restons.
– Dans ce cas, moi aussi. Mais c'est idiot de ne pas retourner à Bolinas.
– Alors, vas-y. Je me fiche bien de l'endroit où tu peux être.
– Vraiment ?
Il s'était levé du canapé et s'approchait lentement de la chaise où j'étais assise. Je ne savais plus où j'en étais.
– Eh bien, moi, il se trouve qu'il m'importe au plus haut point de savoir où tu es, Gillian Forrester. Et je veux être avec toi. Est-ce que tu t'es enfin mis ça dans la tête ?
Il se tenait au-dessus de moi, les mains posées sur les accoudoirs. Il approcha son visage du mien et je compris qu'il allait m'embrasser.
– Chris, ne fais pas ça !
Je tentai de le repousser mais il se rapprocha encore et m'embrassa.
– Arrête !
– Non, c'est toi qui vas arrêter. Cette histoire a assez duré. Je suis prêt à supporter tous tes reproches mais il n'est pas question que ça prenne des proportions pareilles. Mets-toi bien ça dans la tête.
A ces mots, il me prit dans ses bras, me porta jusque dans la chambre et me jeta sur le lit. Je me relevai et me mis à hurler :
– Chris Matthews, sors de cette maison !
Au lieu de partir, il me fit retomber sur le lit et avant même que j'aie pu réagir, il m'étreignait déjà. Nous avions renoué.

– Est-ce qu'on part pour Bolinas ce matin, ou pas ? Le temps n'est pas très beau de toute façon.

Nous étions au lit et, par la fenêtre, on voyait du brouillard.

– Je ne préfère pas, Chris. J'ai trois engagements la semaine prochaine et Richard vient chercher Sam vendredi. Il vaudrait mieux rester.

– D'accord.

Il se faisait très conciliant.

– Mais je veux habiter ici, pas chez toi à Sacramento Street.

– Pourquoi ?

– Pour plusieurs raisons. D'abord, parce que je ne vois pas l'intérêt de déménager au moment où Sam va rejoindre son père ; cela posera des problèmes. Je ne l'imagine pas en train de lui expliquer que nous habitons maintenant avec toi. C'était différent à Bolinas. Et puis, ensuite, parce que... non, le reste n'est pas très important.

En fait, cela l'était beaucoup pour moi. Je n'avais pas envie de me retrouver dans un endroit où Chris avait connu des centaines de filles avant notre rencontre, certainement même ces trois derniers mois. Même Bolinas maintenant me mettait mal à l'aise. Je voulais rester chez moi, à San Francisco.

– C'est un peu bête, mais je me soumets. De toute façon, j'ai beaucoup de travail.

Nous passâmes donc la semaine suivante dans mon appartement, en nous efforçant de recoller les morceaux. Je me rendis compte combien j'y parvenais facilement, mais Chris y était pour beaucoup. Il m'était impossible de résister à son charme juvénile. Et de plus, je l'aimais.

A la fin de la semaine suivante, je fis les bagages de Sam, éloignai Chris de la maison pour la journée et attendis l'arrivée de Richard, le père de Sam. Il m'avait téléphoné pour me prévenir qu'il allait à Los Angeles pour affaires et qu'il prendrait donc l'avion pour San Francisco, de façon à passer la chercher le 15 juillet dans l'après-midi. Ce qui signifiait qu'il comptait être à la maison vers deux heures. Quand Richard disait quelque chose on pouvait compter sur lui. Il avait toujours été d'une ponctualité irritante.

Et ce 15 juillet, il arriva effectivement à deux heures dix, vêtu comme à son accoutumée avec une élégance parfaite : costume gris, cravate bleu marine et blanc, chemise blanche, chaussures noires parfaitement cirées. Cela me fit une impression bizarre de le voir sur le pas de la porte, et de songer que j'avais été mariée avec lui et que cette vision m'avait été familière pendant plusieurs mois. Maintenant, il me semblait venir d'une autre planète. Je pense qu'il devait songer à la même chose en me considérant. Je n'étais plus la Gillian qu'il avait connue.

– Sam est prête.

J'essayai de parler avec assurance et d'avoir l'air heureuse, pour ne pas inquiéter Sam. Mais je ne supportais pas l'idée qu'elle parte six semaines. Les jours allaient me paraître vides sans elle.

– Tu as bonne mine, Gill. Tu as été au soleil ?

– Oui, de l'autre côté de la baie.

Je restai volontairement dans le vague. Une fois de plus, je me rendis compte combien nos conversations étaient creuses depuis notre divorce. De quoi parlions-nous auparavant ? Je ne parvenais pas à m'en souvenir.

– Je t'ai fait la liste des lieux où nous serons, Samantha et moi, pendant ces six semaines. Si tu bouges de ton côté, préviens ma secrétaire pour que je puisse te joindre en cas d'urgence. Son visage me semblait dur et inexpressif.

– Ne t'en fais pas. J'appellerai Sam.

Je pris Sam dans mes bras, lui fis un gros câlin et l'embrassai avec force.

– Au revoir, Maman. Envoie-moi de jolies cartes et dis au revoir pour moi à Oncle Crits !

Je saisis le regard curieux de Richard.

– A bientôt, Richard. Bon voyage. Au revoir, ma chérie, sois sage. J'agitai la main en direction de la limousine qui s'éloignait lentement et vis disparaître le petit visage de Sam, collé contre la vitre.

Le téléphone retentit. Je décrochai, heureuse d'entendre une voix au bout du fil.

– Je peux rentrer ? Le grand méchant loup est parti ?

– Oui. Et Sam aussi. Je me sens déprimée.

– Je comprends. J'arrive dans dix minutes et on part pour Bolinas tout de suite si tu veux.

Tout à coup, le souvenir de la fille que j'avais surprise avec Chris s'estompa. J'avais envie de repartir là-bas. L'impression d'amertume avait disparu après une semaine passée en ville et je voulais quitter cet appartement lugubre sans les cris joyeux de Sam.

Chris tint sa promesse. Dix minutes plus tard, il était dans le salon, une bouteille de vin dans chaque main.

– Je ne savais pas si tu préférais le rouge ou le blanc. Alors, j'ai apporté les deux. Je te sers un verre ?

– Plusieurs, même ! Après nous partirons.

Nous prîmes deux verres de vin rouge puis nous quittâmes San Francisco.

Nous revenions à Bolinas. Seuls, cette fois-ci. Et heureux.

CHAPITRE 9

Le mois suivant se déroula comme dans un rêve. Ayant peu d'engagements, nous passâmes la plupart de notre temps à la plage ou dans le grand hamac que nous avions suspendu derrière la maison, sous les arbres. Nous nous reposions et nous faisions l'amour.

Pendant tout le mois, j'eus l'occasion de travailler une seule fois, et Chris deux. Nos finances n'étaient pas brillantes, mais nous étions heureux. Je piochais dans ma pension alimentaire et Chris se débrouillait.

Je me mis à la peinture, Chris fit de moi des centaines de photos de nu et les jours passèrent ainsi, à toute vitesse. Quelques brèves et froides missives de Richard me donnèrent de bonnes nouvelles de Sam, qui me paraissait effectivement très heureuse chaque fois que je lui téléphonais. Chris n'eut pas d'autre aventure ; bien plus, il était plus amoureux que jamais. Joe Tramino s'était trompé. Nous n'avions aucun souci, Chris et moi, si ce n'est les quelques malaises dont je souffrais de temps en temps et que nous attribuions au soleil ou à la nourriture. J'étais aussi prise très souvent de vertiges. Ce n'étaient pour moi que des ennuis passagers, mais Chris insistait pour que j'aille voir le médecin.

– C'est peut-être un ulcère, Gill. Viens donc

avec moi la prochaine fois que j'irai à San Francisco. Il faut que j'y sois après-demain. Tu devrais prendre rendez-vous maintenant.

– Tu sais, je crois que c'est nerveux, tout simplement... Mais si ça peut te faire plaisir, d'accord, j'irai...

Je pris rendez-vous et essayai de ne pas y penser : je ne voulais pas que quelque chose puisse venir gâcher notre bonheur.

– Il va faire un temps superbe.

– Quelle heure est-il ?

Je me sentais mal de nouveau mais je ne voulais pas en parler à Chris.

– Sept heures et demie. On est déjà en retard. Lève-toi, je vais faire du café.

Je fermai les yeux un moment, prise d'un malaise. L'odeur du café me levait le cœur.

Nous partîmes seulement à neuf heures car Chris avait dû rechercher du matériel nécessaire à son tournage. Cela m'avait donné le temps de me remettre, mais je savais que le trajet, sur les routes de montagnes, me serait pénible. Ce qui fut bel et bien le cas.

– Tu n'as pas l'air bien, Gill. Ça va ?

– Oui, oui, je t'assure.

Mon visage devait être blême, je le sentais.

– Je suis quand même content que tu ailles voir le médecin. Ma sœur a eu les mêmes symptômes que toi pendant un an. Je sais qu'elle s'est retrouvée à l'hôpital avec une perforation. Je peux te dire que ce n'est pas drôle.

– Je m'en doute. Elle va bien, maintenant ?

– Oui, très bien. Ne t'en fais pas. Mais il faut quand même que tu saches...

Oui, il le fallait bien...

– J'aimerais qu'on passe chez moi, Gill, avant de repartir. Tu pourras me dire si tu veux que je fasse des transformations dans la maison avant que vous veniez vous installer, Sam et toi. J'ai arrangé la chambre, tu sais. J'espère que ça te plaira.

Il me décocha un regard presque timide qui me toucha au plus profond de moi. J'avais l'impression que nous étions sur le point de nous marier.

– J'ai dit à mon propriétaire que je déménagerais le 1er septembre. Il m'a assuré qu'il trouverait un nouveau locataire. Les meublés sont très recherchés. Je suis contente car ça m'embêtait de le prévenir si tard.

Nous avions en effet attendu presque le dernier moment pour en parler, mais, comme « tout avait bien marché », il n'y avait plus aucune raison de ne pas prendre la décision.

Le reste du trajet, nous discutâmes de choses et d'autres. Je me sentais très bien et savourais notre bonheur.

Chris me déposa dans le centre et, comme j'avais une demi-heure d'avance, je m'offris une petite promenade en ville. Je fus attirée irrésistiblement par les charmes d'un magasin de vêtements chics. Vingt minutes plus tard, j'en ressortais avec un pull à col roulé et un nouveau parfum. J'avais besoin de quelque chose pour me donner du courage, car j'avais le pressentiment que j'aurais du mal à prendre ce que le médecin allait m'annoncer.

J'arrivai devant l'immeuble et pris l'ascenseur. Je devais rencontrer Howard Haas, porte 312. Mon médecin de New York me l'avait recommandé lorsque j'étais partie.

Je donnai mon nom à la secrétaire et m'assis dans la salle d'attente où se trouvaient sept personnes. Les journaux ne m'intéressaient pas, il faisait chaud et je me sentais de plus en plus nerveuse.

– Madame Forrester, par ici, s'il vous plaît.

J'avais très peu attendu.

Je suivis l'infirmière qui ouvrit une imposante porte en chêne. Je m'attendais à trouver un vieux monsieur chauve à lunettes ; bien au contraire, il paraissait avoir quarante-cinq ans tout au plus et avait plutôt l'allure d'un tennisman. Il m'accueillit en souriant.

– Asseyez-vous, madame Forrester.

– Merci.

Je me sentais aussi vulnérable qu'une petite fille qui vient d'arriver dans une école qu'elle ne connaît pas. Je ne savais que dire.

– Parlez-moi d'abord un peu de vous et puis nous en viendrons ensuite à votre problème. Si problème il y a.

Je lui retraçai les grands moments de ma vie, les inévitables maladies infantiles et la naissance de Sam.

– Eh bien, tout ça me paraît très bien. Quel est l'objet de votre venue ?

Je lui parlai des vertiges, des nausées et des vomissements. Il se contentait d'acquiescer, sans prendre aucune note, et ne paraissait nullement inquiet.

– Quand avez-vous eu vos dernières règles ?

– Mes règles ?

J'y avais pensé, mais sans vouloir m'y appesantir.

– Cela fait quelques semaines, je crois...

Je me sentais prête à défaillir.

– Vous n'en êtes pas sûre, alors ?

Je voyais qu'il me croyait un peu idiote.

– Non. Mais je sais que ça n'a duré que quelques heures.

– C'est inhabituel chez vous ?

– Oui.

Il me parlait un peu comme à une enfant retardée, avec beaucoup de douceur et de ménagement.

– Et l'avant-dernière fois que vous avez eu vos règles, était-ce pareil ?

– Oui. Mais j'ai pensé que c'était le changement d'air, les soucis ou... je ne sais pas, moi...

– Vous êtes sûre d'avoir toujours eu vos règles ?

– Oui.

– Vos seins n'ont pas gonflé ?

Je n'avais rien remarqué.

– Eh bien, nous allons jeter un coup d'œil.

Il me fit un grand sourire et je me mis à prier. Un peu comme quand on sait qu'on a échoué à un examen, parce qu'on n'a pas assez appris sa leçon, mais qu'on espère encore, malgré tout. Le médecin m'ausculta donc. J'étais enceinte de deux mois. Deux mois et demi peut-être.

– Félicitations, madame Forrester. Le bébé devrait naître en mars. Nous allons faire un test pour la forme mais il n'y a aucun doute : vous êtes enceinte.

– Mais je... c'est que... Merci, docteur.

J'avais pris soin de lui dire qu'on m'avait enlevé les amygdales quand j'étais petite, mais j'avais complètement oublié de lui préciser que je n'étais plus mariée. Ses félicitations ! Après avoir repris rendez-vous avec lui pour le mois suivant, je regagnai l'ascenseur, hébétée. Qu'allais-je dire à Chris ? Il devait m'attendre en bas depuis dix minutes au moins. J'espérai un instant qu'il ne serait pas là, qu'il aurait peut-être oublié de venir... Je décidai de ne rien dire avant notre arrivée à Bolinas. Nous pourrions nous asseoir à l'ombre du grand arbre et continuer à être heureux...

Je l'aperçus qui m'attendait devant la porte. J'avais envie de pleurer. Je m'approchai de lui, essayant de sourire.

– Alors, qu'a dit le médecin ?

– Je suis enceinte.

– Tu es quoi ?

Malgré toutes mes résolutions, la vérité m'avait échappé, sans doute parce que je préférais qu'il en soit ainsi.

– Une minute, Gill. Comment ça, enceinte ? Tu as un stérilet, non ?

– Oui, bien sûr. Il n'empêche que je suis enceinte. Tu ne me félicites pas ?

– Tu plaisantes, j'espère.

– Non. C'est exactement ce que m'a dit le médecin.

– Est-ce que tu lui as dit que tu n'étais pas mariée ?

Chris avait pâli.

– Non, j'ai oublié.

– Oh, mon Dieu !

J'étais secouée de petits rires hystériques que je ne contrôlais pas. Chris semblait sur le point d'exploser.

– Tu es enceinte de combien ?

– Deux mois, deux mois et demi. Ecoute, Chris... je suis désolée... Je ne l'ai pas fait exprès mais le bébé est là et bien là.

– Je sais, je sais. Mais tu comprends que c'est un sacré choc pour moi. Tu ne t'es pas posé de question quand tu n'as pas eu tes règles ? Pourquoi ne m'as-tu rien dit ?

– J'ai eu mes règles... Enfin, presque...

– Quoi, « presque » ? Tu ne me ferais pas croire ça.

– Où me conduis-tu ?

Nous roulions dans Market Street depuis un quart d'heure.

– Qu'est-ce que j'en sais ?

Il jeta un coup d'œil dans son rétroviseur, puis me regarda un instant. Son visage s'illumina.

– Je viens de penser à quelque chose. Nous allons à San José.

– San José ? Pour quoi faire ?

– Parce qu'il y a un excellent centre de contrôle des naissances où on pratique l'avortement. J'ai un ami là-bas.

– Espèce de brute...

Le trajet jusqu'à San José se fit dans le silence le plus total. De temps à autre, nous nous observions à la dérobée, sans nous décider à parler. J'avais l'impression d'avoir commis un crime infamant.

A San José, l'ami de Chris se montra très gentil. Il me demanda quelques précisions et nous dit qu'il nous téléphonerait. En regagnant la voiture, je fus prise d'une nausée. Je songeai qu'il nous faudrait de longues heures avant de regagner Bolinas. Je me sentais épuisée, abandonnée, mais je ne voulais pas songer à cet avortement. Tout sauf ça.

Chris tenta d'animer la conversation, mais je ne supportais plus d'entendre sa voix. Il avait l'air beaucoup mieux ; je crus comprendre qu'il était soulagé d'avoir trouvé si vite une solution au problème qui le tourmentait. Mais, pour moi, cette solution me désespérait.

– Chris, gare-toi.

Nous venions juste de sortir de San Francisco, mais je m'en fichais ; je ne pouvais pas attendre.

– Ici ? Tu ne te sens pas bien ?

– Si. Enfin, non... Je t'en prie, gare-toi.

Il s'exécuta, l'air soucieux. Je me tournai vers lui.

– Chris, je vais avoir cet enfant.

– Maintenant ? s'écria-t-il.

Je crus que ses nerfs allaient craquer.

– Non, pas maintenant. En mars. Je ne veux pas me faire avorter.

– Quoi ?

– Tu m'as parfaitement entendue. J'aurai cet enfant. Je ne te demande pas de m'épouser, mais ne me demande pas d'avorter. Je ne le ferai pas.

– Mais pourquoi, Gill, bon Dieu, pourquoi ? Ça va foutre notre vie en l'air. Tu as déjà un enfant, pourquoi en veux-tu un autre ?

– Parce que je t'aime et que cet enfant est le nôtre. Et puis, au plus profond de moi, je pense qu'on doit avorter seulement si on y est obligé. Mais quand deux personnes s'aiment suffisamment, au point de vivre ensemble, il me semble que c'est un crime de tuer le fruit de leur union. Je ne le supporterai pas, Chris. Je dois garder cet enfant.

Mes yeux s'embuèrent de larmes.

– Tu parles sérieusement ?

– Oui.

– Mon Dieu ! Enfin, tu feras ce que tu voudras.

Nous en reparlerons. Mais j'espère que tu sais dans quoi tu t'engages, Gill.

– Je le sais. Mais ce serait pire si je supprimais cet enfant. Et je le garderai, que tu restes ou pas.

J'avais prononcé ces derniers mots un peu par bravade. Il ne réagit pas.

– D'accord, belle dame. La décision t'appartient.

Il remit le moteur en route et démarra en trombe. Il resta muet durant tout le trajet.

CHAPITRE 10

Nous regagnâmes Bolinas dans la nuit, sans nous arrêter chez lui, sans dîner, sans prononcer une parole. J'étais trop épuisée pour m'en inquiéter. Je me mis au lit et m'endormis aussitôt.

Lorsque je m'éveillai, le lendemain matin, je me retournai vers Chris, qui fixait le plafond, l'air mécontent.

– Chris... je suis vraiment désolée...

Ce qui était en grande partie faux, mais je n'osais trop le lui dire.

– Mais non, voyons. Si tu penses que c'est bien pour toi d'avoir cet enfant...

– Et pour toi, alors ?

Il se tourna vers moi et m'observa longuement avant de répondre :

– Non, pas pour moi, Gill. Mais tu m'as dit hier que ça n'avait pas d'importance. Tu penses toujours la même chose ?

– Oui.

Ma voix s'était perdue dans un murmure. Il me quittait.

– On ne vit plus ensemble, c'est ça ?

– Non. Tu repars pour New York.

Ce qui revenait au même. J'eus envie de hurler, de pleurer, de mourir. Et puis, je ne voulais pas revenir à New York.

– Je ne partirai pas, Chris. Tu peux me quitter, mais je ne partirai pas.

– Il le faut, Gill, si tu m'aimes. Tu vas faire quelque chose que tu désires, donc tu ne peux pas m'empêcher de décider moi aussi ce que je veux.

Son raisonnement semblait si sensé... Mais il ne l'était pas. Au moins pour moi.

– Je ne vois pas ce que mon départ pour New York vient faire là-dedans. Et alors ? Je ne te verrai plus jamais ?

– Non, je viendrai de temps en temps. Je t'aime toujours, Gill. Mais je ne supporterais pas de savoir que tu es ici. Tu es enceinte et, bientôt, tout le monde va s'en apercevoir. Enfin, Gill, on travaille dans la même branche, tu ne crois pas que tout le monde comprendra ? Joe Tramino le saura, et bien d'autres encore.

– Et alors, qu'est-ce que ça peut faire ? D'accord, nous allons avoir un enfant. Mais des milliers de gens en ont. Et nous nous aimons. Alors où est le problème ? Es-tu devenu tout à coup conventionnel au point de croire que tu doives te marier ? Il n'y a rien de sensé dans tout ce que tu dis. Et tu le sais très bien.

– Non, c'est faux. En plus, je vais me sentir coupable. Tu sais très bien comme je suis : je viens, je m'en vais, je disparais quelques jours... Ce ne sera pas toujours comme ça, mais pour l'instant, j'en ai besoin. J'ai au moins besoin de savoir que je peux le faire si je le veux. Mais si je te vois assise à m'attendre, l'air contrarié, et enceinte en plus, je vais devenir cinglé.

– Eh bien, je ne ferai pas la tête, c'est tout.

– Mais si, tu la feras et je ne pourrai pas t'en vouloir... Ecoute, je pense que tu es un peu folle. A ta place, je m'en débarrasserais. Aujourd'hui même.

– Nous sommes différents, voilà tout.

– C'est le moins qu'on puisse dire. Je t'ai avertie au début, je ne supporte pas d'avoir des responsabilités. Et ça, qu'est-ce que tu crois que c'est ? Le pire des engagements.

– Mais que veux-tu que je te dise, Chris ?

– Rien. Je veux seulement une chose : que tu rentres chez toi. Et tu le feras même si je dois t'y mener de force. Tu as déjà donné congé à ton propriétaire, donc pas de problème de ce côté-là. Tout ce que tu as à faire, c'est d'appeler Bekins, de faire tes malles et de te tirer dans le premier avion. Et c'est ce que tu vas faire, crois-moi. Je t'y mettrai ligotée, s'il le faut. Si tu as l'intention d'essayer de me convaincre, c'est inutile. Tu peux rester ici le temps de tout régler, mais pas plus. Si tu retournes à New York, nous avons une chance. Si tu restes à San Francisco, nous sommes foutus. Je ne te le pardonnerai jamais. Je croirai toujours que tu restes pour m'attacher. Alors, fais-moi plaisir, pars.

Il quitta la chambre, me laissant en larmes, et j'entendis la voiture démarrer quelques instants plus tard.

Il revint le soir même, mais sa décision était prise : je devais partir. Au fil des jours, je compris qu'il n'y avait pas d'autre solution. Il avait réussi à me le faire admettre. Le plus cruel pour moi était la tendresse contrainte dont il m'entourait. Il était plus gentil et plus aimant que jamais. Et moi, Je l'aimais comme je ne l'avais jamais aimé. Il ne m'avait pourtant pas ménagée durant ces dernières semaines, mais je l'aimais. C'était Chris. Il était ainsi et personne ne pouvait lui en vouloir. A la fin, j'en vins même à regretter ma décision. Mais je n'avais pas le choix : moralement, je devais garder cet enfant.

Lorsque Sam revint, Chris m'aida à lui annoncer que nous partions et il fit mes valises. Il ne voulait prendre aucun risque.

Après quelques jours qui me parurent des siècles, arriva le pire de tous : le dernier. J'étais à bout, et la nuit fut bien plus horrible encore.

– Bonne nuit, Chris.

– Bonne nuit... Gill, est-ce que tu comprends? Je... je hais ce que je te fais, mais je ne peux pas... Je ne peux vraiment pas. Peut-être que je désire cet enfant moi aussi, mais je ne sais pas. Bientôt, peut-être, je... J'ai l'impression d'être un parfait salaud...

– Non, Chris. Je sais ce que tu ressens. Tout est tellement embrouillé...

– Oui. Ça me désole que tu sois enceinte. Mon Dieu, j'aimerais tant que...

– Non, Chris. Je ne regrette pas. Je suis même heureuse, d'une certaine façon, même si...

– Mais enfin, Gill, pourquoi veux-tu cet enfant?

– Je te l'ai déjà dit, je veux te sentir près de moi, toute ma vie. C'est un peu compliqué à expliquer mais je... je veux l'avoir. C'est tout. Il le faut.

Nous restâmes immobiles dans le noir, main dans la main, et je me mis à songer : « C'est la dernière fois, la dernière nuit, la dernière fois que je suis là, dans ce lit, la dernière... » Je savais qu'il ne viendrait jamais à New York; il détestait cette ville et n'avait pas envie de connaître son enfant.

– Gill, tu pleures?

– N...non.

J'éclatai en sanglots.

– Ne pleure pas, je t'en supplie, ne pleure pas, Gill. Je t'aime.

Il me prit dans ses bras et se mit à pleurer. « La dernière fois, la dernière... »

– Gill, je suis désolé.

– Tout ira bien, Chris.

Il s'endormit au bout d'un moment dans mes bras. Je contemplais cet enfant que j'aimais, cet homme qui m'aimait et qui était « désolé », cet homme qui me faisait tellement de mal, qui m'abandonnait et qui pourtant m'avait donné des moments de bonheur si intenses. Christopher. Si beau, si masculin, si vulnérable aussi, si enfant encore. Je songeais de nouveau à notre rencontre, à notre course folle sur la plage... Comment aurais-je pu lui imposer le poids de ma propre existence ?

Je restai éveillée jusqu'à ce que les premières lueurs du jour éclairent faiblement la chambre. Je me blottis contre lui et m'endormis enfin, trop épuisée pour pouvoir pleurer encore. La dernière nuit était passée. La fin avait commencé.

CHAPITRE 11

– Allons, bon Dieu, ne me regarde pas comme ça ! Ça te fera du bien de revenir à New York. Tu as beaucoup d'amis là-bas et j'irai dans l'Est dans deux mois. Tu... Ecoute, Gill, je ne vais pas encore t'expliquer mes raisons. Et arrête de faire cette figure de martyre, ou je m'en vais.

Nous étions à l'aéroport et, malgré ses paroles, je le sentais crucifié à cause d'un sentiment de culpabilité qui le rongeait déjà et dont il me reprochait d'être la cause.

– D'accord, d'accord, je suis désolée. Je ne peux pas m'en empêcher, c'est...

Et puis, bon ! Qu'est-ce qu'il fallait dire ?

– Je t'ai rendu la clé de la maison de Bolinas ?

– Oui. Est-ce que tu as pris tes chaussures de ski ? Je les ai vues dans le jardin, hier. Elles ont l'air formidables. Ç'aurait été dommage de les oublier.

Cher Chris, qui essayait de s'en tenir aux détails pratiques...

– Sam ! Oui... Je les ai.

Il m'adressa à nouveau un sourire plein d'encouragement.

– Voilà, voilà, c'est mieux, tu vois que tu y arrives.

Nous étions en train de jouer une petite comédie. Le gentil Oncle Chris accompagnait Tante Gillian à l'aéroport et Tante Gillian restait très très calme, gardait le sourire. Nous reproduisions, pour toute cette foule, ou peut-être plutôt pour nous-mêmes, un de ces mauvais dénouements que j'avais lus dans certains romans. Nous le faisions durer, pour tenter simplement de remplir au mieux les quelques minutes qui précédaient mon départ avec Sam. Et dans ce vide apparaissaient d'affreux souvenirs. J'entendais Chris me tenir des discours creux, entrecoupés de petits sourires.

« Ne me culpabilise pas », me disait-il sans cesse. Et mon visage douloureux lui hurlait en silence : « Je te hais ! »

– J'ai mis ton imperméable dans la voiture.

– Très bien.

– Où est Sam ?

L'agitation était à son comble.

– Ne t'en fais pas. Elle est là, elle joue avec un petit garçon. Ne sois pas si nerveuse, Gill. Tout va bien se passer.

– Bien sûr.

Je me retins de répondre une méchanceté.

– Je t'appellerai ce soir dès notre arrivée.

– Pourquoi ne pas attendre dimanche ?... Ça coûte moins cher, et puis nous ne pouvons pas prendre l'habitude de nous téléphoner tous les jours.

Il évitait mon regard.

– Oui, bien sûr, mais je pensais simplement que tu aurais aimé savoir que nous étions bien arrivées.

Une pointe d'irritation se fit sentir dans ma voix.

– Si l'avion s'écrase, je le saurai. Tu m'appelles dans deux jours, entendu ?

J'acquiesçai de nouveau, n'ayant plus rien à dire.

– Tu veux un chewing-gum ?

Je secouai la tête et me retournai tout à coup en me mettant à pleurer. Je ne pouvais plus supporter de regarder Chris.

– Les passagers en direction de New York, vol American Air Flight numéro 44, sont priés de se présenter entrée D, porte 12. Les passagers en direction de...

– C'est toi.

Ma gorge se serra. Je me mis à chercher Sam du regard.

– Je sais. Mais on peut attendre un peu. Il y a tant de monde... Ce n'est pas la peine de...

– Non, ce n'est pas la peine d'attendre ici, Gill. Quand il faut partir, il faut partir.

Merci, monsieur Matthews...

– Je... Oh, Chris !

Je m'accrochai à sa veste et caressai son visage, une dernière fois, puis je me retournai, aveuglée par les larmes. J'eus envie de hurler et tombai à genoux, agrippée à l'un des immenses bureaux chromés, avec le désir insensé d'arrêter le temps et d'abolir ce départ que je n'acceptais pas. Je voulais rester, mon Dieu, comme je voulais rester ! Je n'avais qu'un seul désir : que Chris me prenne dans ses bras. Mais il ne le fit pas. Il savait que j'aurais craqué.

– Sam, prends ton nounours et donne la main à ta Maman.

Chris était en colère car je m'étais donnée en spectacle, mais je m'en moquais. Je ne m'étais jamais sentie si seule, si malheureuse. Je perdais l'homme que j'aimais et que je désirais le plus au monde, et j'étais presque sûre de ne jamais le revoir. Même au moment de partir, je continuais à le chérir passionnément, l'aimant et le haïssant tout à la fois.

– Chris...

– Au revoir, Gill. Fais bon voyage. Nous parlerons dimanche.

Je me détournai, la main de Sam serrée dans la mienne, et me laissai entraîner par le flot des voyageurs. Je regardais droit devant moi, bien décidée à ne pas me retourner.

– Gill !... Gill !

Je m'arrêtai soudain, au milieu de la foule qui nous bousculait et lui fis face. Il fallait que je le voie.

– Gill ! Je t'aime !

Il l'avait dit ! Il l'avait dit !

C'étaient ces sortes d'élans contradictoires, incontrôlables qui continuaient de me le faire aimer.

– 'Rvoir, Oncle Crits... 'Rvoir !... Maman, est-ce que je pourrai regarder le film dans l'avion ?

– Nous verrons.

Je regardais de nouveau Chris et nos yeux se disaient tout à coup ce que nous n'avions pu nous dire quelques heures plus tôt. C'était plus facile comme ça.

– Maman...

– Plus tard, Sam, s'il te plaît.

S'il te plaît, s'il te plaît, plus tard, tout ce que tu voudras, mais plus tard.

Nous embarquions. Quelques instants plus tard, San Francisco disparaissait dans le lointain. Et Chris aussi.

CHAPITRE 12

Samantha fut adorable durant tout le voyage, mais l'avion était plein, la nourriture médiocre et je me sentais comme hébétée. C'était le contrecoup. Je m'enfonçai dans mon siège et me contentai de répondre mécaniquement aux questions ou aux conseils de l'hôtesse, m'efforçant de sourire à Sam pour lui donner l'impression que je suivais la conversation. C'était pourtant tout le contraire. Il me semblait que j'avais laissé mon âme à l'aéroport. Mon cœur battait dans ma poitrine, mais il me paraissait vide et inutile.

Nous avions passé presque huit mois à San Francisco et voilà que nous retournions à New York. Pourquoi ? C'était stupide. Je le savais, mais en fait pas vraiment. Je repartais pour New York parce que j'étais enceinte et que Chris ne voulait pas que je reste. Mais pourquoi ne le voulait-il pas ? Voilà à quoi j'évitais de réfléchir, parce qu'il m'était trop pénible d'y penser. Comme de savoir ce qu'il allait faire, maintenant que j'étais partie. Rencontrerait-il quelqu'un ? Tomberait-il encore amoureux ? Et finirait-il par chasser sa nouvelle conquête ? Qu'il aille au diable...

Il m'avait dit qu'il viendrait à New York, mais je ne le croyais pas. En fait, je savais même parfaitement qu'il ne le ferait pas. Je me retrouvais abandonnée, seule, enceinte, en route vers New York.

Je passai les trois premières heures du voyage à me torturer, la quatrième à dormir et la dernière à ronger mon frein. Je ne voulais plus entendre parler de rien.

Je revenais à New York et j'allais réussir. Je me battrais pour obtenir ce que je désirais. Chris Matthews n'était pas tout, et lorsque l'avion se mit à tourner au-dessus des lumières de Long Island, je me rendis compte que j'étais très heureuse de rentrer. San Francisco était certes une ville agréable, mais New York avait autre chose à m'offrir. Une sorte d'excitation, une envie soudaine de me lancer dans l'action. Il me semblait entendre sa respiration, lourde, hypnotique, irrésistible, qui déjà m'entraînait, tandis que l'avion se posait au sol.

– On est arrivé, Maman ?

– Oui, chérie, répondis-je en souriant.

Je saisis la petite main chaude de Sam dans la mienne et regardai par le hublot. Je ne voyais rien d'autre que les lumières bleues de la piste d'atterrissage, mais je savais que New York était là. Nous étions revenues et nous allions réussir. Nous descendîmes de l'avion et partîmes récupérer nos bagages. J'eus l'envie soudaine de planter là nos affaires et de m'abîmer dans la contemplation de New York, dont les ombres se découpaient dans le ciel. Je voulais la voir, l'entendre, la respirer. Je voulais être sûre qu'elle m'attendait.

– Où allons-nous dormir cette nuit, Maman ?

Elle tenait son ours dans ses bras et me regardait d'un air anxieux.

– Tu vas voir. Nous allons dans un endroit que tu ne connais pas du tout.

Je m'arrêtai dans une cabine téléphonique, cherchai dans l'annuaire et appelai. J'avais changé d'idée.

J'avais sous-loué mon appartement, mais j'avais prévenu les locataires de mon retour quinze jours plus tôt. Nous allions donc vivre à l'hôtel pendant deux semaines. J'avais déjà choisi un hôtel tranquille et peu onéreux, non loin de là. Mais cela ne me plaisait plus. Au diable la tranquillité ! Nous étions à New York. Pour deux semaines, je pouvais m'offrir ce luxe.

– Où as-tu téléphoné, Maman ?

– Là où nous allons habiter, chérie. Je suis sûre que tu aimeras. Et puis, dans une quinzaine de jours, nous rentrerons chez nous.

Je sentis qu'elle avait besoin que je la rassure. J'avais peut-être envie de luxe pour chasser mes idées noires, mais elle, elle avait besoin de se retrouver chez elle, dans son cadre familier. Je m'offrais donc deux semaines, et puis je la ramènerais à la maison, pour qu'elle se sente en sécurité.

Je récupérai nos bagages et hélai un porteur qui nous accompagna jusqu'à la station de taxis.

– Où allons-nous, madame ?

– A l'Hôtel *Regency*. Au coin de la 61e Rue et de Park Avenue.

Je m'installai sur la banquette, serrant Sam contre moi. Je voyais les immeubles défiler et mes yeux s'illuminaient en contemplant New York, cette ville bien à nous, qui allait être plus que jamais ma ville, ma ville à moi.

CHAPITRE 13

Il suffisait d'observer la conduite du chauffeur pour savoir que nous étions à New York. La voiture se faufilait partout, à toute vitesse, évitant de justesse des piétons affolés. Sam ne semblait pas impressionnée outre mesure, mais, quant à moi, je ressentais cette sensation presque enivrante d'être sur un de ces manèges qui tournent comme des bolides et laissent à peine le temps de distinguer quelques silhouettes rapides, même pas identifiables. J'étais consciente de la vitesse, mais pas des dangers. A New York, on n'apprend pas à vivre avec le danger ; on l'aime, on l'attend et on le désire s'il ne vient pas. Il est partout.

Nous traversâmes le pont de Qeensborough pour aboutir dans la 60e Rue. Le taxi s'arrêta à un feu rouge, au coin de la 3e Avenue, et j'eus tout le loisir d'observer la foule des piétons. J'étais bien à New York. Des dizaines de paumés aux cheveux hirsutes observaient les passants d'un œil critique. Les filles portaient des tuniques transparentes et les garçons arboraient des pantalons ostensiblement moulants, autant de provocations qui relevaient d'un laisser-aller parfaitement calculé. J'eus le temps de remarquer les colifichets, les chevelures afros, les visages maquillés outrageusement, et je me rendis compte que toutes ces excentricités n'existaient pas en Californie. Entre le restaurant et le grand magasin

Bloomingdale, s'ouvrait une immense artère, encombrée de voitures roulant presque pare-chocs contre pare-chocs et klaxonnant sans arrêt. Je me sentais prise par le tourbillon des lumières aveuglantes des enseignes des restaurants, des boutiques, des feux de signalisation et des néons qui encadraient l'entrée des cinémas. Le taxi tourna dans la 3ᵉ Avenue et se fraya un chemin au milieu des voitures qui zigzaguaient sans cesse dans l'espoir d'échapper aux feux rouges. Après avoir longé un instant Central Park, nous arrivâmes devant l'hôtel. J'étais heureuse d'avoir changé d'avis. L'hôtel tranquille que j'avais choisi auparavant m'aurait été insupportable. C'était le *Regency* qu'il me fallait. Et j'y étais.

Un portier en livrée m'aida à sortir du taxi et adressa un sourire à Sam. Deux grooms se précipitèrent pour prendre les bagages. Je payai le chauffeur et lui laissai un pourboire royal. Je n'avais aucune envie de compter.

Derrière un immense comptoir en marbre rehaussé de dorures, se tenaient plusieurs réceptionnistes qui observaient les allées et venues avec attention.

Je m'avançai avec Sam, que je tenais par la main.

– Bonsoir, Madame. Que puis-je pour vous ?

L'homme portait une jaquette et une cravate noire. Il parlait avec un léger accent français. Le comble de la distinction.

– Bonsoir. Je suis Mᵐᵉ Forrester. J'ai appelé il y a une heure pour réserver une chambre à deux lits.

– Oui, absolument. Mais je suis au regret, Madame. Il y a eu un problème, disons un petit malentendu...

Oh, zut ! Pas de chambres. Je me sentais pareille à Cendrillon qui quitte ses atours de satin pour les cendres du foyer.

– Quelle sorte de malentendu ? On ne m'a rien dit au téléphone. J'essayai de cacher ma déception en parlant avec fermeté.

– Tout simplement que nous n'avons plus de chambre double pour cette nuit, madame. J'avais pensé que vous auriez peut-être accepté deux chambres simples situées l'une à côté de l'autre mais je pense que ce ne sera pas possible avec mademoiselle.

Il regardait Sam en souriant.

– Vous préférez certainement dormir avec votre Maman...

J'allais pourtant accepter sa proposition lorsqu'il ajouta :

– Je crois que j'ai une bien meilleure idée. Nous avons une suite libre. Ce sera sans doute beaucoup plus grand que vous ne le vouliez...

Et certainement aussi beaucoup plus cher. Je n'allais pas accepter de me ruiner. Pas question d'une suite.

– ... mais je m'occuperai de votre note de façon que vous n'ayez aucun supplément, puisque nous vous avions promis une chambre double. J'espère que Madame se plaira dans cette suite. C'est une des plus belles que nous ayons.

– Comme vous êtes aimable ! Merci infiniment.

Je notai qu'il semblait passablement soulagé.

Au moins, je n'avais pas perdu tout mon charme, et je me félicitais d'avoir mis la jolie robe noire que j'avais achetée chez Magnin, cet été.

Après avoir pris l'ascenseur, qui nous emmena au vingt-septième étage, nous suivîmes le groom le long d'immenses couloirs aux murs beiges, dont le plancher était recouvert d'un tapis rouge sur lequel étaient posées, à intervalles réguliers, de petites tables style Louis XV. Les portes des chambres, dont les poignées étaient en cuivre, portaient de petits numéros dorés. Le garçon ouvrit en grand la porte n° 2709, au bout du couloir. Nous étions chez nous. C'était une pièce en angle, avec une vue superbe sur New York. Je fus saisie par la beauté des gratte-ciel illuminés. On distinguait dans le lointain l'Empire State Building et, plus près, je reconnaissais l'immeuble de la Pan Am et celui de General Motors. Tout en bas, se déroulait Park Avenue, tel un long ruban gris et vert, éclairé çà et là par les feux de signalisation ; de part en part de ce magnifique panorama, l'East River s'étirait comme à l'infini. J'étais comblée.

Je donnai un pourboire au groom, qui se retira discrètement. Le salon, dans les tons de jaune et blanc cassé, était meublé avec opulence. De lourds rideaux de satin damassé encadraient les baies vitrées. Près de la porte d'entrée, se trouvaient un bar, une minuscule cuisine et une petite alcôve pour prendre ses repas. A l'opposé, se dressait un immense bureau au plateau de marbre.

La chambre à coucher était claire et gaie. Les murs et le dessus de lit étaient recouverts d'un même imprimé à petites fleurs. Un grand bouquet de fleurs fraîches s'harmonisait avec ce décor presque champêtre. Quel luxe ! Et la salle de bains ! Un vrai rêve ! Toute faite de porcelaine, de marbre et de bronze.

– Sam, comment trouves-tu ?

Je me souriais à moi-même avec une joie gourmande.

– J'aime pas. Je veux retourner à San Francisco.

Deux grosses larmes coulèrent sur ses joues. Le temps s'arrêta. Pauvre Sam...

– Ma chérie... Je sais... moi aussi... Mais nous sommes ici pour quelque temps. Nous reviendrons... Tu vas voir, tout va bien se passer. Tu vas aller à l'école ici, et...

Mes arguments sonnaient faux. Je me sentis tout à coup coupable d'être si heureuse de rentrer, alors que Sam vivait ce retour comme une trahison.

– Est-ce que je peux dormir dans ton lit, cette nuit ?

– Bien sûr, mon amour. D'ailleurs, tu vas te coucher. Tu as faim ?

Elle secoua la tête et se laissa tomber sur le bord du lit en serrant son ours dans ses bras. On aurait dit le désespoir incarné.

– Qu'est-ce que tu dirais d'un verre de lait avec des gâteaux ? Peut-être cela arrangerait-il les choses...

Je décrochai le téléphone intérieur et demandai du lait, des gâteaux et une coupe de champagne pour moi.

Sam se pressa contre moi lorsque le grand plateau arriva dans la chambre. Elle but un peu de lait et grignota quelques gâteaux tandis que je sirotais ma coupe de champagne.

– Il faut aller au lit, chérie.

Elle acquiesça, déjà somnolente, se laissa déshabiller et grimpa dans le lit.

– On va revenir bientôt ?

– Nous verrons, mon cœur, nous verrons...

Ses paupières s'abaissaient déjà, lorsqu'elle les rouvrit d'un seul coup et me dit avec un regard perçant :

– J'écrirai une lettre à Oncle Crits demain... dès que je serai levée !

– C'est une très bonne idée, Sam. Maintenant, tu vas dormir. Fais de beaux rêves.

Je la regardais s'endormir, petite forme perdue dans le grand lit capitonné.

Je savais ce qu'elle voulait dire par « écrire » à Chris. Elle lui enverrait un immense et superbe gribouillis qu'elle confectionnerait rien que pour lui...

J'éteignis les lumières de la chambre et retournai dans le salon, ma coupe de champagne à la main, le visage de Sam encore à l'esprit... Puis ce fut celui de Chris qui m'assaillit... Notre séparation à l'aéroport de San Francisco me semblait soudain à des milliers d'années et mon séjour en Californie m'apparaissait comme un rêve. Lorsque je regardais cette ville tentaculaire qui s'étendait sous mes yeux, je me demandais si nous repartirions un jour. Et même si j'en aurais envie. En moins d'une heure, New York m'avait ensorcelée. J'avais conquis d'autres mondes ; désormais, je voulais conquérir le mien. J'avais décidé d'engager un combat avec New York et d'en sortir victorieuse. Coûte que coûte.

CHAPITRE 14

– Bonjour ! Mademoiselle a-t-elle bien dormi ? Pour une fois, je m'étais réveillée avant Sam.

– Très bien.

Sam me regardait, encore tout endormie ; elle ne savait plus très bien où elle était.

– Nous habitons l'hôtel, tu te souviens ?

– Je sais, et je vais écrire une lettre à Oncle Crits.

Elle n'avait pas oublié ça non plus.

– Bonne idée. Mais on a beaucoup de choses à faire aujourd'hui, alors tu vas te lever et on sortira un peu plus tard.

J'avais à passer quelques coups de fil. Je m'assurai d'abord que mes locataires libéreraient mon appartement en temps voulu, puis je téléphonai à plusieurs écoles pour Sam. Nous étions dans les temps pour la rentrée des classes, mais j'avais un an de retard pour son inscription. Je finis par trouver une école qui, par chance, se trouvait tout près de l'hôtel. Je pris rendez-vous pour l'après-midi même. J'engageai aussi une garde d'enfant pour s'occuper de Sam. Tant que nous serions à l'hôtel, la garde partirait le soir et elle habiterait complètement avec nous dès que nous emménagerions.

Ce qu'il me fallait trouver surtout, c'était du travail, et je savais déjà que ce ne serait pas une petite affaire. Mes économies avaient fondu et les jobs se faisaient rares. Mes aptitudes se limitaient aux domaines de la publicité et des magazines, et d'après ce qu'on m'avait dit, ces deux branches étaient particulièrement bouchées. Avant de partir pour San Francisco, j'avais travaillé pour un magazine appelé *Décor* mais j'avais bien peu de chance de m'y recaser. Je pouvais redevenir styliste indépendante comme en Californie mais, à New York, ce serait insuffisant; le coût de la vie était trop élevé. Peut-être Angus Alridge, le rédacteur en chef de *Décor* aurait-il une idée pour moi; il pouvait être au courant d'un poste libre dans un autre magazine. C'était mon seul espoir et cela ne me coûtait rien d'essayer.

– Angus Alridge, s'il vous plaît. Je suis Mme Forrester. Gillian Forrester... Non... F-O-R-R-E-S-T-E-R. C'est cela. Non, je ne quitte pas.

C'était un excellent rédacteur en chef, et de plus charmant et élégant. Costumes chics, sourire engageant, regard entendu, il avait l'art de résoudre tous les petits problèmes de décoration que lui soumettaient les vieilles dames huppées qui le consultaient. Il avait trente-neuf ans et il était né à Philadelphie. L'hiver, il pratiquait le ski, de préférence en Europe, et il passait ses étés dans le Maine, avec sa famille, ou tout seul dans les îles grecques. Il avait fait l'école de journalisme de Yale, et c'était notre dieu à tous. En dépit de son sourire cordial, il pouvait se montrer froid et sans cœur. Sans être prétentieux, il tenait au rang qu'il occupait. En fait, il se fichait pas mal des gens chics à qui il envoyait son magazine une fois par mois, mais il jouait le jeu et si on savait respecter les règles, cela valait la peine de travailler avec lui.

– ... Oui, je suis toujours en ligne.

– Gillian? Quelle surprise! Comment allez-vous?

– Très bien, Angus. C'est formidable de vous parler. Comment marche la revue?

– On ne peut mieux. Vous êtes rentrée définitivement à New York? Ou bien revenez-vous pour vous régénérer à la source qui vous permettra de survivre ensuite à San Francisco... ?

– Je pense que je suis revenue pour de bon. Enfin, je verrai.

– Gillian, je suis en retard pour un rendez-vous. Pourquoi ne pas passer me voir un de ces jours ? Non, plutôt déjeuner ensemble auj... non, dem... jeudi. Oui, jeudi, si vous voulez. On pourra parler.

– Jeudi, c'est parfait. Je suis si heureuse d'avoir repris contact avec vous ! Ne vous tuez pas à la tâche d'ici jeudi ! Je meurs d'envie de connaître toutes les nouvelles !

Ce qui était un peu faux, mais cela faisait partie des expressions consacrées.

– Très bien, à jeudi, 13 heures chez *Henry*, ça vous va ? Je suis content de vous savoir de retour. A bientôt.

Il n'en pensait pas un mot, mais cela relevait des mêmes conventions verbales.

Chez *Henry*, comme jadis quand il fallait « discuter » de quelque chose... Bon après-midi, monsieur Alridge... Par ici, monsieur Alridge... Un martini sec, monsieur Alridge ? La note pour monsieur Alridge...

Je m'aperçus tout à coup que je me conduisais déjà comme une parfaite New-Yorkaise. Où était Chris dans tout cela, et San Francisco ? Entre ma nouvelle personnalité et l'ancienne, où en étais-je ? Je m'étais tellement investie dans mon retour à New York que j'avais l'impression de devenir folle, au point de me sentir une autre depuis que j'étais descendue de l'avion. J'étais décidée à demander du travail à Angus, jeudi, et je pensais y parvenir plus facilement en déjeunant avec lui. Ma démarche était peut-être inutile mais tout ce que je pouvais craindre, c'était d'essuyer un refus.

Que faire ensuite ? Qui appeler ? Fallait-il attendre d'avoir vu Angus, ou valait-il mieux contacter dès maintenant tous les gens que je connaissais ? Je décidai de téléphoner à John Templeton, le rédacteur en chef de *Woman's Life*, revue moins élégante, moins spirituelle, plus terre à terre que *Décor*, mais tout de même intéressante et plus diversifiée. On y apprend à nourrir son enfant une fois qu'il a eu les oreillons, quel régime adopter quand on sent que son mari va partir, comment poser du papier peint plastifié dans la salle de bains, comment coudre à la maison des jupes faites avec des chutes de rideaux, et j'en passe. John Templeton, tel son magazine, n'était pas du genre à paraître ce qu'il n'était pas. Efficacité avant tout, et si on ne faisait pas l'affaire, il vous flanquait dehors. Malgré tout, et en dépit de nos rares rencontres, nous avions sympathisé et j'espérais qu'il se souviendrait de moi. J'avais travaillé pour lui quelquefois avant d'entrer à *Décor*. Je me décidai donc à l'appeler.

– Allô, *Woman's Life*, oui..., me dit une voix mourante.

– M. Templeton, s'il vous plaît.

J'entendis ensuite « le service de M. Templeton... » susurré par une jeune voix très posée. La secrétaire de direction, sûrement, qui savait qu'à sa manière elle avait autant de pouvoir que John Templeton. Les secrétaires m'intimident ; elles veulent toujours « pouvoir vous aider », sauf bien entendu si vous tenez à parler d'abord au patron...

– M. Templeton, s'il vous plaît. Je m'appelle Gillian Forrester.

– Je suis désolée, madame Forrester. M. Templeton est en rendez-vous. Non, je suis vraiment désolée, il va être pris tout l'après-midi et il sera à Chicago demain toute la journée. Est-ce que je peux vous aider ?

Ça y est, j'en étais sûre.

– Non, excusez-moi, je voudrais parler à M. Templeton personnellement. En fait, j'arrive de Californie et j'ai travaillé dans le passé pour *Woman's Life* et...

– Vous voulez peut-être que je vous passe le service du personnel ?

La voix s'était figée, le ton condescendant voulait dire : « J'ai du travail, pas vous ? »

– Non, ce que je désirerais, c'est un rendez-vous avec M. Templeton.

Et voilà qu'elle me répondit que son emploi du temps était surchargé cette semaine, qu'ils bouclaient le prochain numéro la semaine prochaine et que la semaine d'après, il serait à Détroit.

– Est-ce que vendredi à neuf heures quinze vous conviendrait ? Je n'ai rien d'autre à vous proposer, mademoiselle Forrester. Mademoiselle Forrester ?

– Excusez-moi... Neuf heures quinze ? Voyons... Cela peut aller... ce vendredi qui vient ? C'est parfait. Le numéro de téléphone où l'on peut me joindre ? Oui, bien sûr, l'hôtel *Regency*, chambre 2709. Très bien, à vendredi.

J'avais un pied à l'étrier. Si rien ne marchait à *Décor* et à *Woman's Life*, je chercherais ailleurs. Mais, au moins, c'était un début.

– Sam, tu veux qu'on aille au zoo ?

Nous descendîmes jusqu'à Park Avenue pour rejoindre Central Park. Sam fit deux promenades à dos de poney tandis que j'admirais les immeubles luxueux et les somptueux bureaux de la 5e Avenue où se traitaient les plus grosses affaires de New York. Le gratte-ciel de la General Motors avait jailli, rendant toute la périphérie lilliputienne. Tout me paraissait nouveau et gigantesque.

– Dis-moi, Sam, si on s'offrait un bon déjeuner ?

– J'ai pas encore assez faim.

– Ma chérie, ne fais pas la tête. Tu ne veux pas aller au zoo ?

Elle secouait la tête, appartenant toujours au monde que nous avions laissé, ce monde que j'essayais d'oublier. Chris...

– Allons, viens, Sam.

– Où on va ?

– De l'autre côté de la rue. Tu vas voir, c'est juste là.

Je lui montrais le *Plaza*. Nous contemplâmes un

instant les chevaux et les attelages, puis nous montâmes les marches qui conduisaient à la Maison des Fées de l'hôtel *Plaza*. Cela ressemblait à une ville dans la ville, aussi autonome qu'un paquebot et suintant le luxe. Sous nos pieds, le tapis semblait aussi épais qu'un matelas, les palmiers se balançaient au-dessus de nos têtes et une foule de gens décidés allaient et venaient, certains résidant à l'hôtel, d'autres y déjeunant seulement. Cette agitation me plaisait : c'était New York.

– Qui c'est ?

Sam s'était arrêtée sous l'énorme portrait d'une petite fille joufflue, en socquettes blanches et jupe plissée bleu marine, qui posait à côté d'un carlin. Son expression était empreinte d'une espièglerie diabolique et, au premier regard, on devinait que ses parents avaient divorcé et qu'elle avait une nurse. L'incarnation de Park Avenue. La peinture était quelque peu caricaturale.

– C'est Eloïse, ma chérie. C'est une petite fille, dans une histoire, et on suppose qu'elle a habité ici avec sa nurse, son chien et sa tortue.

– Où était sa maman ?

– Je ne sais pas trop. Sans doute en voyage.

– Est-ce qu'elle existait vraiment ?

Les yeux de Sam s'agrandissaient, au fur et à mesure qu'elle découvrait le tableau.

– Non, mais on fait comme si.

J'aperçus une pancarte juste au-dessus du portrait : « Visitez la chambre d'Eloïse. Demandez au liftier. »

– Tu veux voir quelque chose ?

– C'est quoi ?

– Une surprise. Viens.

Nous trouvâmes facilement les ascenseurs et je demandai à voix basse au liftier de nous mener à la chambre d'Eloïse. L'ascenseur était rempli de femmes très bien habillées et d'hommes à l'air prétentieux ; derrière moi, j'entendais parler espagnol, français et ce que je pensais être du suédois.

– Nous y voilà, Madame. La deuxième porte à droite.

J'ouvris doucement la porte. La chambre d'Eloïse était en fait le reflet d'un rêve de petite fille. Je souris quand j'entendis l'exclamation de Sam.

– C'est la chambre d'Eloïse, Sam.

– Oh la, la, la, la !

C'était une pièce toute rose, encombrée de jouets de toute sorte, où régnait un désordre que la plupart des enfants rêvent de laisser dans leur chambre sans jamais y parvenir. Une grande femme sèche à l'accent anglais jouait le rôle de la nurse et elle montra à Sam les points importants de ce lieu de pèlerinage, avec un grand sérieux. La visite fut un grand succès.

– Est-ce qu'on va revenir pour visiter encore ?

Sam s'arrachait avec peine du spectacle.

– Bien sûr, on reviendra. Tu veux déjeuner, maintenant ?

Nous gagnâmes le *Palm Court*, où des dizaines de dames se réunissent pour leur plus grand plaisir autour de petites tables recouvertes de nappes roses. Cet endroit avait gardé l'élégance victorienne que je lui connaissais déjà lorsque ma grand-mère m'invitait à y prendre le thé.

Sam mangea un hamburger avec un soda à la fraise tandis que je picorais une salade aux épinards. Nous reprîmes ensuite le chemin de l'hôtel, contentes de notre matinée. Avant de rentrer, nous nous arrêtâmes à l'école qui pouvait accueillir Sam. Elle me plut au premier coup d'œil et je l'inscrivis pour le lendemain matin même. En arrivant à notre hôtel, je n'en revenais pas de tout ce que j'avais déjà accompli. Il se passe tant de choses à New York qu'il semble qu'on a abattu une semaine de travail en l'espace d'une demi-journée. J'avais obtenu deux rendez-vous, inscrit Sam à l'école, déjeuné au *Plaza* et chassé sa mauvaise humeur. J'avais maintenant quelques heures devant moi. La nurse de

Sam était arrivée et s'occupait d'elle. Je voulais appeler Peg Richards. J'y avais pensé toute la matinée et je brûlais de la joindre.

J'ai grandi et j'ai fait mes études avec Peg Richards. Elle représente ce que j'ai de plus proche. Nous sommes complètement différentes, et pourtant nous nous comprenons parfaitement. Nous sommes restées très attachées, comme peuvent l'être certaines sœurs ou certaines amies.

Peg est une fille franche et solide, qui parle un langage incroyable et promène partout ses innombrables taches de rousseur et ses yeux marron, immenses et enjoués. Elle était toujours la première à organiser le chahut en classe, ce qui ne l'empêchait pas de mettre des tas de projets sur pied. Elle réglait leur compte à celles qui lui avaient fait des crasses et protégeait les mal-aimées et les délaissées. Elle avait grandi avec la même coupe de cheveux ultracourte, ses éternels souliers plats et un désintérêt total pour les vêtements, le maquillage et tout ce qui préoccupe les filles en général. Elle s'intéressa aux garçons beaucoup moins et beaucoup plus tard que nous toutes. C'était Peg, Peg le garçon manqué. La championne de notre club de hockey se transforma durant les deux ans que je passai en Europe sous le prétexte d'étudier l'art. Peg s'était inscrite à Briarcliff [1] et prenait la vie très au sérieux. Son langage avait encore empiré, mais il me sembla voir une ombre de mascara sur ses cils. Trois ans plus tard, elle était chef d'un rayon de vêtements d'enfants dans un magasin très chic. Son langage était toujours aussi incroyable et elle se mettait pour de bon du mascara et même des faux cils. Elle vivait avec un journaliste, jouait au tennis et critiquait beaucoup les institutions. Cinq ans plus tard, à mon retour de Californie, elle était toujours célibataire, vivait seule pour le moment et travaillait au même endroit. Peg avait tout fait pour moi ;

1 Etablissement secondaire pour jeunes filles de bonne famille. *(N.d.T.)*

elle m'avait maternée à l'école, m'avait beaucoup aidée quand Samantha était née et que je me sentais débordée à la maison, et elle m'avait soutenue tout au long de mon divorce. Bref, elle était mon amie la plus dévouée, mon alliée la plus fidèle et mon critique le plus virulent.

Je demandai son bureau au standard de son magasin et attendis une demi-minute à peine.

– Peg, c'est moi.

Autant j'avais essayé de retrouver mon accent new-yorkais avec Angus, autant je me sentais comme une écolière en parlant à Peg.

– Allô ? Merde alors, c'est Gillian ! Qu'est-ce que tu peux bien foutre ici ? Depuis quand tu es là ?

– J'arrive tout juste. Depuis hier soir.

– Où tu es descendue ?

– Si je te disais que je suis au *Regency* !

Elle pouffa de rire et je l'imitai.

– Qu'est-ce qui t'est arrivé ? Tu t'es enrichie dans l'Ouest ? Je croyais que la ruée vers l'or, c'était terminé !

– C'est terminé et sur bien des points.

– Ah ? Tu es sûre que tu vas bien, Gill ?

– Mais oui, je vais bien, et toi ?

– Je me maintiens. Quand est-ce que je te vois ? Et ma petite Sam ? Elle est avec toi ?

– Bien sûr. Et tu peux nous voir autant que tu veux. Je me sens comme une étrangère dans cette foutue ville et je ne sais où commencer. Mais j'ai le moral.

– En étant au *Regency*, ça ne m'étonne pas ! Mais dis-moi tout de suite : tu es rentrée définitivement ou bien tu es en visite ?

– Moralement, je préférerais que ce soit la seconde hypothèse, mais en réalité, nous sommes de retour.

– Ton histoire d'amour a fait chou blanc ?

– Je ne sais pas Peg, mais je le crois, sans en être sûre. C'est une longue histoire et il fallait que je rentre.

– Je m'y perds dans toutes tes aventures. Ça ne m'étonne pas du tout si cette romance est terminée. Ce que tu m'as dit sur cette fille qui était dans son lit à la villa, cet été, ne m'avait pas plu du tout.

J'avais oublié que dans mon désespoir je lui avais écrit.

– On a fait la paix pour ça.

– Il y a eu autre chose ? Bon Dieu, pour moi, ça aurait suffi. Ma pauvre vieille Gill, tu n'apprendras jamais rien. De toute façon, tu pourras me raconter tout ce que tu voudras quand nous nous verrons. Pourquoi pas ce soir ?

– Ce soir, bien sûr, oui...

– Quel enthousiasme ! Toi alors ! Je viendrai prendre un verre à l'hôtel après le travail. Je veux voir ton monstre de fille. Je suis si contente que tu sois rentrée, Gillian !

– Merci, Peg. A tout à l'heure.

– Oui. Au fait, sois prête quand j'arriverai. Je t'emmène dîner au 21.

– Tu m'emmènes où ?

– Tu m'as entendue. On va fêter ton retour.

– On pourrait le célébrer par un petit dîner servi dans la chambre...

– Des clous !

Et elle raccrocha.

C'était si bon d'être de retour ! Tout le temps passé avec Chris commençait à paraître irréel. J'étais à New York où j'avais débuté. Avec de la chance, j'aurais bientôt du travail, et ce soir, j'allais dîner au 21. New York me faisait bon visage et tout était de mon côté.

CHAPITRE 15

Peg avait réservé une table en bas près du bar au fameux *Club 21*, où le maître d'hôtel, qui semblait très bien la connaître, nous précéda jusqu'à nos places.

– Eh bien, au moins, tu as fréquenté des endroits convenables depuis que je suis partie. Pas mal du tout.

– Notes de frais !

Elle sourit d'un air entendu et commanda d'emblée un martini double. Ça aussi, c'était nouveau.

Les retrouvailles à l'hôtel entre Peg et Samantha avaient été bruyantes et joyeuses, et les nôtres ne l'avaient pas été moins. Elle semblait plus en forme que jamais et sa langue était encore plus acérée qu'auparavant. Elle saisit Sam et la serra très fort dans ses bras et me traita de tous les noms, tandis que nous nous bousculions en éclatant de rire.

Je parcourus des yeux la salle du restaurant pendant qu'elle sirotait son apéritif et je restai subjuguée par la clientèle. Le dessus du panier. Le New York fortuné était de sortie et moi aussi.

En matière de mode, San Francisco balance entre le style dans le vent et celui des années cinquante. Les femmes restent classiques et portent toujours des lainages pastels sans manches, des robes au genou, des chapeaux, des gants, enfin tout. Mais

New York offre un très grand éventail de styles : style extravagant, tranquillement élégant, ou encore suprêmement chic, infinité de couleurs et de formes. La table, à côté de nous, était occupée par le genre New York snob couvert de bijoux, habillé très chic parisien, mise en plis de l'après-midi et ongles manucurés, qui me donnaient envie de me couper les deux bras... ! Au bar, de nombreux quinquagénaires étaient accompagnés de filles magnifiques, style mannequin, très sophistiquées, avec des yeux très maquillés et des coiffures ultracourtes. En Californie, les femmes portent encore les cheveux longs et raides, mais à New York, tout ce qui est naturel est dépassé.

La salle était sombre et les nappes tellement empesées qu'elles auraient pu tenir debout. Au plafond, étaient suspendues des centaines d'avions et de voitures miniatures, originalité d'une décoration qui n'appartenait qu'au *Club 21*. Les sons discrets de l'argenterie et de la porcelaine se mêlaient aux murmures des conversations ; la salle entière semblait s'éveiller peu à peu.

– Qu'est-ce que tu regardes, eh, péquenaude ?

Peg me contemplait, l'air amusé.

– C'est à cause de la taille des choses. J'avais presque oublié comment était New York. C'est très étrange, mais depuis que je suis revenue, j'ai l'impression qu'il faut que je réapprenne à connaître tout un univers. J'ai intérêt à me secouer !

– Tu as l'air de bien t'en tirer. Et, au moins, tu n'as pas perdu ton charme.

Je portais une robe de lainage blanc, un collier de perles offert par mon ex-belle-mère et je m'étais fait un chignon bas.

– Ce type à droite a l'air d'en pincer vraiment pour toi. Tu es très mignonne, il faut dire...

– Merci, espèce d'emmerdeuse !

– Madame Forrester ! Un tel langage au *21* ! Mais tu es insortable !

– Oh, la ferme !

Je gloussais derrière mon verre.
– Non, jusqu'à ce que je sache ce qui t'a fait revenir à New York. J'ai déjà ma petite idée...
– Laisse-moi, Peg.
Je détournai les yeux et regardai la salle.
– Ça confirme ce que je pense. Très bien, bouche cousue! Tu veux me parler maintenant ou plus tard?
– Il n'y a rien à dire.
– Vraiment? Est-ce que ta mère t'a raconté l'histoire de Pinocchio, Gill? Tu devrais voir ton nez, il grandit de plus en plus...
– Peg Richards, tu me fais suer. Je suis revenue, c'est tout.
– Tu me vexes. Je croyais qu'on était amies.
– Nous le sommes.
Ma voix se faisait fluette; je commençai mon deuxième verre.
– Bon, j'abandonne. Qu'est-ce que tu veux manger?
– Quelque chose de léger.
– Tu es malade?
Les yeux de Peg me regardaient attentivement. J'essayai d'inventer en vitesse un mensonge plausible, mais finalement, je lâchai tout.
– Non pas du tout. Je suis enceinte.
– Quoi! Nom de Dieu! Alors tu es venue pour te faire avorter?
– Non. Je suis rentrée.
– Et Chris? Est-ce qu'il le sait?
– Oui.
– Alors?
– Je suis rentrée.
– Est-ce qu'il t'a plaquée?
Les yeux de Peg étincelaient.
– Non, nous avons décidé que c'était mieux ainsi.
– Nous ou il? Ce n'est pas du tout ton style.
– Ce n'est pas important, Peg. Il ne veut pas se sentir lié pour le moment et je le comprends. Il n'est pas prêt. C'est mieux ainsi.

Je voyais que je n'arrivais pas à convaincre Peg, d'autant plus que je n'étais pas convaincue moi-même.

– Tu es complètement folle. Tu vas avoir cet enfant, Gill ?

– Oui.

– Pourquoi ?

– Parce que j'aime Chris et que je veux avoir cet enfant.

– C'est une sacrée décision à prendre. J'espère que tu sais ce que tu fais.

On aurait dit que Peg venait de recevoir un seau d'eau froide en pleine figure.

– Oui, je le sais.

– Tu veux un autre verre ? Moi, j'en ai besoin.

Elle me regardait avec un sourire triste ; je secouai la tête.

– Ecoute, on ne va pas se gâcher la soirée. Tout va bien, je sais ce que je fais. Vraiment, je te jure, Peg. Calme-toi, je t'en prie.

– Pour toi, c'est facile à dire. Mais tu sais que j'adore me faire du mauvais sang. Et puis, tu n'es que la mère, alors que moi, j'envisage d'être la marraine, et c'est une grande responsabilité !

Je me mis à rire, et Peg leva son verre.

– A toi, crétine ! Si je m'attendais à ça ! Où as-tu été élevée, bon Dieu !

Nous éclatâmes de rire et nous commandâmes le dîner. Peg ne me posa plus aucune question, mais je savais qu'elle ruminait ce que je lui avais dit et que, tôt ou tard, elle m'en reparlerait. Je la connaissais trop pour savoir qu'elle n'avait pas abandonné la partie. Elle ferait ce qu'elle pensait être son devoir, mais elle préférait me ménager pour l'instant.

Nous restâmes au 21 jusqu'à onze heures du soir passées, et nous allions demander la note lorsqu'un homme grand et avenant s'arrêta à notre table.

– Salut, Peg. Je peux vous offrir un verre, à toutes les deux ? Il parlait à Peg tout en me souriant.

– Salut, Matt. Qu'est-ce que vous faites là ?

– Je pourrais vous poser la même question, mais je ne le ferai pas.

– Oh, excusez-moi, laissez-moi vous présenter Gillian Forrester. Matthew Hinton.

– Bonsoir.

Nous nous serrâmes la main et je vis que Peg avait l'air contente de quelque chose.

– Si on prenait un verre, mesdames ?

Je voulais refuser mais Peg me lança un regard menaçant et accepta. Il s'assit avec nous et nous bavardâmes une demi-heure. Il était juriste, travaillait à Wall Street et jouait au même club de tennis que Peg. Il me paraissait la trentaine et parlait avec aisance mais il avait trop de charme pour mon goût. J'avais l'impression qu'il me regardait comme si j'étais une belle pièce de bœuf qu'il pourrait s'offrir ou non. Cela me déplaisait.

– Mesdames, si je vous emmenais boire un verre et danser ?

Cette fois, je devançai Peg.

– Non, vraiment, je ne peux pas. Je suis arrivée la nuit dernière de Californie et je n'ai toujours pas rattrapé mon sommeil en retard. Merci quand même.

– C'est ma meilleure amie, Matt, mais aussi la plus grande emmerdeuse qui soit. Bonnet de nuit, va !

– Pourquoi n'y vas-tu pas, Peg ? Je prendrai un taxi pour rentrer.

– Non, je n'irai pas non plus. Désolée, Matt.

Il prit un visage tragique et nous serra la main. Matthew paya les consommations et Peg régla la note. J'étais un peu gênée de m'être laissé inviter, mais nous avions passé une soirée si agréable.

Matt offrit de nous raccompagner toutes les deux en taxi et Peg accepta. En quelques minutes, nous étions au *Regency*. J'eus l'impression que Matt semblait apprécier l'hôtel où j'étais descendue. J'embrassai Peg, la remerciai pour le dîner et essayai de l'empêcher de parler. Quoi qu'elle dise, ce ne pourrait être que mortifiant pour moi. Matt attendait patiemment sur le trottoir à côté du portier.

– Il te plaît ? murmura-t-elle dans mon oreille tandis que j'essayai de me dégager.

– Non, pour l'amour du ciel, et n'essaie pas d'arranger une rencontre avec lui ! Mais merci pour le dîner, Peg.

Je lui décochai un regard sévère. Elle ne répondit pas, ce qui est toujours très mauvais signe. Je la voyais déjà monter tout un scénario pendant que Matt la raccompagnerait.

– Bonsoir, Matt. Merci de m'avoir ramenée.

Je lui serrai la main très froidement sur le trottoir et me dirigeai vers la porte tout en agitant la main vers Peg.

– Gillian !

C'était Matt.

– Oui ?

Il m'avait rattrapée en deux enjambées.

– Je vous appellerai demain.

– Oh ! Je...

Mais il était déjà parti. La portière du taxi claqua, la voiture démarra et se perdit immédiatement dans la circulation.

CHAPITRE 16

Le téléphone sonna pendant que j'étais en train d'avaler ma deuxième tasse de café, le lendemain matin, et je décrochai, l'esprit vide, tenant le journal de l'autre main.

– Allô ?

– Comment tu l'as trouvé ?

– Peg ! Tu es une catastrophe ! Tu vas te calmer, s'il te plaît. Je t'ai dit hier soir ce que je ressentais et je le pensais.

– Qu'est-ce qui ne va pas ?

– D'abord, je suis toujours amoureuse de Chris.

– Et où ça va te mener ? N'oublie pas qu'il t'a larguée.

– Très bien, Peg, ça suffit. N'en parlons plus. Hier soir, c'était très bien.

– Oui, c'est vrai. Bon, je laisse tomber. Tout de même, j'aurais aimé que tu sortes avec lui. Ça t'aurait donné un bon départ. Il connaît beaucoup de monde, tu sais.

– Je n'en doute pas. Mais ça ne change rien du tout.

– Bon, je te trouverai un hippie, crétine.

Elle se mit à rire et je me sentis soulagée.

– J'ai un rendez-vous, je te rappellerai.

– Très bien, Peg. A bientôt.

Je n'avais pas plus tôt raccroché que le téléphone se remit à sonner. Cette fois, je pensais savoir qui était au bout du fil. J'avais raison.

– Gillian ?

– Oui...

– Bonjour. C'est Matthew Hinton.

– Bonjour.

Bon et puis ? Vraiment, ce n'était pas le moment.

– Je voulais vous inviter à dîner, Gillian, mais il y a un petit changement.

Cela me semblait bizarre comme préambule, mais il fallait voir la suite.

– On m'a offert deux billets pour l'ouverture de la saison d'opéra, ce soir. Est-ce que ça vous plairait ?

J'eus honte de mon soudain changement d'humeur, mais c'était trop beau pour refuser.

– Chic ! Ce serait merveilleux, Matthew. Vous me faites là un immense cadeau.

– Voyons, ce n'est rien. L'opéra débute à huit heures, nous irons dîner ensuite. Je viendrai vous chercher à sept heures et demie. Cela vous convient-il ?

– Tout à fait. A plus tard, et merci beaucoup.

Je me regardais dans la glace et me sentis coupable d'avoir accepté son invitation uniquement à cause de l'opéra, mais tant pis, après tout, le spectacle promettait d'être merveilleux.

Matthew arriva à sept heures et demie et émit un sifflement d'admiration qui faillit me percer les tympans. Je portais une robe de satin crème qui allait bien avec les restes de mon bronzage californien ; je dois avouer que je m'étais beaucoup plu en me contemplant dans la glace avant de partir. Matt portait avec une élégance classique une jaquette habillée et, durant un instant, il me fit songer à mon ex-mari. Je refaisais mon entrée dans la norme des choses, dans le monde établi, même si ce n'était que pour un soir. C'était un univers aux antipodes de celui que j'avais connu avec Chris.

Le taxi arriva à Lincoln Center. De petits groupes d'habitués, en tenue de soirée, allaient dans la même direction que nous et j'oubliai Matt un instant, attentive aux robes magnifiques et à la beauté des femmes. Sans nul doute, cette soirée constituait un événement. Au moment où les gens entraient, les flashes des photographes, émergeant de l'ombre, illuminaient la salle. Aux premières loges, l'éclat presque aveuglant des bijoux miroitait dans la lumière.

– Monsieur Hinton, une seconde, s'il vous plaît.

Matthew tourna la tête pour voir qui l'appelait ; je suivis son regard. Au même moment, une lumière nous aveugla. Nous venions d'être pris en photo.

– Puis-je vous demander qui est cette dame ?

Une jeune fille noire, habillée de rouge, sortit un petit carnet et prit mon nom en souriant. Je la regardais, incrédule ; il fallait le voir pour le croire... La confusion régnait partout, et les gens essayaient de franchir le barrage des reporters et des photographes.

Matthew me précéda le long des escaliers jusqu'aux loges. Une ouvreuse lui sourit.

– Bonsoir, monsieur Matthew.

– Vous allez souvent à l'opéra, Matt ?

– De temps en temps.

La situation me plaisait de moins en moins.

L'opéra était *Lucia di Lammermoor*, avec Joan Sutherland, et la représentation fut d'une beauté à couper le souffle. Pendant les entractes, le champagne coulait à flots et les photographes continuaient leurs grandes manœuvres.

– J'ai retenu une table chez *Raffles*, puisque vous ne m'avez pas fait l'honneur de m'accompagner hier soir. Est-ce que cela vous agrée ?

– Tout à fait.

Chez *Raffles*, tous les garçons saluèrent Matt et l'appelèrent par son nom. Peg avait raison : il était vraiment très connu.

La soirée fut agréable, la conversation assez superficielle, mais Matt avait beaucoup d'esprit. Il avait commandé du saumon fumé, un canard rôti et un soufflé au Grand Marnier. On but encore du champagne, on dansa aussi dans l'atmosphère feutrée et gaie du club. La décoration manquait un peu de chaleur, mais les habitués appartenaient manifestement au gratin new-yorkais.

Nous rentrâmes au *Regency* à une heure du matin. Je pris congé de Matt dans le hall. Pour moi, j'avais assisté à la soirée d'ouverture de la saison lyrique, et rien de plus. Jusqu'à ce que je voie les journaux le lendemain.

Le téléphone sonna encore le lendemain à neuf heures, mais, cette fois, je dormais.

– Je croyais que tu avais dit que tu ne voulais pas sortir avec lui ?

– Quoi ?

– Ne fais pas semblant de ne pas comprendre.

C'était Peg.

– Comment était l'opéra ?

– Très bien, merci.

Je luttais pour me réveiller et une question me vint à l'esprit.

– Comment sais-tu que je suis allée à l'opéra ? Est-ce que Matt t'a appelée ?

Cette possibilité m'irritait beaucoup. Avait-il déjà fait son rapport ?

– Non, je l'ai lu dans les journaux.

– Tu parles ! Il t'a appelée.

– Absolument pas. J'ai en main le *Women's Wear Daily* d'aujourd'hui et je lis : « Quel est le dernier amour en date du play-boy Matthew Hinton ? Mme Gillian Forrester, bien sûr. Ils ont assisté à l'ouverture de la saison lyrique, hier soir, qui était... etc. Ils occupaient la loge du père de Matthew Hinton. On les a vus ensuite chez *Raffles*, la discothèque privée où se retrouve l'élite new-yorkaise. Ils ont bu du champagne et dansé jusqu'à l'aube. »

– Mais, nom d'un chien, je suis rentrée à une heure du matin !

« Le dernier amour en date du play-boy Matthew Hinton ? » Mon Dieu !

– La ferme, je n'ai pas fini. « Mme Forrester portait une robe du soir en satin crème, décolletée, qui paraissait être de la collection Dior de la saison dernière. C'est une fort jolie jeune femme. Bravo, Matthew. »

– Merci beaucoup. En fait, la robe a six ans et n'est d'aucun couturier. Mon Dieu, Peg, c'est la chose la plus affreuse que j'aie jamais entendue. Je me sens humiliée.

– Console-toi. Le *Times* aussi a publié une photo. Tu es vraiment bien... Et maintenant... Est-ce qu'il te plaît ?

– Bien sur que non ! Que veux-tu que je te dise ? J'étais si heureuse d'assister à cet opéra ! Quant à lui, je le trouve terne, stéréotypé et affreusement comme il faut. Franchement, je n'apprécie pas particulièrement d'être cataloguée dans les journaux comme « le dernier amour en date » d'un quelconque play-boy. Non, alors !

– Ne nous rase pas et réjouis-toi plutôt.

– Tu me casses les pieds.

– Ecoute, sors au moins avec lui pendant un certain temps.

– Quoi ? Pour lire dans les journaux ce que nous avons choisi pour dîner ? Peg, ça n'en vaut vraiment pas la peine et je te remercie encore de me l'avoir présenté.

– Tu m'horripiles. Mais tu as quand même peut-être raison sur un point : il est un peu ennuyeux. De toute façon, je garde tout ça dans ma revue de presse. Mon amie, Gillian Forrester, dernier amour en date d'un play-boy...

– Andouille, va !

Et cette fois-ci je raccrochai en éclatant de rire : c'était trop drôle ! Cela aurait valu la peine d'envoyer les coupures de presse à Chris.

Un énorme bouquet de roses arriva au moment où je commandais le petit déjeuner. Je lus la carte jointe aux fleurs : « Désolé au sujet des journaux. J'espère que vous surmonterez la tempête. La prochaine fois, nous dînerons chez *Nedick*. Matt. »

Je posai les fleurs sur une table et décrochai le téléphone qui sonnait. Ce devait être encore Peg.
– Gillian ? Me pardonnez-vous ?
C'était Matt.
– Je n'ai rien à pardonner. Grâce à vous, j'ai pu assister à une soirée exceptionnelle... Il semblerait toutefois que vous soyez très connu, monsieur Hinton.
– Pas autant que semble le croire le *Women's Wear* ! Si on dînait ensemble, ce soir ?
– Pour confirmer les rumeurs ?
– Et pourquoi pas ?
– Je suis désolée, mais je ne peux pas, Matt. J'ai vraiment passé hier soir une soirée merveilleuse.
– Si c'est vrai, j'en suis ravi. Je vous appellerai à la fin de la semaine et j'essaierai de penser à ce qui pourrait appâter la presse. Aimez-vous les chevaux ?
– Sous quel angle ? Pour en manger ou pour se déplacer ?
– Non, pour les voir. Il s'agit d'un concours hippique. Est-ce que cela vous plairait ?
– Franchement oui, mais je ne suis pas sûre de pouvoir accepter. J'ai beaucoup de choses à faire, vous savez.
Je n'avais pas envie de me lancer dans une idylle orchestrée par la presse.
– Très bien, madame la surmenée. Je vous rappellerai. Bonne journée.
– Merci, à vous aussi. Et merci pour les fleurs.
Trois jours à New York, et j'avais déjà des roses sur ma table, deux photos dans la presse, sans compter le dîner au 21, la soirée chez *Raffles* et le privilège d'avoir assisté à l'ouverture de la saison lyrique.
Pas mal, madame Forrester, pas mal du tout.

CHAPITRE 17

Le jeudi arriva, et mon déjeuner avec Angus. J'avais envie de trouver du travail grâce à lui, mais je ne me sentais guère angoissée. C'était une très belle journée d'automne, j'étais en forme et de bonne humeur. J'arrivai chez *Henry* à treize heures trois. Angus m'attendait déjà, plus élégant que jamais. Ses cheveux s'étaient clairsemés sur le sommet du crâne, mais son coiffeur avait fait des miracles. Il me vit tout de suite et m'accueillit en souriant.

– Gillian ! Vous êtes magnifique. Tout simplement divine, en pleine forme et bronzée ! Vous vous coiffez autrement, n'est-ce pas, ma chère Gillian ?

Combien de fois répéta-t-il « ma chère Gillian » ? J'eus enfin le courage de lui demander si j'avais quelque chance d'être prise à *Décor*. Il m'éconduisit gentiment, élégamment, son sourire s'élargissant pour bien me faire comprendre qu'il était vraiment « désolé », qu'il aurait « tant aimé, mais »... Il me dit tout ce qu'on dit dans ces cas-là : « Je suis au désespoir de ne pouvoir... Les affaires ne vont pas bien... Et vous ne seriez pas heureuse au journal, vous le savez bien, ma chère Gillian... »

Il n'avait pas tout à fait tort, mais j'avais besoin de travailler et j'avais d'abord pensé à lui. Pourtant, je savais bien que quand on a quitté *Décor*, c'est pour toujours. Le déjeuner fut néanmoins agréable ; il me restait mon rendez-vous avec John Templeton, le lendemain. Au contraire du jeudi, vendredi fut un jour pluvieux et mon anxiété me rappela combien j'avais besoin de trouver du travail à *Woman's Life*.

Je me laissais cahoter dans le bus, regrettant de n'avoir pas pris une deuxième tasse de café qui m'aurait donné cet air éveillé, responsable qu'ont les gens stimulés par ce qu'ils font. Je savais que je traînais ce que je cherchais avec moi, tout en voulant le cacher. Il faut composer, avoir l'air de ne rien demander et les jobs vous tombent dans les bras comme des fruits mûrs. Si on a besoin d'un travail, pour des raisons financières ou autres, cela se voit : on a cet air désespéré, ce regard pathétique qui fait qu'on ne trouve rien. Le besoin effraie les gens. Personne n'aime le pauvre type qui fait la manche au coin de la rue. On a de la compassion pour lui, mais on ne veut pas trop s'approcher et on lui donne n'importe quoi, parce qu'on a peur d'attraper sa « maladie » ; sa tristesse pourrait être contagieuse. Personne ne veut prendre ce risque.

A neuf heures dix, j'arrivai devant le porche de marbre noir de *Woman's Life*. Je m'engouffrai dans l'un des quatre ascenseurs. Tandis qu'il montait doucement, je commençais à espérer, à croire vraiment que je redescendrais dans une heure avec du travail.

Neuf heures douze... Deuxième étage... La réceptionniste...

– Madame Forrester, voulez-vous vous asseoir, s'il vous plaît ? La secrétaire de M. Templeton va venir dans une minute.

Des exemplaires de *Life*, de *Holidays* et de *Woman's Life* étaient posés sur une table basse près d'un canapé. J'en étais à ma septième cigarette de la matinée, mon cœur se soulevait, me rappelant ce qui se passait dans mon corps, mes mains étaient de plus en plus moites. Soudain, une jeune fille souriante, qui devait avoir à peu près mon âge, vint me chercher pour m'emmener chez M. Templeton. Je me sentis tout à coup plus jeune, plus sotte, moins compétente, et infiniment moins utile qu'elle. Après tout, elle avait du travail, et moi non. « Allons, Gillian, me disais-je, remets-toi... » Nous empruntâmes trois corridors interminables qui devaient avoir pour fonction d'impressionner et de désorienter les visiteurs et atteignîmes enfin une salle d'attente tendue de beige où se trouvait une porte. La porte. John se tenait sur le seuil, souriant, nerveux, énergique et accueillant. Il me fit entrer promptement, ferma la porte, m'offrit du café, alluma sa pipe, me sourit beaucoup, bavarda, me vanta les mérites de San Francisco, me parla comme un ami qui retrouve Gillian Forrester, journaliste indépendante, expatriée pour un temps. J'acceptais d'être cette Gillian Forrester-là, et s'il voulait bien continuer à jouer le rôle de l'ami, tout serait facile. Je me détendis, regardai la vue par la fenêtre, puis, après avoir parlé de choses et d'autres, je lui demandai comment *Woman's Life* supportait la crise dans la publicité. J'étais tellement intéressée par le sujet que j'en oubliai la raison de ma venue. Un rapport suivit sur les affaires du journal puis sur les autres magazines, menacés de ne plus paraître ou quasiment moribonds.

Tout à coup, au milieu d'une phrase, tandis que je buvais ma deuxième tasse de café, John me regarda pendant une minute et me dit :

– Gillian, pourquoi êtes-vous revenue ?

John Templeton n'était pas un ami intime, je ne pouvais pas lui ouvrir mon cœur. Du moins, je pensais que je n'y arriverais pas. « Il le fallait... Je le voulais... New York me manquait... Je voulais trouver du travail à *Woman's Life.* » La seule chose qui aurait pu sonner juste, c'était la vérité, mais elle était si incongrue que je ne pouvais la livrer sans explications. Trois secondes passèrent, qui me parurent un siècle. Je fixais mon café, mes oreilles bourdonnaient. Puis je relevai la tête et articulai du mieux que je pus « que je voulais quitter San Francisco quelque temps et que j'avais pensé que je pouvais revenir ici », ce qui n'expliquait pas grand-chose, si ce n'est, peut-être, que j'avais dû aller en Californie pour des raisons personnelles, ou quelque chose comme ça. Mais il accepta cette version et me demanda si j'étais rentrée pour de bon. Je lui répondis que je ne le savais pas mais que j'étais de retour pour six mois au moins, peut-être un an, peut-être pour toujours ; cela dépendrait de ce que je trouverais à New York et de ce que l'avenir me réservait.

– Vous avez cherché du travail ? me demanda John.

– Oui... non. En fait je vous ai appelé parce que j'aime *Woman's Life*. Je ne veux pas recommencer dans la publicité, et je sais aussi, comme vous me l'avez dit, que le journalisme est un secteur très encombré. Mais j'ai quand même voulu essayer de vous appeler.

– Et votre ancien travail à *Décor* ? Vous avez contacté Angus Aldridge ?

– Oui. Rien à faire.

J'étais contente de dire la vérité. J'avais toujours pensé qu'il y avait de la rivalité entre eux, mais quoi qu'il en soit, je voulais jouer franc-jeu.

– ... Julie Weintraub...

Quoi, Julie Weintraub ? Qu'est-ce qu'elle venait faire là ?

– Julie Weintraub ?

– Mais si, vous devez vous souvenir d'elle, vous avez travaillé avec elle sur deux projets au moins. Noël et...

Bien sûr, je me souvenais d'elle, mais je ne comprenais toujours pas pourquoi John l'évoquait.

– Figurez-vous qu'elle s'est fracturé le bassin la semaine dernière et qu'elle va devoir rester allonger un certain temps, au moins huit semaines, peut-être dix, ou même douze. Jean Edwards et les deux autres filles essayent de reprendre le flot de son travail, mais nous avons des problèmes. Je pensais justement prendre quelqu'un éventuellement à mi-temps, trois ou quatre jours par semaine, pour voir si ça marche. Peut-être cela pourrait-il vous intéresser ? Mais je vous préviens, Gill, le salaire n'est pas gros et on ne signe pas ses articles. D'un autre côté, ça ne vous prendrait pas toute la semaine et vous auriez le temps de vous occuper de votre fille. Qu'en pensez-vous ?

« Ce que je pense ? Ce que je pense ? Je pense que quelqu'un quelque part m'aime, voilà ce que je pense ! Alléluia ! Attends que je l'annonce à Chris ! »

– Gillian, arrêtez de sourire aux anges et répondez-moi.

John avait lu la réponse dans mes yeux.

– Je pense, chez monsieur Templeton, que j'ai gagné le cocotier ! Je prends ce travail. Bien plus, je le veux ! C'est... c'est formidable ! J'ai l'impression que je rêve !

– Pouvez-vous commencer lundi ?

J'acquiesçai, la gorge sèche.

– Très bien. Vous travaillerez donc avec nous au moins huit semaines. Je veux que vous parliez à Julie pour voir ce qu'elle avait en train. Nous travaillons déjà sur le numéro de mars. Voilà, je pense que c'est tout ce que vous voulez savoir pour l'instant.

Je ne pus que sourire et encore sourire, et bénir silencieusement le bassin de Julie Weintraub.

– C'est magnifique, John. Magnifique !

Et toujours ce sourire stupide sur mon visage.

John se leva, nous nous serrâmes la main, je pris mon manteau et partis. J'avais l'impression d'être sur un nuage. La secrétaire dans l'antichambre n'avait rien de plus que moi, les ascenseurs chantaient ma chanson et les chiffres de bronze sur la façade de l'immeuble me paraissaient déjà familiers. J'avais du travail pour le lundi suivant.

En rentrant à l'hôtel, j'eus envie d'appeler Chris mais j'hésitais parce que je craignais qu'il tempère mon enthousiasme ou qu'il fasse l'indifférent alors que j'aurais voulu qu'il soit aussi heureux que moi. Exactement comme lorsqu'on montre à son Prince charmant la robe que l'on vient d'acheter parce qu'on la trouve irrésistible et qu'on attend son avis. On a peine à attendre le moment où il va s'exclamer et dire qu'il ne vous a jamais trouvée aussi belle. Alors, quand il vous dit que c'est une jolie robe mais que vous auriez dû mettre plus cher, qu'elle serait vraiment fantastique sur une fille qui aurait davantage de poitrine, ou encore que c'est dommage que vos jambes soient trop courtes pour le modèle, vous tombez de haut et votre étoile pâlit. Je ressentais la même impression pour le travail que j'avais trouvé ; j'avais peur que Chris m'ôte toute ma joie. Pourtant, je tenais à le lui dire. J'attendis un peu, mais à quatre heures, n'y tenant plus, je l'appelai en retenant ma respiration tout le temps que le téléphone sonna. La déception me gagnait à l'idée qu'il puisse ne pas être chez lui.

... Oui... Il est là...

Je me sentais toute petite à l'autre bout du fil.

– Chris ? C'est moi. J'ai trouvé du travail, styliste à *Woman's Life*. Je commence lundi, je remplace quelqu'un qui est à l'hôpital. Je viens tout juste de le savoir. Est-ce que ce n'est pas formidable ?

Je lui avais dit tout ça d'un trait. Pourquoi n'avais-je pas pris un ton plus adulte, plus professionnel ? Mon excitation devait paraître infantile, me rendre ridicule.

– C'est très bien, Gill. Cela t'occupera un moment. Pourquoi n'as-tu pas cherché quelque chose de plus stable ? Il faudra que tu te remettes à chercher dans deux mois.

Pour une robe, il aurait dit : « Dommage que cette robe ait cet ourlet, avec tes jambes... »

– Ecoute, Gill, je pense qu'il vaut mieux que tu n'appelles plus ici. Ne le prends pas mal et ne te fâche pas, c'est temporaire. J'ai une colocataire. Elle va me payer la moitié du loyer et ça va m'aider.

– Une colocataire ? Depuis quand ? Qui est-elle pour que je n'aie plus le droit de t'appeler ? Qu'est-ce que ça signifie ?

Oh, pourquoi suis-je en train de lui dire tout ça ? Cela ne me regarde pas. Pourquoi est-ce que je tremble de tous mes membres ? Et cette troisième cigarette... Tout le monde se fiche de mon job chez John Templeton. Tout est fini entre Chris et moi. La reine est morte, vive la reine...

– Ecoute, Gill, ça n'a aucune importance, tu ne la connais même pas et c'est temporaire.

Espèce de salaud...

– Je dois la connaître. Je le sais à ta voix. Qui est-ce ? Ça n'a aucune importance, tu viens de le dire ; aussi, par simple curiosité, dis-moi qui c'est.

Le ton de ma voix montait dangereusement.

– Marilyn Lee.

Je le savais. Il m'en avait parlé à la plage un jour. C'était la seule fille qui avait compté pour lui. Tout était fini, prétendait-il. Mais non, puisqu'elle était revenue.

– Eh bien, Gill, calme-toi ! C'est pour peu de temps. Elle a appelé hier, elle est en ville pour deux semaines, peut-être un mois, c'est sans importance.

– Arrête de dire que ça n'a pas d'importance, s'il te plaît ! Si ce n'est pas important, pourquoi ne puis-je plus appeler ? Ça va la déranger de savoir que je t'appelle ? Est-ce qu'elle serait un tant soit peu jalouse ? Pourquoi le serait-elle, d'ailleurs ? Elle t'a eu pendant des années. Elle n'a rien à perdre.

– Est-ce que tu vas te calmer ? Ce n'est pas bon pour le bébé de te contrarier comme ça.

Le bébé ? Le bébé ? Depuis quand s'intéressait-il au bébé ?

– Bon, Chris, n'en parlons plus, c'est ton affaire. Je voulais simplement t'informer pour mon travail. Je vais raccrocher de toute façon. Chris ! Je n'appellerai plus. Je te souhaite d'être heureux.

Comment pouvais-je dire des choses aussi stupides ? Pourquoi ne pas avoir l'air calme, détendue ? Au lieu de ça, je pleurais et il l'entendait. Quelle imbécile j'étais !

– Gillian, je t'aime, ma chérie, tu le sais bien.

– Essaie de dire ça à Marilyn, Chris.

Et voilà, je sanglotais, m'humiliant, le suppliant de m'aimer. Pourquoi fallait-il que je me conduise de cette façon ? Pourquoi ? Je me haïssais, mais je ne pouvais m'arrêter.

– Gill, je t'appellerai la semaine prochaine.

– Ne prends pas cette peine, surtout pas ! Cela pourrait déplaire à Marilyn. Pour une fois dans ta vie, Chris, ne fais pas les choses à moitié. Décide une fois pour toutes. Si tu veux vivre avec elle, fais-le. Si tu veux être avec moi, viens à New York. Ne bouleverse pas sa vie, la mienne ou la tienne, en trompant chaque fille avec qui tu as simplement passé une heure. Essaie d'être honnête envers toi-même une fois dans ta vie, pour changer.

– Si tu dois te conduire comme une idiote, je ne t'appellerai pas.

– Tant mieux. Dis-le à Marilyn.

– Il faut me comprendre, Gill. Tu es la seule personne qui sache qui je suis. Qu'est-ce que tu veux que je fasse ? Que je sois autrement que je ne suis ? Eh bien, je ne peux pas. Je suis comme ça.

« Maintenant voilà que je vais le plaindre, le petit garçon pataugeant dans la boue avec ses pieds nus, incompris du monde entier. Pauvre petit Chris, méchante Marilyn, je ne vaux guère mieux moi non plus... »

– On en reparlera une autre fois. Je t'aime, Gill.

Voilà que Chris vivait avec quelqu'un d'autre. L'excitation de la matinée était oubliée. L'heure que j'avais passée dans le bureau de John Templeton me semblait si lointaine ! D'ailleurs, qui se souciait de *Woman's Life* ?

CHAPITRE 18

Malgré tout, lundi fut une journée merveilleuse. J'avais enfin du travail, beaucoup même, et je m'y plongeais complètement.

Je quittai précipitamment l'hôtel à neuf heures moins vingt et me fondis dans la foule. C'était une sensation enivrante. Je pris le bus pour me rendre au journal et caressai du regard, avant d'entrer, les trois chiffres de bronze plaqués au-dessus de la porte, comme s'ils avaient été ma propriété exclusive. L'équipe de nettoyage, que je saluai au passage, s'affairait dans le hall. Je me sentais chez moi, j'appartenais à New York et je savourais cette renaissance.

Les accents sirupeux d'une musique de fond emplissaient l'ascenseur. Je m'arrêtai au deuxième étage et me mis en quête du bureau de John Templeton. Je me perdis dans les méandres des couloirs et finis par trouver la porte. La secrétaire était toujours assise à la même place. Je remarquai avec amusement qu'elle était vêtue d'un ensemble beige parfaitement assorti à son bureau.

– M. Templeton est en réunion, madame Forrester. Il m'a dit que vous alliez voir Jean, Mme Edwards. Ensuite il vous verra, ainsi que tout le service décoration, à onze heures.

Après un bref échange de sourires, elle poursuivit :

– Madame Forrester, Mme Edwards va vous montrer le bureau que vous allez occuper. Allez voir, s'il vous plaît, M. Porcelli pour votre numéro de Sécurité sociale. Le service du personnel et des salaires est au troisième.

Mots magiques. C'était donc bien vrai.

Je réussis à trouver le bureau de Jean Edwards, coincé entre deux autres, très spacieux. Le sien était petit, en désordre, encombré d'échantillons, de trousses à aiguilles, de posters éclatants, de tasses à café sales, de pense-bête couverts de notes écrites dans tous les sens. C'était un bureau gai et chaleureux, rempli de plantes vertes. Une immense affiche qui disait « Souriez » montrait une petite fille en larmes, regardant son cornet de glace écrasé sur le pavé, à ses pieds.

Tandis que j'attendais Jean, des gens entraient et sortaient sans cesse, l'air affairé. Je me sentais exclue, un peu comme une invitée de passage. Je restai seule, nerveuse, brûlant de me mettre enfin à pied d'œuvre. Où était Jean ? Où étaient-ils tous, d'ailleurs ? Tout le monde semblait avoir quelque chose à faire, sauf moi. Des visages continuaient à apparaître dans l'embrasure de la porte et disparaissaient aussitôt. Pour essayer de tuer le temps, je survolai les trois derniers numéros de la revue.

– Vous attendez Jean ?

Je relevai la tête et rencontrai le regard d'un homme grand, d'une quarantaine d'années environ. Il avait les cheveux noirs, des yeux bleus éclatants et arborait une barbe soignée.

– Oui, je l'attends.

– Amie ou ennemie ?

Ses yeux pétillaient de malice.

– Je ne sais pas très bien, mais je pense que je travaille ici.

– Oh ! la nouvelle secrétaire. Très bien.

Il cessa immédiatement de me prêter une quelconque attention et s'éloigna vivement dans le couloir avant que j'aie pu lui répondre, ce que je n'aurais pas manqué de faire, tant il m'avait irritée.

Je continuais à attendre lorsque juste après dix heures, Jean entra en courant, les bras chargés de dossiers, d'échantillons et d'épreuves. Son sourire me redonna tout de suite le moral et la longue attente dans son bureau me parut n'avoir duré qu'un instant.

– Salut. On vient de me dire que j'avais une nouvelle secrétaire qui m'attendait dans mon bureau.

Ses yeux noirs se plissèrent d'amusement tandis qu'elle me regardait, et je ne pus m'empêcher de rire.

– Ne faites pas attention à lui, il est comme ça, un peu brusque. Quand je lui ai dit que vous étiez la nouvelle femme de l'ambassadeur de France et que vous aviez accepté de venir ici pour discuter des photos que l'on prendrait de votre maison, il a failli avoir une attaque.

– Tant mieux ! Qui est-ce ? Quelqu'un d'important ? J'en avais eu le pressentiment quand je l'avais vu entrer dans le bureau.

– Plus ou moins. C'est Gordon Harte. Le directeur artistique et l'assistant du rédacteur en chef.

– Ce n'est pas n'importe qui, en effet ! Difficile de travailler avec lui ?

– Quelquefois, mais il est surtout distant. Et puis, on devient tous plus ou moins vaches quand on doit boucler un numéro. Vous verrez ça.

– Je m'en souviens, c'est vrai.

– Très bien. Je n'ai pas beaucoup de temps pour vous mettre au courant maintenant. Nous avons une réunion du service décoration dans le bureau de M. Templeton dans cinq minutes et il faut que je range ce foutoir dans mon bureau. Il y a sur le bureau de Julie une liste de ce que vous aurez à faire, au moins pour la semaine prochaine. Il faut que vous me trouviez une salle à manger tout à fait originale pour un tournage, on fait aussi des chambres d'enfant... Ah ! nom d'un chien, quelle était l'autre chose ?... Oh !... Ça y est ! Vous devez contacter le responsable de la rubrique culinaire pour quelque chose demain matin et John a une interview pour vous la semaine prochaine. Ça sera plus vivable dans une semaine ou deux, mais il faut que vous déblayiez un peu le terrain. Ça ira ? Prête ? Partons pour la réunion. Il faut que je m'arrête en chemin et que je regarde les photos du reportage de vendredi dernier. Les lumières. On parlera plus tard. Le bureau de Julie, le vôtre, est deux portes à gauche après le mien.

Tout en me parlant, elle n'avait pas cessé de classer des documents sur son bureau, de fourrer des affaires dans des classeurs, empilant des photographies, prenant des notes, sans que le flot de son discours s'interrompe une seconde. C'était une de ces femmes énergiques et dynamiques près de la quarantaine, qui vivent pour leur carrière. Elle était travailleuse, compétente, gentille aussi, ce qui est rarement le cas chez une femme de cette espèce. J'avais deviné avec raison, en l'observant, qu'elle était divorcée elle aussi.

La réunion dans le bureau de John Templeton fut brève et concise. On nous distribua des photos des maquettes du prochain numéro et j'écoutais tout avec attention, comme un élève qui a manqué la rentrée des classes et essaie désespérément de rattraper les deux semaines de retard... Vers midi, après la réunion, je suivis Jean, qui regagna son bureau, et me dirigeai vers le mien, un peu plus loin. J'ouvris la porte avec précaution, me demandant ce que j'allais trouver. Le bureau me plut tout de suite ; deux murs peints en bleu, le troisième en orange et le quatrième couleur brique, le sol recouvert d'une épaisse moquette marron. Et partout étaient accrochés des photos, des posters et de petites affiches illustrées de sentences humoristiques.

Il y avait deux plantes vertes sur le bureau et dans un coin, une immense composition de fleurs en papier. Je me laissai tomber sur le siège, ragaillardie.

– On m'a fait comprendre que je vous devais des excuses. A propos, comment va l'ambassadeur ?

C'était Gordon Harte. Il se tenait dans l'embrasure de la porte, l'air solennel, et m'observait.

– Je crois savoir qu'il va bien. Et vous ?

– Beaucoup de travail. Merci. Et vous, vous n'avez rien à faire ?

Je me demandai un instant s'il était sérieux et j'échafaudais déjà une riposte acide lorsque je vis son visage s'humaniser.

– J'ai l'impression d'avoir été engagée dans une usine au pied levé.

– C'est exactement ce qui vous est arrivé. Et ne laissez jamais Eloïse vous surprendre assise, les mains vides. Même une cuillère fera l'affaire. Vous pourrez toujours lui dire que c'est un accessoire indispensable à la photo que vous êtes en train de mettre au point.

– Ah ! c'est si grave que ça ? J'ai entendu dire que le directeur artistique n'était pas facile, lui non plus...

Je levai un sourcil et me retenai de sourire, trop heureuse de lui rendre la monnaie de sa pièce. Mais je savais qu'il avait raison pour Eloïse. Eloïse Franck, directrice de la publication, était la terreur de la maison. Je me souvenais d'elle, du temps où je travaillais occasionnellement pour *Woman's Life*. C'était une ex-journaliste qui avait au moins soixante ans mais en paraissait quarante. Un cœur de pierre. Mais c'était une authentique professionnelle, haïe de ses subordonnés, crainte de ses collègues, et appréciée pour sa juste valeur seulement par John Templeton, qui la connaissait mieux que personne. Elle savait comment faire marcher un magazine, ne perdait jamais ses moyens et possédait un flair infaillible pour trouver ce qui convenait le mieux à *Woman's Life*.

– A propos, madame Forrester, il y a une réunion de tout le personnel à neuf heures précises demain matin. Votre présence est souhaitée.

J'avais presque oublié la présence de Gordon, tandis que je me remémorais les terreurs infligées par Eloïse Franck.

– Très bien, j'y serai, monsieur Harte.

– Vous avez intérêt. Et maintenant, mettez-vous au travail.

Il disparut, toujours aussi insaisissable. C'était difficile de savoir quand il était sérieux et quand il plaisantait. Il y avait toujours une pointe de sarcasme dans ce qu'il disait. Ses yeux regardaient, examinaient, disséquaient, puis se détournaient d'un seul coup au moment où on s'y attendait le moins, comme si la vie avait été un simple jeu. Sa haute taille et sa minceur accentuaient la maigreur de son visage, qui me faisait penser à un portrait du Greco. Je me demandais qui il était. En dépit de cette pointe d'humour qui perçait dans ses yeux, il y avait autre chose en lui, comme une souffrance enfouie, qui semblait le mettre hors d'atteinte.

– Eh bien, le mieux, monsieur Harte, est que vous vous occupiez de vos affaires et moi des miennes. Je pense que nous parviendrons ainsi à nous supporter...

Je m'absorbai sans attendre dans la pile de documents qui se trouvait sur le bureau. J'avais beaucoup à faire et du retard à rattraper. Je fus tellement occupée jusqu'à cinq heures que je n'eus pas le loisir de songer à autre chose. Je pris juste le temps d'aller me chercher une tasse de café ; le téléphone sonna au moment où je regagnais mon bureau.

– Comment ça va ?

C'était Jean Edwards.

– Très bien, mais je me sens débordée. J'ai passé toute la journée à inventorier le bureau de Julie. Mais je crois que je tiens le bon bout.

– En une journée ? Ce n'est pas mal du tout. Est-ce qu'on vous a prévenue de la réunion de demain ?

– Oui, merci. Gordon Harte est venu me le dire.

– C'est un grand honneur. En principe, il ne parle qu'à John Templeton et à Dieu. Et je ne suis même pas sûre qu'il parle à Dieu...

– Cela ne m'étonne pas. Il a l'air d'un véritable...

– Ne le dites pas, Gillian. Mais vous avez raison. Ne lui marchez pas sur les pieds et vous ne risquerez rien. C'est un perfectionniste, mais on ne peut pas le chicaner là-dessus ; il est encore plus dur envers lui-même qu'envers nous autres. Quelque chose semble le tourmenter depuis des années.

– Il vaut mieux l'éviter, quoi.

– A vous de juger, ma chère. Maintenant, je m'échappe, j'ai des invités ce soir.

– Très bien, Jean. A demain, et merci pour votre aide.

Je raccrochai lentement et songeai à la dernière remarque de Jean à propos de Gordon. Tourmenté ou pas, c'était un homme séduisant.

Je consultai ma montre et décidai qu'il était temps de m'en aller et de rentrer à la maison. J'avais promis à Sam une pizza pour dîner et je voulais passer quelques heures avec elle avant de la coucher.

Au moment de quitter mon bureau, je jetai un dernier coup d'œil par-dessus mon épaule et souris. La journée avait été agréable. Je me sentais à nouveau utile, mon travail me plaisait. Je pris deux ou trois couloirs avant de trouver les ascenseurs. Gordon Harte était là, l'air préoccupé ; il portait une grande enveloppe d'une main et un immense carton à dessin de l'autre.

– Vous emportez du travail à la maison ? lui demandai-je.

– Oui, dans ma main gauche... Non, dans la droite. J'enseigne le dessin dans une classe tous les lundis soirs. J'ai dans le carton à dessin des nus que j'ai faits dans le temps, pour montrer à mes élèves.

A ce moment, les portes de l'ascenseur s'ouvrirent et nous parvînmes à nous faire une petite place au milieu des gens. Gordon se mit à discuter avec quelqu'un qu'il connaissait et je me dis que j'allais pouvoir m'éclipser tranquillement. Mais quand j'atteignis la porte il était déjà derrière moi ; nous arrivâmes à Lexington Avenue l'un derrière l'autre.

– Dans quel sens allez-vous, madame Forrester ? Moi, je prends par là pour aller chercher mon deux roues. Voulez-vous m'accompagner ?

Je n'étais pas décidée mais j'acquiesçai. Nous marchâmes doucement parmi la foule.

– Vous venez travailler en deux roues ?

– Quelquefois. Mais rassurez-vous, je n'ai pas une bicyclette, j'ai une moto. Je l'ai achetée en Espagne, l'été dernier.

– Ce doit être dangereux avec la circulation.

– Non, pas vraiment. Il y a bien peu de choses qui me font peur. Je n'y pense pas vraiment...

Ou peut-être préférait-il les ignorer...

– Vous avez des enfants ?

Cela pouvait fournir un sujet de conversation.

– Un fils. Il est étudiant en architecture à Yale. Et vous ?

– Une fille. Elle a cinq ans et elle en est encore au stade où elle s'amuse à démolir les maisons plutôt qu'à les construire...

Il se mit à rire. Je remarquai qu'il avait un beau sourire et qu'il paraissait plus humain. J'avais perçu aussi une lueur étrange dans ses yeux lorsque je l'avais questionné à propos de son fils. Tout en marchant, nous parlâmes de New York, et je lui dis que j'avais du mal à me réhabituer à cette ville que j'aimais, bien sûr, mais qui était différente de San Francisco.

– Depuis combien de temps êtes-vous rentrée ?

– Une semaine à peu près.

– Vous allez vous y faire, vous verrez, et je suis sûr que vous ne repartirez plus. Vous vous mettrez à dire, comme nous tous, que cette ville a un charme mystérieux qui n'appartient qu'à elle !

– Peut-être retournerai-je en Californie un de ces jours.

Cette pensée me réconfortait.

– Je disais la même chose pour l'Espagne. Mais je n'y suis jamais retourné. On ne repart jamais, vous savez.

– Et pourquoi ?

Je sentis tout de suite la naïveté de ma question, mais elle m'avait échappé.

– Parce qu'on s'en va quand on y est obligé ou quand le destin vous force à le faire. Une partie de soi-même meurt quand on part. Elle demeure là où l'on se trouvait auparavant. Et le reste, on l'emporte avec soi.

Cela pouvait paraître ronflant, mais je savais pertinemment combien c'était vrai. Une partie de moi-même était morte quand j'avais quitté San Francisco. Elle était restée auprès de Chris.

– J'aurais aimé vous contredire, monsieur Harte, mais votre analyse est judicieuse. A ce propos, qu'est-ce qui vous a fait quitter l'Espagne ?

– Un moment d'égarement, comme on dit. Mon mariage venait de se briser, mon travail m'ennuyait et ne me donnait plus aucune satisfaction. J'avais trente-deux ans. J'ai pensé que si je ne prenais pas une décision immédiate, c'était fichu pour toujours, et j'avais raison. Je n'ai jamais regretté d'être parti. Là-bas, j'ai passé dix ans dans une toute petite ville près de Malaga et, en y repensant, je crois que ce sont les meilleures années de ma vie. Les gens de notre métier appellent ça des années « gâchées », mais moi, je les chéris particulièrement.

– Avez-vous jamais pensé retourner là-bas ?

– C'était possible à trente-deux ans, pas à quarante-neuf. Je suis trop vieux pour des aventures aussi grandioses. C'est du passé.

Il fit un grand geste de la main droite vers le ciel.

– Qu'il en soit ainsi maintenant, jusqu'à la mort...

Je fus frappée de son côté morbide.

– Mais c'est absurde ! Vous pourriez y retourner quand vous voulez.

D'une certaine façon, cela me déplaisait qu'il ait

si peu envie de réaliser son rêve. C'était comme si cela ne l'intéressait même plus.

– Merci de vos encouragements, mais je vous assure que je suis trop vieux pour goûter les fausses joies de la vie d'artiste.

Il ponctua ses paroles d'un petit rire sec, et je m'aperçus alors que nous avions gagné le coin de la 6e avenue. J'étais presque arrivée. Tandis que je lui serrais la main, je remarquai que cette lueur d'amusement qu'il avait dans le regard ne l'avait pas quitté. Sans savoir pourquoi, je compris que notre conversation lui avait plu, et je devais admettre qu'en dépit de son penchant pour le sarcasme, et en dehors du bureau, c'était presque un homme agréable.

Je tournai le coin de Park Avenue pendant qu'il s'éloignait et arrivai à l'hôtel, tout à la joie de retrouver Sam. Gordon Harte était déjà sorti de mes pensées.

– Alors, ma chérie, qu'est-ce que tu as fait, aujourd'hui ?

– Rien. Je n'aime pas Jane. Je veux revenir avec Oncle Crits. J'aime pas être ici.

Sam avait l'air malheureuse. Jane était la garde que j'avais engagée et, entre elle et Sam, il semblait y avoir quelques problèmes. Il faut dire que Sam pouvait être vraiment pénible quand elle l'avait décidé.

– Ecoute-moi : ici, c'est chez nous pour l'instant. On retournera dans notre appartement bientôt. On y sera très bien, Oncle Crits viendra nous voir dans quelque temps, et puis tu vas te faire de nouveaux amis à l'école...

– Je veux pas. Il y avait un gros méchant chien dans le parc.

Comme elle était adorable avec ses grands yeux implorants...

– Où tu étais toute la journée ? J'avais besoin de toi.

Tout le cauchemar de la mère qui travaille resurgissait dans cette question. « Mais Sam, ma chérie, avais-je envie de lui répondre, il faut que je travaille, j'ai besoin d'argent. Tu comprends Sam, il le faut, c'est tout. »

– J'aurais voulu être avec toi moi aussi, mais je travaillais. Je t'ai déjà tout expliqué. Je croyais que tu étais d'accord. Bon, et notre pizza : champignons ou saucisses ?

– Euh... Champignons et saucisses, c'est possible ?

Elle s'était rassérénée au seul mot de pizza.

– Allons, choisis-en une.

Je lui souriais. C'était si doux de la retrouver à la maison.

– Très bien, alors, champignons.

De la façon dont elle me regardait, je savais qu'elle avait quelque chose en tête.

– Maman...

– Quoi donc, chérie ?

– Quand est-ce que Oncle Crits vient ?

– Je ne sais pas, on verra.

J'avais envie d'ajouter : « Et ne reviens pas là-dessus, s'il te plaît... ! »

Une demi-heure plus tard, la pizza était servie. Sam et moi nous jetâmes dessus, apparemment délivrées de nos problèmes. Je ne savais pas quand Chris viendrait, et même s'il viendrait un jour, et peut-être ne m'en souciais-je même pas. Je ne voulais pas y penser. Sam et moi avions tout ce dont nous avions besoin. Nous étions ensemble, attablées devant une énorme pizza moelleuse à souhait, servie dans la vaisselle Louis XV du *Regency*. Que demander de plus à la vie ? Certains jours, pas grand-chose. Je regardais Sam et j'avais envie de rire tant je me sentais bien. Ma journée avait été si agréable ! Sam me regarda à son tour et me rendit mon sourire. Ma bonne humeur était communicative.

– Maman ? Est-ce que je peux te demander quelque chose ?

– Bien sûr, c'est quoi ? Pas une autre pizza, au moins !

Je sentais que j'allais exploser.

– Non, c'est pas une pizza, Maman.

Elle me regardait, manifestement outrée de mon esprit si terre à terre.

– Alors, c'est quoi ?

– Est-ce que je pourrai avoir une petite sœur, bientôt ?

CHAPITRE 19

Le deuxième jour au bureau se révéla presque meilleur que le premier. J'avais l'impression que je faisais partie des murs. La réunion de services ne fut pas différente de la précédente, mais elle me donna l'occasion d'observer de plus près les gens avec qui j'allais travailler et de me mettre au courant. John Templeton dirigeait la réunion comme un conseil d'administration tiré d'un film des années 20 et Gordon Harte se tenait au fond de la salle, surveillant la séance. J'étais assise à côté de Jane. En sortant, je crus que Gordon allait m'adresser la parole, mais il n'en fit rien. Il devait mettre au point un projet présenté par John, avec l'aide d'un jeune journaliste, et il était si absorbé qu'il n'essaya même pas de rencontrer mon regard. La seule chose qui me concernait directement, dans cette réunion qui avait duré deux heures, c'était que Milt Howley, le chanteur noir, avait accepté de donner une interview à *Woman's Life* et que John Templeton m'avait désignée pour ce travail. Une véritable aubaine !

Quand je retournai à mon bureau, Matthew Hinton m'appela et je succombai à la tentation d'assister à l'ouverture de la saison hippique. Une fois de plus, je n'avais pu résister. Avant de déjeuner, j'appelai Hilary Price. J'avais essayé de la joindre quelques jours auparavant, mais sa secrétaire m'avait dit qu'elle était à Paris pour les collections.

J'avais rencontré Hilary Price au début de ma vie professionnelle. Nous avions travaillé brièvement pour le même magazine et elle occupait maintenant un poste important dans l'un des plus importants magazines de mode, à mille lieues de *Woman's Life*. C'était une de ces revues de haute couture qui peint en vert le visage des femmes et leur colle dessus des plumes de paon...

Nous sympathisâmes dès notre première rencontre. Rien à voir pourtant avec l'amitié franche, bruyante et spontanée qui me liait à Peg. Mes rapports avec Hilary étaient plus mondains mais tout aussi détendus. Il est vrai que j'ai toujours l'impression que je dois m'élever au niveau d'Hilary, ce qui, d'une certaine façon, est excellent pour moi. Mais cet effort n'est jamais accablant. Je peux quand même porter mes cheveux dans le dos et envoyer promener mes chaussures. En fait, c'est un cerveau en perpétuelle évolution, Hilary. Toujours calme, sereine, discrète, élégante, spirituelle. Très volontaire d'apparence, mais profondément bonne. Très chic aussi, très « New York », une femme intelligente dont l'esprit m'attire infiniment. Elle est étonnamment resplendissante parce qu'elle a beaucoup de classe et une apparence qui la catalogue comme sophistiquée ; elle est en fait très simple. Trente-cinq ans environ, son âge est en permanence entouré d'une aura de mystère. Elle n'en parle jamais et ne se laisse pas surprendre là-dessus. Divorcée elle aussi, elle a vécu à Milan, Paris et Tokyo. Son premier mari était un comte italien d'un âge certain qu'elle évoquait de temps en temps : « Cecco », diminutif de Francesco, je suppose. Il était sur le point de mourir quand elle l'a épousé, ou du moins, c'est ce qu'elle pensait. Mais il s'est arrangé pour survivre et a épousé une fille de dix-sept ans, trois semaines après leur divorce.

Le téléphone sonna dans le bureau d'Hilary et elle décrocha tout de suite.

– Allô ?

– Hilary ? C'est Gillian.

– Heureuse de te savoir de retour, ma chère. Félicia m'a donné ton message. Qu'est-ce qui ramène le petit oiseau de la paix à La Mecque ?

Je reconnus son rire, si particulier.

– Qui peut le savoir ? Je suis tellement contente de t'entendre ! Comment était Paris ?

– Exquis. Mais pluvieux. Les collections étaient détestables. Rome était bien mieux. Je suis tombée sur mon ex-mari, Cecco. Il a une nouvelle maîtresse, une fille délicieuse...

– Comment va-t-il ?

– Il est en vie, ce qui est déjà remarquable en soi. Je frémis en pensant à l'âge qu'il doit avoir. Ça doit lui coûter des fortunes de faire changer les dates sur son passeport... Le papier s'élimait déjà il y a des années.

Nous éclatâmes de rire toutes les deux. Elle était si mauvaise, parfois... Je n'avais jamais rencontré Cecco ; je ne le connaissais qu'à travers les terribles portraits qu'elle me faisait de lui.

– Et toi, Gillian, comment vas-tu ? Tu n'as pas répondu à ma dernière lettre. J'étais un peu inquiète.

Elle avait ce ton de gorge inchangé et sarcastique. Mais on percevait de la chaleur sous le sarcasme et ses intonations montraient qu'elle tenait beaucoup à la personne avec qui elle parlait. Elle avait beaucoup de talent dans ce domaine mais je savais, en l'occurrence, qu'elle était sincère.

Elle me demanda de lui donner les dernières nouvelles et de répondre pour cela à trois questions essentielles : « Quand es-tu rentrée ? Pour combien de temps es-tu ici ? Qu'est-ce que tu fais ? »

Je répondis brièvement aux deux premières mais je lui parlai en détail de mon travail à *Woman's Life*, de John Templeton et de la chance que j'avais eue de trouver cet emploi pour huit semaines. Je lui glissai même un mot au sujet de la salle à manger que je recherchais pour le prochain reportage. Je pensais qu'elle pourrait avoir une idée.

Hilary se mit à rire et m'ordonna de m'expliquer plus clairement.

– Qu'est-ce que c'est que cette histoire de bassin fracturé et de salle à manger ? Si je te comprends bien, tu cherches un bassin fracturé et tu viens juste d'acheter la salle à manger de Julie Weintraub, ou bien tu as acheté le bassin de Julie et tu as cassé ta salle à manger ? Est-ce que j'aurais un bassin ou une salle à manger ? J'ai les deux, mais tu n'auras ni l'un ni l'autre, ma chère. Si tu veux mon avis, New York t'a achevée.

Je me mis à rire encore plus fort qu'Hilary et essayai de mieux m'expliquer, tout en sachant qu'elle m'avait parfaitement comprise.

– A dire vrai, Gillian, je n'ai jamais rencontré Julie Weintraub mais je suis ravie que tu aies ce travail ; c'est tout à fait pour toi. A propos, j'ai un vieil ami qui travaille pour ce magazine, il s'appelle Gordon Harte. Tu l'as déjà rencontré ? Tu n'en as peut-être pas eu l'occasion en deux jours.

– Si, j'ai fait sa connaissance. Il a l'air assez gentil, mais il est vraiment sarcastique. Je ne savais pas qu'il était un de tes amis. Tu ne m'as jamais parlé de lui.

– Ce n'est pas un ami, c'est une relation. J'ai connu sa femme il y a des années, quand elle était mannequin, je venais d'arriver à New York. Ils étaient en train de divorcer, et lui allait partir dans l'espoir de devenir l'Ernest Hemingway du monde de la mode, ou quelque chose dans ce goût-là. Je suis tombée sur lui en Espagne des années plus tard. Maintenant, nous nous rencontrons lors des réceptions officielles qui réunissent la mode. Il est l'une des rares personnes qui par leurs qualités rehaussent le niveau de ces choses-là. C'est un homme tout à fait compétent, et très gentil aussi ; le sarcasme, c'est... eh bien quelque chose dont il se sert pour tenir le monde en échec. Il a construit une muraille autour de lui. Pour parler d'autre chose, ma chère Gillian, comment va ton Christopher, le Grand Amour ?

Comme à Peg, je lui avais écrit de Californie. Je restai sans voix, incapable de proférer une parole.

– Hilary, je ne sais pas encore et je ne peux pas en parler pour l'instant.

– Je comprends. Inutile de s'attarder... Mais si tu as besoin de moi, tu sais où me trouver. Pourquoi ne viendrais-tu pas prendre un verre jeudi soir, après le travail ? On pourra bavarder et tu me parleras plus longuement de toi. D'accord ? Je vais voir qui je pourrais inviter pour le dîner. Peut-être Gordon et quatre ou cinq personnes, bien que je n'aie pas beaucoup de temps pour les prévenir. Veux-tu que j'invite quelqu'un en particulier ?

– Non, je te laisse juge. C'est une très bonne idée. Peux-tu réfléchir à cette salle à manger dont je t'ai parlé, toi qui as toujours des idées géniales ? Tu es vraiment formidable, Hilary, et merci mille fois. A quelle heure, jeudi ?

– Dix-huit heures ?

– Très bien, j'y serai.

Je ne voulais à aucun prix refuser une telle invitation. Hilary donnait les meilleurs dîners de New York. C'était aussi une extraordinaire fouineuse. Elle me rappela l'après-midi même pour me dire qu'elle s'était souvenue de la salle à manger. Celle-ci appartenait à un couple d'acteurs. La femme, pendant qu'elle suivait des cours de décor de cinéma, l'avait entièrement transformée à coups de pinceau. Elle appelait ça son milieu ambiant. La description d'Hilary était plus précise : « Quand tu manges, tu as l'impression que la jungle t'observe derrière ton dos... » Elle me convainquit que cela valait la peine d'aller la voir. J'appelai et pris rendez-vous. Je devais y passer avant de rentrer à l'hôtel.

C'était sensationnel. On aurait dit un plateau de cinéma pour une scène de jungle. Des arbres, des fleurs et des fruits avaient été peints partout, des nuages étaient suspendus au plafond, le sol était un lac et des animaux risquaient un œil derrière un bosquet peint. Les meubles étaient du genre de ceux qu'on utilise pour les safaris, à part une très belle table de verre et une kyrielle de bougies.

Heureuse d'avoir si bien employé ma journée, je me dirigeai vers l'hôtel, avec l'intention de me servir un petit verre de vin blanc frais et de grignoter quelque chose avant que Sam rentre du jardin public. Au moment où j'ouvrais la porte de notre suite, j'entendis que le téléphone sonnait. Pour une fois, l'idée que ce pouvait être Chris ne me vint pas à l'esprit. Ce qui était aussi bien, puisque ce n'était pas lui, mais Gordon Harte.

– Bonsoir. Hilary m'a annoncé que nous nous retrouverions à son dîner, demain soir. Est-ce que je peux vous y amener en voiture ?

Il parlait avec une certaine douceur, comme lors de notre dernière conversation. Rien à voir avec le ton brusque qu'il employait au bureau.

– C'est très gentil de votre part, mais je dois me rendre là-bas plus tôt pour prendre un verre. Je n'ai pas vu Hilary depuis que j'ai quitté New York.

– Bon, je n'insiste pas. Que pensez-vous de votre travail ?

– Passionnant, mais quelque peu agité. Je suis un peu rouillée.

– Je suis sûr que vous vous en tirez très bien. Je voulais vous inviter aujourd'hui à déjeuner, mais vous aviez disparu. Ce sera pour une autre fois.

– Avec grand plaisir.

– Alors, c'est comme si c'était fait. Bonne soirée, Gillian, à demain.

– Bonsoir.

Etrange appel, homme étrange. C'était comme s'il y avait eu un immense abîme entre lui et le reste du monde. Il paraissait glacial, même si ses paroles étaient amicales, ce qui ne cessait de dérouter. Sa personnalité était quand même plus riche que celle de Matthew Hinton. Il avait de l'esprit, de la finesse, une âme, et il était clair que d'une certaine façon, quelque part, à un moment de sa vie, cet homme avait souffert. Par qui, par quoi ? Je m'endormis en ruminant ces idées.

Le téléphone me réveilla en sursaut. Je décrochai à tâtons, sans trop savoir ce que je faisais, encore ensommeillée. C'était Chris. Un flot de pensées tendres et douces m'envahit aussitôt et je sentis combien je l'aimais. Je souriais, à moitié endormie, envoyais des baisers et écoutais le son de sa voix. Je me retournai et regardai la pendule pour voir l'heure... Il était quatre heures et quart... ce qui faisait une heure et quart de l'après-midi à San Francisco. Et puis, je ne sais pour quelle raison, je me souvins de Marilyn et je ne pus m'empêcher de lui lancer, d'un ton hargneux :

– Où est Marilyn ? Elle ne rentre pas déjeuner ?

J'eus l'impression réelle de voir Chris sursauter, comme si je l'avais giflé.

Ensuite, nous parlâmes de mon travail, du temps qu'il faisait, des projets de Chris, de ses films, et nous évitâmes avec soin de parler de Marilyn et de ce qui nous tenait à cœur. Ce fut une conversation lamentable. Chacun jouait son rôle et Marilyn était aussi présente que si elle avait tenu l'écouteur. Nous étions mal à l'aise ; j'étais en colère et Christopher paraissait gêné. Il y avait de quoi. Mais je crois qu'il ne se rendait même pas compte qu'il aurait dû l'être encore davantage.

CHAPITRE 20

L'ouverture de la saison hippique, le mercredi suivant, fut l'occasion de retrouver les mêmes invités qu'à l'Opéra. Là encore, il s'agit d'un événement où toute la bonne société se doit d'être présente. Matt était toujours aussi charmant, mais je trouvais que son vernis commençait à s'écailler et j'en avais déjà assez de son cinéma. Nous allâmes dîner à *La Caravelle*, où, une fois de plus, « Monsieur Hinton » fut le point de mire de la soirée.

Les journaux furent plus discrets à notre sujet et se contentèrent de publier une photo. Mais Peg ne m'appela pas.

Le lendemain, j'avais mon interview avec Milt Howley. Il habitait un appartement en terrasse au *Plaza*. Avant d'entrer, je m'arrêtai un instant, le temps de rassembler mes idées, et levai les yeux, impressionnée comme toujours par la hauteur des constructions new-yorkaises. Tout était démesurément haut, démesurément grand. Une atmosphère maléfique et étouffante entourait cette ville, dont la présence devenait comme obsédante. C'était La Mecque, c'était Sodome, c'était l'enfer et le paradis, et comme n'importe quel être humain ayant soif de vie, j'étais fascinée. Je savais que même si je quittais cette ville le lendemain pour n'y jamais revenir, il me suffirait de jeter un regard sur un de ses immenses gratte-ciel pour capituler. New York me sortait par les yeux mais me prenait à la gorge.

Une petite blonde, mince, m'introduisit dans l'appartement et Milt Howley me la présenta comme « sa vieille », en fait sa maîtresse. A partir de là, une journée tourbillonnante démarra. Il courut de Rockefeller Center à un rendez-vous chez Doubleday pour dédicacer ses disques, chez son éditeur de disques pour signer des contrats, à un déjeuner à trois heures de l'après-midi chez *Mama Leone*, où, entre la salade et la glace italienne, je tentai de le coincer pour mon interview. Il avait commencé par chanter du blues à Chattanooga, dans le Tennessee, dix ans auparavant, et avait eu un semblant de succès à Hollywood avant de faire partie d'une bande de contestataires, ce qui l'avait envoyé en prison au moins trente-six fois. Cela lui avait pris tout son temps et sa carrière s'en était ressentie. Mais maintenant il était reparti sur des chapeaux de roue ; une vraie star : trois albums dans l'année, vendus chacun à un million d'exemplaires, deux contrats de films et des engagements à Las Vegas, Hollywood et New York. La gloire.

Après le déjeuner, je l'accompagnai à l'aéroport dans une limousine de location. Il allait dîner à la Maison Blanche. La journée avait été épuisante mais agréable. Milt Howley était un homme attachant et l'interview qu'il me donna fut excellente. Il était direct, chaleureux et son sens de l'humour peu commun faisait oublier le rythme trépidant de son emploi du temps. Son valet de chambre lui avait mis sa valise dans sa voiture durant l'après-midi, et pendant que nous roulions vers l'aéroport, il répondit tranquillement à mes questions, tout en analysant leur contenu et en sirotant un bourbon bien tassé. Il était clair qu'il trouvait tout naturel de rouler dans une limousine et d'être interviewé tout en se rendant à un dîner chez le Président des Etats-Unis. Il avait de la classe.

Le dernier contact que nous eûmes avant qu'il

franchisse la porte d'embarquement se résuma à un baiser sur la joue, accompagné de ces quelques mots, murmurés à l'oreille :

– Pour une nana blanche, vous êtes vraiment bien, Gillian.

J'éclatai de rire et agitai une dernière fois la main avant qu'il disparaisse dans l'avion. Il me restait exactement soixante et onze minutes pour me rendre chez Hilary.

Quand Hilary ouvrit la porte, je fus impressionnée par sa beauté et par son élégance qui atteignaient la perfection. Exactement le genre de femme qu'envient les autres femmes, mais qui met les hommes mal à l'aise – ils auraient trop peur d'abîmer sa mise en plis en l'approchant – ce qui la condamne finalement à fréquenter surtout des homosexuels, d'autres femmes et quelques vieux amis. Tous ses amants sont temporaires; certains sont d'une jeunesse indécente mais d'une grande beauté et quelques-uns peuvent éventuellement rester des amis. Cela doit être difficile d'aimer Hilary. Si je l'osais, je la plaindrais. Mais la pitié est un sentiment qu'on évite d'éprouver à son égard. Le respect convient mieux. En somme, c'est un sentiment voisin de celui que m'inspirait ma grand-mère... Pourtant, ces maîtresses femmes, si elles vous aident à vous surpasser, n'en exigent pas moins leur dû; elles feraient n'importe quoi pour les amis qui les admirent, tout en n'hésitant pas à châtrer leur propre mari et leurs propres fils.

Hilary réussit avec classe et talent tout ce qu'elle fait : ses ongles laqués, sa maison, les dîners qu'elle prépare, son travail et ses amitiés. Elle peut être glaciale, même certainement très cruelle, mais elle réserve cet aspect de sa personnalité à ceux qui essaient de lui nuire. Je n'ai jamais eu l'occasion d'encourir sa haine et j'en soupire d'aise car je l'ai déjà vue agresser des gens verbalement d'une façon à la fois remarquable et terrifiante. Peut-être les hommes le ressentent-ils et préfèrent-ils garder leurs distances ou s'éclipser rapidement. Hilary et moi n'avons jamais entretenu de relations bon enfant comme celles qui me lient à Peg ou à d'autres amies. Je n'aurais jamais osé me curer les dents ou dire des gros mots en sa présence et encore moins me présenter chez elle vêtue d'un blue jean et d'un vieux polo. Avec Hilary, je partage quelque chose d'autre qui n'existe pas ailleurs. Mes autres amis m'ont connue enfant et ce passé commun est resté présent dans nos relations ; mon amitié avec Hilary, en revanche, est née quand nous étions toutes deux adultes, ce qui la rend peut-être plus exigeante. De toute façon, Hilary est inimaginable en écolière, à moins qu'elle ne soit allée en classe en tailleur Chanel, avec une mise en plis impeccable. Je n'arrive pas à l'imaginer jouant au hockey, ou alors dans le boudoir de Madame de Sévigné, à la rigueur, mais pas comme nous, sur un terrain de jeu.

Nous eûmes le temps de bavarder ensemble une heure et demie avant l'arrivée de son premier invité. Hilary me fit une allusion brève et dépassionnée de son nouvel amant, un Allemand prénommé Rolfe, bien plus jeune qu'elle. Il était poète et Hilary trouvait que c'était un « enfant adorable ». Elle l'avait invité à dîner. Elle continuait de vivre seule, car cela lui convenait mieux, disait-elle. Tous ses rêves de Prince charmant, si tant est qu'elle en ait jamais eu, s'étaient envolés. Les miens hantaient toujours mon sommeil, car pour autant que j'aimais Chris, il était loin de ressembler à un Prince charmant.

J'avais décidé de ne pas parler de lui, mais Hilary aborda le sujet, tout en se servant un deuxième verre.

– Gillian, si ça doit marcher, ça marchera, et même au-delà de tes espérances s'il est fait pour toi. Sinon, et si dur que cela puisse te paraître, persuade-toi que tu n'as pas perdu grand-chose. Je suis sûre que Chris est un charmant garçon, mais je ne pense pas qu'il soit pour toi. Franchement, tu mérites mieux. Chris ne pourra jamais t'apporter tout ce dont tu as besoin. Il me ressemble trop. Il ne croit pas aux mêmes valeurs que toi, et je ne pense pas que tu sois prête à y renoncer pour lui faire plaisir. Enfin, quelle que soit ta décision, je veux que tu saches que je serai toujours là pour t'aider et t'écouter. Voilà tout ce que je peux te dire.

Les paroles d'Hilary me touchèrent mais j'étais contrariée qu'elle puisse penser que Chris n'était pas assez bien pour moi. Il était ce qu'il était et je l'aimais ainsi, malgré tout ce qu'il me fallait endurer, quitte à le regretter par la suite. Je souhaitais réussir ma vie avec lui.

Hilary se dirigea vers sa bibliothèque tandis que je restais plongée dans mes pensées. Elle reparut, un livre à la main. Relié en cuir, très ancien, il ressemblait assez à ce que pouvait posséder Hilary.

– Ça te semblera peut-être bien banal mais il y a beaucoup de vrai dans ces lignes.

Et elle me tendit le volume, ouvert à la page de garde, où une main décidée avait écrit à l'encre marron :

> Qui ploie le bonheur à son gré
> De la vie rompt le cours ailé.
> Qui l'embrasse à la volée
> Vit dans l'aube de l'éternité.

Il y avait une initiale en dessous, un L, et une date.

– C'est l'homme avec lequel j'ai dormi pour la première fois, Gillian. Il avait trente ans de plus que moi, j'en avais dix-sept à ce moment-là. C'était le plus grand violoniste de son temps. Je l'aimais tellement que j'ai pensé mourir quand il m'a dit un jour que j'étais « une grande fille » et que je n'avais plus besoin de lui. Je voulais mourir, mais je ne l'ai pas fait. On ne le fait jamais. J'ai appris qu'il y avait beaucoup de vrai dans ces quelques lignes. Elles m'aident à vivre.

Emue, je tenais encore le livre dans mes mains lorsque la sonnette retentit. Hilary se leva pour ouvrir ; un grand et beau garçon entra, de trois ans plus jeune que moi environ, blond aux yeux verts. Il avait la grâce d'un enfant sans en avoir la timidité. C'était un réel plaisir des sens de le contempler, mais la façon dont il couvait Hilary du regard me gêna un peu. C'était Rolfe. Il me baisa la main, m'appela « madame » et me fit penser que j'avais mille ans. Mais c'était ce qu'Hilary attendait de lui et ce qu'elle désirait. Dans un bref retour en arrière, je me rendis compte qu'elle était devenue le violoniste, cet homme qu'elle avait aimé voilà vingt ans. Elle renvoyait tous ces jeunes garçons à leur destin quand ils n'avaient plus besoin d'elle, comme un professeur de danse à sa dernière leçon. C'était une étrange découverte, et je me demandais si elle leur donnait à chacun une médaille de bronze gravée avec les fameuses lignes qu'elle m'avait lues, comme pour les féliciter d'avoir réussi leur examen de passage. Cette pensée amusante me fit rire toute seule, ce qui ramena l'attention d'Hilary sur moi et remplit Rolfe de confusion, comme s'il avait dit quelque chose de déplacé. Pauvre Rolfe.

Le reste des invités arriva peu après. D'abord, un collègue d'Hilary et une jeune Italienne très élégante, Paola di San Fraschino, la fille d'un noble ou quelque chose comme ça. Elle parlait un anglais adorable et paraissait de très bonne naissance. A leur suite, entra une fille très vivante, à l'allure chevaline et au rire étrange, mais au visage aimable. Elle venait juste de publier son deuxième roman. Elle avait beaucoup d'esprit et mettait de l'ambiance dans le groupe, mais elle était loin d'avoir le chic d'Hilary et de Paola. Son mari, critique musical pour une revue anglaise, n'avait aucune des qualités éthérées de Rolfe, ce qui était rafraîchissant. Je commençais à trouver pénible la conversation du poète blond. La sonnette retentit deux fois encore, d'abord pour un Français très m'as-tu-vu mais beau garçon qui tenait une galerie d'art sur Madison Avenue, et enfin pour Gordon Harte, qui semblait connaître Paola et Rolfe. Hilary et lui s'embrassèrent, et il se dirigea vers le bar pour se servir à boire. Il semblait beaucoup plus à l'aise que Rolfe, qui donnait l'impression de ne rien oser toucher. Rolfe n'ouvrait pas la bouche sans avoir consulté d'abord Hilary du regard, ce qui m'agaçait car cela me rappelait mon attitude lorsque j'étais mariée.

La soirée fut très plaisante et j'eus l'impression de participer à de véritables acrobaties intellectuelles ; la conversation sauta de la littérature japonaise aux tapisseries françaises, en passant par les nouvelles tendances qui faisaient fureur à Paris, les implications politiques de la littérature américaine vis-à-vis de la littérature russe au tournant du siècle, l'homosexualité en Italie, la démission de l'Eglise et de la religion organisée dans notre pays, sans oublier les cultes orientaux, le yoga et sa philosophie.

C'était époustouflant mais éreintant, le genre de soirée à laquelle on ne peut assister qu'une fois tous les six mois, une soirée typique de celles que donnait Hilary, avec son lot d'artistes, d'éditeurs et de gens de lettres.

La romancière et Gordon m'impressionnèrent particulièrement. Ils étaient intelligents, bien informés, mais plus pragmatiques que les autres, beaucoup plus sensibles aux réalités, ce qui m'importait beaucoup depuis que j'avais vécu avec Chris. J'avais dépassé le stade de la théorie intrinsèque, et j'en étais arrivée à concevoir un sain respect pour la réalité. Gordon me ramena à l'hôtel et nous ne parlâmes de rien de spécial. L'hyper-intellectualisme de la soirée s'était rompu lorsque le groupe avait pris congé. En arrivant à l'hôtel, je pensais que Gordon allait m'inviter à boire un verre, mais il n'en fit rien. Au lieu de cela, il me regarda et me dit :

– Si on dînait ensemble demain ?

Il avait l'air soudain vulnérable et bon.

– D'accord, avec plaisir.

– Très bien, je vous appellerai demain matin pour vous dire l'heure. J'ai un rendez-vous avec John à cinq heures, donc ce ne pourra pas être avant huit heures.

– Ce sera très bien, Gordon. Merci de m'avoir ramenée. Bonne nuit.

Il me tardait déjà d'être au lendemain soir. Dans l'ascenseur, je pris la décision de m'acheter une nouvelle robe.

CHAPITRE 21

– Où tu vas, Maman ?

– Je vais dîner dehors, ma chérie.

– Encore ?

– Oh ! vraiment, Sam... Je te promets de rester avec toi ce week-end.

Maigre consolation pour elle.

– C'est une nouvelle robe ?

– Mais dis donc, c'est l'Inquisition !

– Qu'est-ce que ça veut dire ?

– Ça veut dire que tu poses trop de questions, Sam.

– Bon. C'est une nouvelle robe ?

– Oui.

– Elle me plaît.

– Eh bien, c'est un soulagement, au moins. Merci.

Elle était affalée sur le lit et me détaillait d'un œil critique.

– Tu sais, tu grossis du ventre, Maman, tu n'es plus aussi mince qu'avant.

– Ce n'est rien, ne t'en fais pas.

Le téléphone sonna et je déposai un baiser sur la tête de Sam.

– Maintenant, tu prends ton bain et moi, je vais répondre au téléphone. Dépêche-toi.

Elle s'en alla et pendant un court instant, j'eus peur que ce soit Gordon qui annule notre dîner. Il pouvait être retenu au bureau, avoir eu une intoxication alimentaire, s'être cassé la cheville, ou bien avoir un autre rendez-vous, que sais-je encore... « Très bien, Gordon... Je comprends... Mais alors, et ma nouvelle robe ? »

– Allô ? Oui, mademoiselle, c'est moi. Allô, Chris... Qu'est-ce qu'il y a ?... Non, je ne suis pas énervée... Non, je suis toute seule... Bien, bien... Je me préparais pour aller dîner dehors... Qu'est-ce que tu veux dire par : « Ça n'a pas mis longtemps » ? C'est un simple dîner avec un ami d'Hilary. Non, ce n'est pas un comte italien... Il travaille à *Woman's Life*. Tu sais, je crois que tu pourrais garder tes remarques pour toi. Pour quelqu'un qui vit avec une fille, tu es drôlement susceptible, mon très cher... Ah, vraiment ? Et pourquoi différent ?... Veux-tu me dire pourquoi ?... Je ne vois pas... Je suis toujours enceinte, tu as déjà oublié ce petit détail ?... Si ce n'est pas trop tard pour quoi ? Oublie ça, il n'en est pas question... Comment va Marilyn ? Bon, je ne veux pas en entendre parler. N'explique rien, Christopher. C'est déjà assez clair comme ça... Tu viendrais ? Quand ?... Je ne le croirai que quand je te verrai. Ecoute, Chris, est-ce que tu vas me ficher la paix sur ma sortie de ce soir ?... Je suis ici parce que tu l'as voulu, je n'ai pas choisi... Très bien, parlons d'autre chose... Nous ne voudrions pas fâcher Oncle Chris, n'est-ce pas ?... Elle va très bien... Oui, elle demande toujours après toi... Alors, on s'occupe de notre petite famille ce soir... Pourquoi ?... Marilyn t'en fait voir ? Ecoute, Chris, je crois qu'il vaudrait mieux que tu n'appelles pas pendant un certain temps. Je ne peux pas le supporter. Ça empire les choses. Tu as Marilyn, tu n'as pas besoin de moi, et ça me perturbe. Je t'appellerai... Oh, je vois, très bien... Ecoute, va au diable, tu es avec elle, aussi cesse de me persécuter, s'il te plaît... Ecris-moi alors... Non, je vois le médecin la semaine prochaine. Je crois que tout va bien, je ne sais pas... Un peu fatiguée, mais ça va... Chris, comment vas-tu vraiment ?... Tu me manques tellement que je n'en peux plus. Mais non, ce n'est pas pour ça que je sors avec l'ami d'Hilary...

La sonnette de la porte d'entrée retentit et je me mis à paniquer.

– Ecoute Chris, il faut que j'y aille. Je t'appellerai... Oui, oui, très bien... Non, n'appelle pas... Bon, alors appelle... Pas jusqu'à lundi ? Oui, c'est possible le week-end... J'ai oublié... Ecoute, il faut que je raccroche. Je t'aime... Chris ? Oui, chéri, je sais.

Quel coup de téléphone ! Et Gordon qui m'attendait à la porte !

Gordon m'emmena dans un tout petit restaurant italien dans la 20e avenue puis m'invita à prendre un verre près de Central Park. C'était un établissement logé dans un édifice banal, mais lorsqu'on sortait de l'ascenseur, on pénétrait dans un autre monde. Nous étions en pleine Inde septentrionale. Une jeune fille en sari nous accueillit et nous fit entrer. L'air était saturé du lourd parfum de l'encens, les tables étaient longues et basses, et toute la pièce semblait palpiter au rythme d'une musique que je ne comprenais pas mais qui me touchait malgré moi. Elle me donnait envie de me balancer, de fermer les yeux, et d'épouser le rythme des sonorités sensuelles de l'Orient. Il y avait une rose unique sur chaque table et les serveurs, grands et sombres, portaient la barbe pour la plupart et même un turban. Nous bûmes des boissons exotiques et je contemplai plusieurs fois le panorama par la fenêtre. Une fois de plus, j'eus le plaisir de découvrir un point de vue que je ne connaissais pas. Je distinguais Central Park, disposé en bas comme un jouet d'enfant, décoré par les illuminations de Noël et encadré par des immeubles sur trois côtés. Je me sentais tout à coup à mille lieues de ce que j'avais connu.

Gordon commanda un vin blanc très délicat et des gâteaux aux pétales de rose. Une fois que nous fûmes servis, Gordon me fixa dans les yeux un temps qui me parut interminable. C'était comme s'il me posait des questions muettes, auxquelles il donnait ses propres réponses.

– Pourquoi n'êtes-vous pas restée dans l'Ouest, Gillian ?

Il paraissait déjà connaître la réponse, mais son regard soutenait le mien, attentif à ce que j'allais dire.

– Je voulais rentrer.

– Ce n'est pas vrai. Vous vous êtes sauvée, c'est cela ? Je suis sûr que vous en êtes tout à fait capable.

– Je ne sais pas ce que vous voulez dire, mais non, je ne me suis pas sauvée. Je suis simplement revenue.

– A cause d'un homme ?

J'hésitai un bon moment puis j'acquiesçai.

– Et vous ? Pourquoi avez-vous quitté l'Espagne ? ripostai-je du tac au tac.

– J'avais faim.

– Vous ne me dites pas la vérité.

Je lui souris, puis retirai la rose de son vase pour en caresser les pétales.

– Bon, mettons que je n'avais plus de raison d'y rester.

– C'est vous qui vous êtes sauvé, ou elle ?

– Ni elle ni moi. Ou les deux, si vous préférez. Elle s'est suicidée et après ça j'ai tout quitté.

Son visage reflétait une tristesse tranquille. Quant à moi, j'étais sous le choc.

– Je suis désolée, Gordon.

Je détournai les yeux, embarrassée. Nous n'aurions jamais dû aborder de tels sujets. C'était un jeu dangereux ; nous avions tous deux des passés douloureux.

Il regardait au loin, le visage triste et sérieux. Je ne pouvais pas distinguer ses yeux.

– Mais non, c'est une vieille histoire. Elle s'appelait Juanita. C'était la plus jolie fille que j'aie jamais vue. Une fille bien, pure comme une enfant. J'ai découvert qu'elle s'était prostituée dans le passé à

Malaga. C'est pour ça qu'elle s'est tuée. Ce qu'il y a de terrible, c'est que je m'en fichais pas mal. C'était sans importance, ça ne changeait rien et je m'en doutais déjà plus ou moins. Le type qui me l'a appris lui a dit que je savais la vérité et, quand je suis rentré à la maison, elle était déjà morte. Après ça, je suis parti. Je ne pouvais plus m'en sortir, de toute façon ; je ne m'étais jamais complètement intégré à ce pays. Mais je l'ai beaucoup aimé.

Il n'y avait rien à ajouter.

– Et l'homme que vous aimez, Gill, qui était-il ?

– Un homme, tout simplement.

Je ne voulais pas parler de Chris parce que je ne pouvais pas être aussi honnête avec Gordon qu'il l'avait été avec moi. Chris n'était pas aussi lointain pour moi que Juanita l'était pour Gordon, je n'avais pas encore rompu avec lui. Si le récit de Gordon appartenait au passé, le mien ressemblerait à de véritables aveux.

– C'est une histoire qui dure encore ?

– Non, enfin, pas vraiment. On se parle encore mais je crois que c'est fini.

Au fond de mon cœur, je savais que je mentais. Malgré tout, j'y croyais encore.

– Comment était-il ?

– Comme mon père.

– Et à quoi ressemblait votre père ?

– A un salaud, en quelque sorte.

J'eus un petit sourire forcé. Je me sentais soulagée de l'avoir dit.

– Quelle conclusion en tirez-vous ?

– Catastrophique. Mais je n'ai fait le rapprochement que tout récemment.

– Avez-vous été heureuse avec cet homme ?

– Au début, oui, très heureuse ; il avait quand même quelques bons côtés, autrement je ne serais pas restée aussi longtemps. Mais je pense qu'au fond c'est un salaud, tout comme mon père. Ce n'est pas un homme bien, du moins je ne le pense pas. Il n'est pas capable de me donner la plupart des choses dont j'ai besoin. Je l'ai toujours su, mais je n'ai jamais voulu l'admettre.

C'était bizarre de parler de Chris comme s'il appartenait déjà au passé.

– Pourquoi être restée avec lui, puisque vous ne pouvez pas me dire pourquoi vous êtes partie ? Le fait qu'il soit un « salaud » n'explique rien. C'est que vous l'aimiez tel qu'il était.

Gordon avait raison. Je l'aimais ainsi.

– Eh bien, voilà, je l'ai laissé parce qu'il m'a forcée à le faire. J'étais restée parce que... parce que je l'aimais et que j'avais besoin de lui. Je voulais que ça marche. Aussi longtemps que j'ai vécu selon ses valeurs, ça allait. Je suis restée parce qu'il y avait d'autres choses. C'est une histoire plutôt compliquée.

– Et pas encore finie, n'est-ce pas, Gillian ?

– Oui et non. Oh, Gordon, tout cela est si difficile !

Je le regardais droit dans les yeux.

– C'est fini parce que je ne crois pas qu'il m'aime, et ce n'est pas fini parce que je porte son enfant. Sous cet angle-là, ça ne s'arrêtera jamais.

Je fus prise de panique à l'idée de ce que je lui avais dit.

– Quelqu'un le sait ?

Il était resté absolument calme.

– Une amie seulement, et lui bien sûr, mais ça ne semble pas changer grand-chose.

– Vous avez pensé à vous faire avorter, n'est-ce pas ?

– Oui, j'y ai pensé, mais je veux garder le bébé. C'est une sacrée responsabilité, je le sais. Mais je suis décidée.

– Alors, vous avez bien fait. Mais si j'étais vous, je n'en parlerais à personne, Gillian. Autant je peux admirer votre détermination, autant je sais déjà que cela pourra paraître incompréhensible à beaucoup de gens.

– Je le sais. Aussi, j'ai décidé de le garder pour

moi. Je ne sais pas ce qui m'est arrivé ce soir, je me suis laissée aller.

J'essayai de sourire sans le regarder, et je sentis qu'il prenait ma main dans la sienne.

– Ne soyez pas si triste, Gillian. Vous allez vous en sortir.

– Merci pour le vote de confiance... Une fois en passant, j'en ai besoin.

C'était étrange que nous en soyons arrivés si vite à nous faire tant de confidences. En moins d'une heure, nous avions parcouru chaque centimètre de nos plaies et de nos cicatrices, comme s'il nous était nécessaire de tout savoir de nos passés respectifs. Presque inconsciemment, je ne pus m'empêcher de renvoyer la balle dans son camp et de lui demander :

– Et votre mariage ?

– En fait, il n'a jamais existé, Gillian.

– Mais vous m'avez dit...

J'étais étonnée. Il avait l'air trop honnête pour mentir sur un tel sujet.

– Mon Dieu ! Ne me regardez pas comme ça, Gillian. J'ai été marié. Ce que j'ai voulu dire, c'est que cela aurait pu ne pas être. Cela a été court, douloureux et dénué de toute émotion.

– Pourquoi vous êtes-vous marié, alors ?

– La réponse est banale. Il le fallait. Ou du moins je pensais qu'il le fallait. Il y a vingt-cinq ans, j'ai eu une brève aventure avec une jeune femme, et puis...

– ... Elle est tombée enceinte.

– Exactement. Elle n'a pas voulu se faire avorter, aussi j'ai décidé d'agir « noblement » et je l'ai épousée. Mais c'était intolérable. Aussi, dès que Greg est né, nous avons divorcé, c'est tout.

– Oui, mais au moins vous avez eu Greg. Etes-vous très proches l'un de l'autre ?

Son regard se durcit instantanément et j'y perçus une sorte d'amertume.

– Non, pas vraiment. Greg est un charmant jeune homme, intelligent, spirituel, indépendant, et un étranger pour moi. Quand je suis parti, je l'ai chassé de ma mémoire et j'ai tenté de l'oublier. Je ne l'ai jamais vu quand il était petit et n'oubliez pas que je suis resté dix ans en Espagne. Quand je suis revenu, il avait quinze ans. Il est difficile de devenir le père d'un garçon de quinze ans qu'on ne connaît même pas.

– Cela viendra peut-être un jour.

– Qui sait ? Mais cela m'étonnerait. Il pense que je suis un affreux matérialiste. Avec raison, car je le suis. Pour gagner son respect il faudrait que je fasse un acte grandiose, devenir artiste, lutter pour l'Afghanistan, ou quelque chose dans ce genre. Ce n'est pas dans mes projets. Et maintenant, petite madame, nous avons parlé assez longtemps de nos sinistres passés. Je vous ramène chez vous, il est tard.

Il fit signe au serveur enturbanné ; il était clair que le temps des confidences était terminé. Gordon Harte gardait le contrôle de la soirée. La brève tension de son visage s'estompa.

– Vous devez avoir un étrange pouvoir sur moi, ma chère. Je n'avais pas parlé ainsi depuis des années.

C'était un beau compliment. Il me prit la main pour m'aider à me lever des coussins sur lesquels nous étions assis. Sa main dans la mienne était douce mais ferme. Il la garda dans l'ascenseur et lorsque nous sortîmes dans la rue. C'était une belle nuit, l'air était doux avec une légère brise, et les chevaux attachés à leurs fiacres hennissaient de l'autre côté de la rue.

– Cette ville me paraît toujours un décor de cinéma, tellement irréelle...

Je regardais tout autour de moi. Je vis que Gordon m'observait.

– Venez, Gillian. Nous allons rentrer à pied à l'hôtel.

Nous étions près du *Regency* et je trouvais naturel qu'il mît son bras sur mes épaules. Pas un mot ne fut échangé durant le court trajet à l'hôtel. Devant la porte d'entrée, il me regarda avec un petit sourire.

– Si nous allions déjeuner à la campagne demain ? Je vais voir des amis à Bedford. L'air de la campagne vous ferait du bien.

J'aurais préféré qu'il me dise qu'il avait envie d'être avec moi, mais je savais qu'il le pensait. Il attendait ma réponse.

– Oui, avec grand plaisir, Gordon.

– Voulez-vous emmener votre fille ?

– Elle a d'autres projets. Je vous remercie quand même. Elle passe la journée avec une camarade d'école.

– Bien. Je viendrai vous prendre à onze heures. Ne soyez pas désolée pour ce soir. Vous aviez besoin de parler et moi aussi...

Il ne fit aucune tentative pour m'embrasser ; il se contenta de caresser légèrement mon épaule avant de s'éloigner.

Nous nous dîmes au revoir une dernière fois avant que je pénètre dans l'hôtel. Dès que j'eus dépassé la réception, j'eus l'impression que je flottais sur un nuage. Je me demandais ce que l'avenir me réservait, craignant que la magie ne s'évanouisse dès le lendemain.

– Voudriez-vous me faire passer la carte qui est dans la boîte à gants, Gillian ?

Nous roulions le long de l'East River Drive et l'air qui entrait par le toit ouvrant était doux. Gordon s'était montré plutôt froid quand il était venu me chercher. Aucune trace des confidences de la veille, très peu de chaleur humaine.

– Oui, bien sûr.

Je tirai sur le petit tiroir dans le tableau de bord, retirai la carte et la lui tendis.

– Ouvrez-la, s'il vous plaît.

Le ton de sa voix me surprit un peu, mais je dépliai la carte avec soin et me mis à rire. Au milieu se trouvait un dessin humoristique représentant les portraits très caricaturés de moi-même et de M. Gordon Harte mangeant des hot-dogs sous un réverbère, près de l'immeuble qui abrite *Woman's Life*. Un chihuahua et un saint-bernard levaient la patte contre le réverbère, tandis que tout le personnel du magazine regardait, penché aux fenêtres. La légende disait : « Laissons tomber tout ça. »

Lorsque je relevai la tête, je vis que Gordon était satisfait que j'apprécie.

– Ce qui veut dire que vous me devez un déjeuner cette semaine...

– Bravo. C'est sensationnel, Gordon.

– Vous l'êtes aussi.

Le déjeuner à Bedford fut charmant, ses amis me plurent et l'après-midi passa vite.

A cinq heures, j'étais de retour à l'hôtel, à temps pour accueillir Samantha.

Le dimanche suivant, Sam et moi regagnâmes notre vieil appartement avec l'aide de Peg. Je quittai l'hôtel à regret mais Sam, elle, était aux anges d'être revenue chez elle. Je l'étais beaucoup moins. Je passai la soirée du dimanche à récurer les sols et lessiver les placards et j'eus l'impression que j'aurais à peine le temps de dormir avant que débute une autre semaine de travail.

– Samantha !... Le petit déjeuner !... Dépêche-toi ou tu seras en retard à l'école, et moi au travail.

J'eus besoin de tout mon sens de l'organisation pour arriver à tout mener de front. Je n'avais plus la cadence ; parvenir à être prête à huit heures revenait pour moi à escalader un iceberg en patins à roulettes. Il me semblait même que j'avais moins de problèmes à San Francisco lorsque je me levais à six heures.

– Sam ! Tu viens ? Où es-tu ?

– J'arrive, Maman.

Elle fit irruption, vêtue d'un habit de cow-boy dont Chris lui avait fait cadeau.

– Me voilà !

– Très bien, ma chérie. Mange tes céréales. On est pressées.

– Les cow-boys ne mangent pas de céréales.

– Mais si, ils en mangent. Allez, Sam, mange !

Je jonglais avec mon café et le journal, tout en me disant que mes souliers avaient bien besoin d'un coup de chiffon.

A la revue, il fallut faire d'innombrables appels téléphoniques, agencer définitivement les chambres d'enfant, mettre au point le reportage sur la salle à manger, sans compter les mille détails que John Templeton m'avait chargée de régler.

Comme prévu, Gordon et moi allâmes déjeuner ensemble le mardi. Il m'invita le lendemain à une soirée de presse qui avait lieu au Musée d'Art moderne.

Le mercredi après-midi, je rentrai précipitamment à la maison et revêtis une robe de velours noir et un manteau du soir en satin framboise. Gordon devait passer me prendre à sept heures. Tout en l'attendant, je me rendis compte qu'en dépit de la joie de sortir en sa compagnie, je ressentais une tristesse latente. Chris ne m'avait pas appelée de toute la semaine. Comme d'habitude, cela me faisait mal. Chris Matthews me manquait, ses bras autour de moi, sa voix tranquille, même son indifférence, tout, en somme.

– Maman, quelqu'un sonne à la porte !

La voix de Sam résonnait dans tout l'appartement.

– Oui, j'y vais.

C'était Gordon.

– Prête ? Mon Dieu, quelle merveille ! Vous êtes vraiment ravissante, Gillian.

Il me détailla, satisfait, et me donna un baiser furtif sur le front.

– Merci, monsieur. Et cette journée ?

– Comme d'habitude.

– Gillian ? Quelque chose qui ne va pas ?

– Non, pourquoi ?

– On dirait que vous avez eu une journée difficile et que quelque chose vous a blessée.

– Non, vraiment. Je suis peut-être un peu fatiguée, mais c'est tout. Voulez-vous boire un verre avant de partir ?

– Non, il vaut mieux s'en aller.

– Qui vous êtes ?

Samantha avait fait irruption dans la pièce et nous observait.

– Gordon, voici Samantha. C'est M. Harte, Sam.

– Qui c'est ?

– Quelqu'un avec qui je travaille et un ami de tante Hilary.

Je les surveillais attentivement, craignant qu'elle ne lui fasse payer sa présence en se montrant mal élevée. Il n'avait pas l'habitude des enfants.

– Est-ce que je peux toucher votre barbe ? Elle est vraie ?

Samantha s'approcha avec précaution et Gordon se pencha pour lui parler.

– Oui, elle est vraie. Bonjour, Samantha.

J'avais peur qu'elle tire dessus, mais elle se contenta de l'effleurer et je me sentis soulagée.

– C'est aussi doux que les poils d'un cheval.

– C'est un compliment, traduisis-je.

– Tu aimes les chevaux, Samantha ?

– Oui, beaucoup.

Une longue discussion s'ensuivit. Je fus étonnée d'apprendre qu'il s'y connaissait beaucoup en chevaux, et encore plus surprise quand il prit un bloc de papier sur mon bureau et dessina quelques esquisses pour Sam, qui semblait ravie. Gordon et Sam étaient en train de faire connaissance.

– Gillian, nous devons partir maintenant. Samantha, j'espère que je te reverrai bientôt.

– Bien sûr. Revenez nous rendre visite, monsieur Gordon.

– M. Harte, Sam. Bonne nuit, ma chérie. Sois sage avec Jane.

Nous nous embrassâmes avec effusion, puis Gordon appela l'ascenseur.

– Vous avez été très gentil, Gordon. Je vous en remercie.

Nous attendions un taxi en bas et je me sentais mieux.

– Je l'aime bien. Elle est intelligente et très franche.

– Ça, c'est certain, dis-je en riant.

Le taxi nous conduisit rapidement au musée.

Ce fut une excellente soirée. Quel bonheur de marcher dans son sillage, d'être présentée à tout le monde et de voir que l'on nous remarquait ! Gordon faisait partie du conseil de gestion du musée ; il avait négligé de me le dire quand il m'avait invitée. Hilary était là, sans Rolfe, superbe dans une robe longue moulante en tricot noir que rehaussait un manteau de lainage blanc. Gordon lui demanda de se joindre à nous pour le dîner, ce que je trouvai une bonne idée, mais elle refusa.

Cette fois, Gordon m'emmena au *Lutèce*, où on le reçut comme si le restaurant lui appartenait, ou du moins comme s'il en payait le loyer...

Nous étions tombés sur Matthew Hinton au musée, accompagné d'une beauté rousse suspendue à son bras en signe de gratitude. Nous nous saluâmes mollement ; il était clair que nous ne ressentions plus aucun intérêt l'un pour l'autre.

Avec Gordon, je ne remplissais pas les colonnes des potins mais je passais des moments délicieux.

CHAPITRE 22

Vendredi, ce fut l'enfer. Les acteurs à qui appartenait la salle à manger extravagante étaient entourés d'une foule de techniciens prêts à commencer le tournage ; quatre heures après, on débutait à peine. Ils s'arrangèrent pour se saouler, bouleversèrent la mise en scène et rendirent presque fou le photographe. A minuit, c'était enfin terminé et je me demandais s'il y aurait une seule prise de vue correcte. Mais ce n'était pas fini. On les avait tous invités à dîner pour les remercier « de leur patience ». A deux heures du matin, je rentrai chez moi, éreintée, dans un tel état de fatigue que je pensais en mourir.

Une heure après m'être couchée, je dus me relever. Je fus prise de vomissements, je frissonnais inexplicablement et j'avais des crampes. Saisie de panique, je pensai que j'allais perdre mon bébé. J'aurais dû appeler Peg, le médecin, ou même Gordon. Quelqu'un de raisonnable l'aurait fait. Mais je n'avais pas envie d'être raisonnable. J'avais cette réaction animale et sauvage que l'on ressent quand on est soudainement malade.

Je réagis par réflexe et, sous le coup de l'émotion, j'appelai Chris.

– Allô ?

– Chris ?... Je suis en train de perdre le bébé. Je me sens si mal... On a travaillé jusqu'à une heure du matin. Mais non, je dis la vérité. Mais non, je n'ai pas bu... Je suis malade... Qu'est-ce que je dois faire ?

– Pour l'amour du ciel, Gillian, arrête de pleurer. Pourquoi m'as-tu appelé ? Je ne peux rien faire et tu sais ce que je t'ai dit. Appelle le médecin. Ecoute, maintenant, je ne peux pas te parler. Je t'appellerai lundi.

Lundi ? Lundi ? Qu'est-ce qu'il voulait dire par « lundi » ?

Je m'habillai hâtivement et me rendis à la salle des urgences de l'hôpital de Lennox Hill où je passai la nuit. Diagnostic : j'étais épuisée, mes nerfs étaient à vif.

On me renvoya chez moi à midi. J'étais penaude et toujours aussi fatiguée. Gordon m'appela dès mon retour à la maison.

– Où êtes-vous allée, si tôt le matin ? Je vous ai appelée à neuf heures. On m'a dit que le reportage d'hier avait frôlé la folie.

– Tout à fait !

Je lui racontai ma nuit à l'hôpital, en omettant de lui dire que j'avais appelé Chris. Gordon se montra très compatissant et me dit qu'il m'appellerait dimanche pour voir comment j'allais. Il proposa même de me donner congé le lundi pour que je me repose. Je dormis toute la journée. En me réveillant, je trouvai une petite corbeille de fleurs bleues et orange qu'il m'avait fait envoyer. Sur la carte, je lus : « Le travail est l'opium du peuple et il semble que cela ne vous ait pas tellement réussi. Reposez-vous bien. Avec toutes les excuses de votre directeur artistique, Gordon Harte. » C'était amusant, plein d'esprit et surtout très gentil, tout en restant discret.

Il appela de nouveau dimanche. Je me sentais mieux mais encore très fatiguée. Il accepta de ne pas passer me voir, mais, en revanche, il m'invita à dîner le jeudi suivant. Le dimanche après-midi, tout en me reposant sur mon lit, je ne pus m'empêcher de songer avec un brin d'autosatisfaction à mes relations avec Gordon ; elles ne posaient aucun problème, et de plus j'avais l'impression, pour la première fois, de contrôler la situation.

Au même moment, la sonnette retentit. Je me levai pour aller ouvrir. C'était Gordon.

– J'ai changé d'idée. D'autant plus qu'Hilary m'a dit que vous adoriez recevoir des gens le dimanche. Nous venons de déjeuner ensemble. Elle vous embrasse très fort. Est-ce que je peux entrer ?

– Bien sûr.

J'étais en colère : j'avais une tête impossible et il m'avait assuré qu'il ne viendrait pas. Je ne me sentais pas bien et je n'aimais pas l'idée qu'il s'impose, en arrivant à l'improviste.

– Vous n'avez pas l'air très contente de me voir, madame Forrester...

– Simplement surprise... Voulez-vous une tasse de thé ?

– Oui, mais je vais m'en occuper. Retournez au lit.

– Non, ça va maintenant, je ne me recouche pas. Je me sens vraiment bien.

Je n'avais aucune envie de me livrer avec lui à des scènes sur le bord de mon lit du genre : « Maintenant, dites-moi, docteur... »

– Vous me semblez en forme mais, vous savez, je n'y connais rien. Je vais faire le thé.

Il revint quelque temps plus tard, après avoir fait beaucoup de bruit et remué beaucoup de vaisselle. Il s'assit, très à l'aise, bavardant et regardant tout autour. Samantha était sortie et l'appartement était silencieux. J'étais sur le point de faire une phrase pompeuse à propos de rien et regardais ma tasse de thé pour dissimuler mon embarras lorsque Gordon se leva, fit le tour de la petite table, s'assit et m'embrassa. Sa barbe était rugueuse mais sa bouche très douce. J'étais si embarrassée que je lui rendis son baiser. Il m'embrassa encore, se pencha un peu pour me regarder et m'étreignit.

Ce fut une étreinte merveilleuse, comme j'en rêvais depuis l'âge de huit ans. Je restai immobile dans ses bras et tout à coup, je fondis en larmes. J'essayais de ne pas avoir l'air de donner trop d'importance à ce qui venait d'arriver, de peur qu'il ne devienne de plus en plus entreprenant. Je n'avais pas envie de m'engager si tôt avec lui dans cette voie.

– Vous voulez que je vous fasse la cour, c'est cela ?

– Quoi ?

Cela me semblait si ridicule que j'éclatai de rire.

– Madame Forrester, nous pourrions passer les prochains jours à dîner ensemble deux fois par semaine et savourer les préambules. Je vous ferais la cour et nous pourrions nous dire des choses agréables ; dans trois semaines, vous accepteriez sans doute d'aller au lit avec moi... Ou bien, nous pourrions y aller tout de suite et profiter des trois semaines à venir. Qu'en dites-vous ?

– Je ne peux pas ; je suis désolée, mais je ne peux pas. Je sais que cela me troublerait beaucoup et je ne pourrais pas le supporter. Je me connais.

Je parlais en chuchotant, repliée sur moi-même.

– Très bien.

J'étais presque déçue qu'il renonce si facilement, mais au fond j'étais soulagée.

Nous nous mîmes à parler à voix basse en écoutant la pluie tomber, nous embrassant sur le canapé du salon. Et chaque fois que nous nous embrassions, je le désirais un peu plus. Nous nous étreignîmes de plus en plus longuement, jusqu'à ce que ses lèvres se posent sur mes seins. Alors tout mon corps eut soif du sien, et d'un seul coup, main dans la main, nous nous dirigeâmes vers ma chambre, tout en nous embrassant et en nous caressant. Nous faillîmes même renverser une lampe, tant nous avions hâte d'aller au lit. Il se déshabilla, et je remarquai, un peu choquée, qu'il ne portait pas de sous-vêtements.

– Quand je pense, Gordon Harte, que vous avez l'air toujours si sérieux, alors que vous vous promenez au journal sans slip! Qu'est-ce qui arrivera si votre fermeture Eclair s'enraye?

– Ça n'est jamais arrivé.

– Et si vous aviez un accident? Ma grand-mère disait toujours...

Il éclata de rire et m'aida à ôter ce qu'il me restait de vêtements.

– Gillian, comme tu es belle...!

Nous passâmes le reste du temps à nous étreindre, à nous fondre l'un dans l'autre, enlacés et désenlacés tour à tour. Nous fîmes l'amour puis nous restâmes étendus côte à côte. Nous nous sentions proches l'un de l'autre, et déjà bien ensemble. Nous étions devenus amis. C'était la première fois de ma vie que je ne me sentais pas obligée de hurler « je t'aime » pour justifier un acte dont on m'avait toujours parlé avec réprobation. Je me sentais merveilleusement bien. C'était même beaucoup mieux qu'avec Chris, ce qui me parut bizarre, parce que je n'étais pas amoureuse de Gordon. Mais cet après-midi-là, je cessai d'en vouloir à Chris. Je n'avais pas fait l'amour avec Gordon pour me venger de Chris et de sa relation avec Marilyn; j'avais fait l'amour avec Gordon parce que j'en avais envie et qu'il me plaisait. Rien de plus.

Tandis que je reposais dans les bras de Gordon, je pensais au poème sur la page de garde du livre d'Hilary... « Qui embrasse le bonheur à la volée vit dans l'aube de l'éternité. »

CHAPITRE 23

Octobre fut à tous points de vue un mois faste pour moi. Je rencontrai beaucoup de gens et j'eus mille choses à faire. Samantha était heureuse dans son école. New York se comportait bien avec moi et semblait même faire de son mieux. Et puis, il y a un moment de l'année à New York, à l'automne, un moment très court qui suffit à faire aimer cette ville pour le reste du temps. Si on part immédiatement après, on emporte avec soi l'image d'une cité teintée d'or. Si on reste, il faut supporter la saleté et la neige fondue, puis la pestilence et la chaleur torride de l'été. Mais à l'automne, la ville devient magnifique, s'irise de nuances tantôt rouges, dorées ou plus sombres. L'air est froid et vif, les rues ont l'air plus propres, les gens marchent comme s'ils étaient en promenade, l'odeur des marrons grillés se répand partout. Le week-end, les rues sont pleines de jeunes gens qui se résignent à rester parce que l'été est terminé et qu'il est trop tôt pour aller skier. C'est l'époque de l'année que je préfère et si, quelque part dans mon cœur j'aime New York, c'est pour ce moment-là. Cette période peut durer deux, trois ou quatre semaines, à la fin de l'automne.

Comme par un fait exprès, pour mon retour à New York, j'eus droit à ces quelques semaines magiques qui furent plus belles que jamais.

Gordon et moi, nous nous voyions deux ou trois

fois par semaine. Nous allions une fois par semaine dans quelque endroit « chic » mais il nous arrivait aussi de nous rencontrer après le travail. Ou bien, nous dînions ensemble tantôt chez l'un, tantôt chez l'autre. Tous les 15 du mois, nous mettions en commun nos ressources et nos carnets d'adresses, et nous organisions une soirée. C'était un peu fou et très amusant, très couru et plein d'extravagants, comme dans toutes les soirées new-yorkaises.

Gordon était occupé du matin au soir, j'avais beaucoup à faire, aussi nos relations ne devinrent-elles jamais routinières. Nous ne calculions pas nos rencontres, elles s'agençaient toutes seules, et la vie s'écoulait ainsi.

La fête de Halloween [1] arriva et laissa Samantha plus riche et plus heureuse grâce au butin qu'elle recueillit chez nous et chez Gordon; il l'avait emmenée chez lui pour mettre à l'épreuve la patience de ses voisins et elle était ravie. Gordon et Sam étaient devenus très amis.

Nous décidâmes de passer Thanksgiving [2] ensemble, tranquillement chez moi; j'allais quitter le bureau pour aller acheter une dinde, lorsque le téléphone sonna. C'était Julie Weintraub.

– Bonjour, je viens de parler à mon médecin et j'en conclus que vous garderez votre travail un mois de plus. C'est bien trop beau pour une chipie comme vous, non? En réalité, je profite de mon repos forcé, et il y a deux internes ici qui valent la peine qu'on s'éternise un peu... Comment soupirer après John Templeton quand on est si bien pourvu?

Elle parlait avec humour, mais sa voix trahissait sa déception. Couchée sur le dos, transpercée de broches, étirée par des poulies, ce ne devait pas être

1 Fête légale aux États-Unis, veille de la Toussaint. Les enfants sont autorisés à faire des farces, à se déguiser et à « rançonner » les adultes.

2 Fête légale, quatrième jeudi de novembre. Jour d'action de grâces où l'on remercie Dieu pour une année de réussite et de bonheur. (N.d.T.)

une partie de plaisir, avec ou sans internes. Si on m'avait donné le choix, j'aurais encore préféré être Eloïse Franck. Pauvre Julie.

– Avez-vous déjà prévenu John, Julie ?

– Oui, je viens juste de l'appeler, il devrait débouler dans les couloirs d'une minute à l'autre pour porter la bonne nouvelle.

– Allons, vous savez bien que tout le monde attend votre retour. On me demande sans arrêt : « Quand Julie revient-elle ? »

Ce n'était pas entièrement vrai, mais je pensais que cela pourrait l'aider.

– Foutaises que tout ça, mais c'est gentil de me le dire. J'ai vu les épreuves du dernier numéro. Ça me paraît bon. Peut-être ne retrouverai-je pas de travail en sortant d'ici...

Je savais que c'était quelque chose qui l'inquiétait.

– Idiote ! Je ne suis qu'une intérimaire, ici ! Une subalterne ! Je peux mettre déjà des gants blancs, si ça peut vous rassurer !

Elle partit d'un grand éclat de rire.

– Dites-moi, sérieusement, qu'a dit le médecin ? Est-ce que ça se ressoude bien ?

– Je ne sais pas. On ne me dit pas grand-chose. Tout ce que je sais, c'est qu'on doit redéplacer quelque chose, ce qui veut dire encore une autre chirurgie orthopédique et encore la salle d'opération, qui n'est pas mon endroit favori. Cela signifie encore quatre semaines de plus et c'est plutôt déprimant.

– Bon, gardez le moral. Il vaut mieux tout faire maintenant que revenir dans six mois. Il ne faut pas s'amuser avec ça. Vous ne croyez tout de même pas que je vais me tuer au travail pour vous tous les six mois, non ?

J'entendis le rire de Julie.

– Je vais venir vous voir ce week-end et je vous donnerai toutes les nouvelles... Tiens, à propos, vous vous souvenez de cette petite causeuse dans le bureau de John ?

– Oui.
– Eh bien, on m'a dit que Lucius Barclay avait violé Eloïse sur la causeuse...
Lucius, notre directeur de service beauté, était homosexuel et même le M.L.F. n'aurait pu nous en vouloir d'avoir un homme à la tête de ce service ; il n'y avait rien de mâle chez Lucius, absolument rien.
La plaisanterie avait fait son effet : Julie se tordait de rire à l'autre bout du fil.
– Ecoutez, épargnez-moi... ça me fait mal.
– De toute façon, ce n'est pas ça. J'ai su la vérité ce matin : c'est Eloïse qui a violé Lucius.
Nous nous mîmes à rire de plus belle.
– Ecoutez, Julie, il faut que je vous laisse, mais je viendrai ce week-end. Je peux vous apporter quelque chose ?
– Oui, du sexe.
– Et ces internes, alors ? Gardez-m'en un ! Tenez bon, Julie, vous nous manquez. Je suis pressée de vous rendre votre travail. Je vais commencer à faire les petites annonces.
– Renoncez, vous n'y arriverez pas. Six mois de travail et ce sera la porte. Si vous croyez que je vais croupir longtemps ici, vous êtes timbrée. Alors prenez soin de mon boulot... A bientôt. Et, Gillian, merci !
– Ne soyez pas stupide. Les remerciements, c'est moi qui les fais. Quittez ce récepteur avant que nous devenions sentimentales, ou bien je vais être virée. A bientôt, prenez soin de vous.
Pauvre Julie ! Ça n'allait pas très fort... Le téléphone sonna et on me dit que « M. Templeton désirait voir Mme Forrester dans cinq minutes. »
Une demi-heure plus tard, quand je sortis du bureau de John, je n'avais plus du tout envie de rire.
John avait parlé à Julie, comme elle me l'avait dit, mais il avait également parlé au médecin. Julie ne guérissait pas et son taux d'hémoglobine était bas. Ils étaient très pessimistes. L'opération dirait s'il s'agissait oui ou non de ce qu'ils craignaient : un cancer des os. Julie ne savait rien.

Quand John eut terminé, je me sentis sans force, malade. Il me demanda de ne le dire à personne. Dieu merci, il eut le bon goût de ne pas mentionner la possibilité de transformer mon contrat temporaire en contrat fixe, car j'aurais vomi ou éclaté en sanglots.

Je regagnai mon bureau dans un triste état, fermai la porte et m'y adossai, en larmes. Je me demandais comment j'allais pouvoir me comporter devant Julie quand j'irais la voir.

Le lendemain, Sam, Gordon et moi fêtâmes ensemble Thanksgiving. La soirée fut très réussie. Je m'efforçais de ne pas penser à Julie.

J'étais enceinte de cinq mois et je n'avais pas vu Christopher depuis plus de dix semaines. Il me manquait toujours mais je m'y étais faite. Mon travail me plaisait et mes relations avec Gordon demeuraient très agréables. Le bébé m'appartenait bien plus qu'à Chris et les hommes dans la rue ne lui ressemblaient plus. Ils commençaient à ressembler davantage à Gordon et, en fait, à eux-mêmes.

Lorsque Gordon quitta mon appartement peu après minuit et que le téléphone se mit à sonner vers deux heures du matin, je m'évanouis presque en entendant la voix de Chris au bout du fil.

– Gill, je suis à l'aéroport. J'ai un tournage à New York, le mois prochain. L'avion arrivera dans six heures. American Airlines. Viens me *chercher*.

CHAPITRE 24

L'avion s'arrêta au niveau des baies vitrées de la salle d'attente et les passagers, la mine fripée, commencèrent à débarquer ; des hommes, pour la plupart portant des attachés-cases. Peu de femmes, une avec deux petits enfants ; des gens encore et pas de Chris. Où était-il ? Avait-il manqué l'avion ? M'étais-je trompée de compagnie aérienne ? Arriverait-il par le prochain vol ?... Tout à coup, je le vis, souriant, quelque peu endormi, et bien plus beau que dans mon souvenir. S'il s'était arrêté de marcher, je me serais jetée dans ses bras. Mais il avançait sans ralentir l'allure.

– Salut, Gillie, comment ça va ? Tu te rends compte, presque trois mois déjà...

– Ça va bien.

– Tu ne m'embrasses pas ?

Il tendait la joue.

– Attends que nous soyons arrivés à la maison.

– Est-ce que la petite dame me battrait froid maintenant ?

Il avait l'air amusé.

Tout l'amusait d'ailleurs, et surtout moi. Je me sentais stupide avec ma toque de fourrure, cherchant quelque chose à dire pour meubler la conversation. Quant à lui, il s'occupait de récupérer ses bagages. L'avion était presque plein. Je l'observais en me demandant pourquoi je tenais tant à lui, alors qu'il était si détaché... Comment pouvais-je encore rêver au Prince charmant en le contemplant ? Et pourtant, c'était ainsi.

Je plissai les yeux pour mieux l'observer. Il était plus grand et plus corpulent que je ne me le rappelais. Il était tout bronzé, éclatant de santé, différent des citadins livides que l'on croise à New York.

Il récupéra le dernier de ses bagages et nous nous dirigeâmes vers la sortie pour chercher un taxi. Pendant le trajet, je me sentis mal à l'aise et je m'étonnai presque que nous n'ayons pas un téléphone entre nous. Je m'étais habituée à converser avec une voix désincarnée, et non à regarder les yeux de cet homme grand et bronzé. Il remarqua ma toque, m'en fit compliment et me dit que je n'avais pas l'air enceinte.

– Qu'en as-tu fait ? Tu t'en es débarrassée ?

– C'est le manteau, Chris. Mes vêtements me dissimulent encore très bien.

– Ouais, je parie que tu n'es même pas enceinte.

Je savais qu'il ne le pensait pas mais c'était une remarque bien dans son style, qui m'exaspéra au plus haut point ; je me contrôlai pour ne pas lui répondre vertement.

En arrivant à la maison, Chris jeta ses bagages dans le couloir et se dirigea vers la cuisine, d'où l'on pouvait entendre Sam exposer les vertus de sa maîtresse d'école.

– ONCLE CRITS !

Ce fut une succession de cris, d'appels, d'embrassades, de remue-ménage et de vacarme. C'était bon de les voir tous les deux. Les deux êtres que j'aimais le plus au monde s'embrassant, riant et s'étreignant. Je me joignis à leurs rires et cela me remit en mémoire nos jours passés en Californie qui avaient été tissés de soleil, de plages et d'amour.

– Oncle Crits, je vais te montrer ma chambre, et toi Maman, tu n'as pas le droit de venir.

– Très bien, je vais préparer le petit déjeuner.

Ils disparurent dans le couloir, main dans la main,

pendant que Samantha lui racontait tout sur son école. J'entendis Chris lui demander si elle avait été sage et si elle mettait bien du miel dans ses céréales, comme il le lui avait montré. Pauvre Sam, elle avait besoin de Chris presque autant que moi. Il avait été si proche d'elle, presque un père à plein temps, et notre séjour en Californie restait pour elle le temps précieux d'une vie de famille normale.

– Le petit déjeuner est servi !

– On arrive-e-e-e ! répondit une voix étouffée dans le couloir et Chris fit son apparition, une corde à sauter attachée autour de sa tête.

Samantha criait : « Allez, hue cocotte ! » tout en gambadant derrière lui.

– Les chevaux ne mangent pas à ma table, monsieur Matthews.

– Depuis quand ? Les choses ont bien changé ces deux derniers mois.

Nous nous mîmes à rire et nous mangeâmes des œufs au bacon et des gaufrettes. On parlait, on mangeait, on s'amusait, et je sentis combien Chris m'avait manqué : encore bien plus que je ne l'avais cru.

Mon aide arriva au moment où nous quittions la table. Elle s'apprêtait à débarrasser et à emmener Samantha au jardin public.

– Je ne veux pas y aller. Je veux rester avec Oncle Crits.

Elle allait se mettre à pleurer, c'était certain.

– Allez, collègue ! Ta mère et moi avons besoin de causer. Tu vas au parc et tu regardes si tu trouves du foin pour les chevaux. Je serai là quand tu reviendras.

Elle n'était pas convaincue, mais elle s'en alla en disant au revoir par-dessus son épaule.

– Au revoir, Oncle Crits, à tout à l'heure. Au revoir, Maman.

– Au revoir, ma chérie.

– Elle est toujours aussi gâtée pourrie, Gillian. Rien n'a changé.

– Ecoute, elle a besoin de beaucoup d'affection.

– L'affection, elle l'a déjà, mais c'est de toi qu'elle a besoin. De tant la gâter n'arrangera rien. Si tu ne touchais pas cette foutue pension, tu n'aurais pas cette fille pour l'emmener au parc et vous vous en porteriez mieux toutes les deux.

– Bonté divine, mais il faut que je travaille !

– Ça ne fait rien à l'affaire... Je vais prendre un bain. Où est notre chambre ?

– Je vais te montrer.

J'étais fâchée contre Chris. Que savait-il des enfants ?

– Tu veux bien me faire couler un bain, Gill ? Je vais défaire mes bagages.

J'ouvris les robinets de la baignoire en grand, contrariée d'avoir à recevoir des ordres de nouveau... « Oui, Monsieur Chris, votre bain coule, Votre Majesté... » Fais-toi couler ton bain toi-même...

Il entra dans la salle de bains, nu comme un ver, et je remarquai les marques de son maillot de bain qui n'avaient pas tout à fait disparu depuis l'été dernier.

– Tu fais le voyeur ?

– Ne sois pas idiot.

– Déshabille-toi et viens te baigner.

– J'ai pris un bain avant d'aller à l'aéroport. Je vais défaire tes valises.

– Non, je le ferai, Gill. Déshabille-toi et viens dans le bain. Je veux voir ton petit ventre.

– Chéri, je n'ai pas envie de prendre un bain.

– Tu vas le prendre. Allez, magne-toi, ma fille...

Il s'étalait de tout son long dans la baignoire, en me regardant de son air particulier...

– Tu peux enlever aussi ton chapeau. J'ai dit qu'il me plaisait, mais tu pourrais aussi bien l'ôter.

– Merci, oui, bon...

Je me déshabillai et restai nue à côté de la baignoire, me sentant ridicule. Chris me tendit une main pour m'aider à pénétrer dans l'eau.

– Ouais, tu es enceinte.
– Qui te l'a dit ?
– Frotte-moi le dos, tu veux bien, Gill ?
– Bien sûr.
Et voilà, je lui savonnais le dos avec mon savon parfumé au gardénia, souriant aux grains de beauté et aux taches de rousseur. J'aurais pu dessiner de mémoire chaque particularité de son corps. Je connaissais tout de lui, son âme, son corps et chaque parcelle de sa peau. Si quelqu'un m'avait dit que je laverais le dos de Chris Matthews, le lendemain de Thanksgiving, je lui aurais ri à la figure.
– Qu'est-ce qui te fait sourire, petite boulotte ?
– Qu'est-ce que tu entends par « petite boulotte » ?
– Je veux dire : petite boulotte, à quoi souris-tu ?
– A rien, à nous, à toi. C'est si bon que tu sois là, Chris... Ce n'est pas pareil au téléphone, ça ne va pas. Je suis prisonnière des mots, je mélange les apparences et les réalités. C'est difficile de démêler tout cela dans un téléphone. Tu m'as terriblement manqué.
– Oui, je sais.
Et pour je ne savais quelle raison, Marilyn était là à nouveau. Je voyais bien qu'il pensait à elle, lui aussi ; elle était présente, faisant des bulles sur la surface de notre bain.
– Très bien, maintenant, lave-moi la poitrine.
– Dis donc, Chris, tu peux le faire toi-même.
– Non, je ne peux pas. Je veux que tu le fasses. Lave-moi et écoute-moi : rends-moi un service lundi. Achète du savon ordinaire, débarrasse-toi de cette camelote à l'orchidée.
– Ce n'est pas à l'orchidée, c'est au gardénia et il vient de chez Magnin.
– Jette-le et achètes-en chez l'épicier du coin.
– Espèce de prolétaire !
– Je suis peut-être un prolo, mais pas un homo, et je ne veux pas me trimballer en empestant ce foutu gardénia. Maintenant, savonne-moi.

Je le savonnai donc et me penchai pour l'embrasser. Il souriait de nouveau.

– Viens ici, petite boulotte... Viens là...

On essaya de faire l'amour tout en glissant partout et en aspergeant d'eau tout le plancher. On riait aux éclats, comme des enfants.

– Allez, viens.

Chris m'aida à sortir de la baignoire, à moitié couverte de savon, et nous fîmes l'amour sur le sol de la salle de bains. Nous restâmes étendus ensuite, en nous souriant.

– Chris ?

– Oui, ma chérie ?

– Je t'aime.

– Je le sais et je t'aime aussi.

Il me serra un instant contre lui puis se leva.

– Je vais prendre une douche pour me débarrasser du savon. Tu veux bien me donner un verre de lait ?

– Bien sûr.

La vie avait repris son cours normal. Chris chantait à tue-tête sous la douche, et moi j'étais là, nue, encore couverte de mousse, avec mon ventre de femme enceinte, occupée dans la cuisine à lui verser un verre de lait. Tout à coup, je me mis à songer à Gordon. Rien à voir avec ce que je vivais avec lui. Il représentait pour moi la maturité, alors que Chris restait ma jeunesse, avec tous les rêves qui y étaient attachés et qui ne voulaient pas disparaître.

Je laissai le verre de lait sur le lavabo et retournai dans la chambre tandis que Chris continuait à embuer la salle de bains. Le téléphone se mit à sonner.

– Gillian ? Si on allait déjeuner ensemble ?

C'était Gordon... Que lui dire ?

Heureusement, Chris était dans la douche et ne pouvait rien entendre.

– Je ne peux pas. J'ai un impondérable qui va me rendre indisponible tout le week-end.

– Quelque chose qui ne va pas ?

– Non, mais je ne peux pas t'expliquer maintenant. Déjeunons ensemble lundi.

– Tu es sûre qu'il n'y a vraiment rien de grave ?

– Non, vraiment, je t'assure. Ne te fais pas de souci. Gordon, je suis vraiment désolée.

– Ça ira. J'ai du travail, de toute façon. A lundi, mais je t'appellerai plus tard. Au revoir.

– Qui était-ce ?

La voix de Chris entre les gorgées de lait. Je n'avais pas entendu la douche s'arrêter.

– Un collègue de bureau.

– Ooooh... ! Est-ce que la petite boulotte aurait un amant ?

– Non, et arrête de m'appeler « petite boulotte ».

– Très bien.

Et il m'envoya un baiser.

Sa facilité à s'adapter à un endroit, à se sentir chez lui partout où il était, me frappa encore ; c'était une de ses qualités. Je retournai dans la salle de bains, nettoyai la baignoire et me rinçai à nouveau. Je songeais à Gordon, à ce que j'allais lui dire, ainsi qu'à Chris. Non, Gordon n'était pas un amant de cœur. Et non, « il n'y avait rien de grave ». Mais je leur avais menti à tous les deux et cela ne me plaisait pas. Je me demandais ce que ça allait donner... Chris m'administra une tape sur les fesses lorsque je revins dans la chambre.

– Habille-toi, Gill, je veux aller me promener.

– Très bien, chéri...

La porte claqua et les cris de Samantha résonnèrent dans tout l'appartement.

– Oncle Crits ! Oncle Crits ! Hé, Maman, devine qui j'ai vu en rentrant à la maison ? Gorrrdon !

Elle fit rouler son nom dans la bouche comme une bille.

– Je lui ai dit que Oncle Crits était là et il a dit que c'était très bien. Il a dit de te dire bonjour.

Oh, quelle calamité ! Heureux Thanksgiving... ! Dans cette situation, je me sentais des liens de parenté avec la dinde du dîner de fête...

CHAPITRE 25

Devant la porte du bureau de Gordon, j'hésitai un instant. Qu'allais-je bien pouvoir lui dire ?

– Puis-je vous aider en quoi que ce soit, madame Forrester ?

Sa secrétaire me regardait avec curiosité. Je n'avais plus le choix : il fallait que j'y aille. Je tournai la poignée de la porte avec précaution, tout en frappant, et m'arrêtai sur le seuil. Il était en pleine réunion. Dès qu'il me vit, le regard qu'il me lança me glaça jusqu'aux os.

– Oui, Gillian ?

Son regard était froid et sans expression, son visage paraissait crispé.

– Je suis désolée, je ne savais pas que vous étiez occupé. Je reviendrai plus tard.

– Je vous appellerai quand la réunion sera terminée.

Ses yeux se détachèrent de moi, je me sentis de trop dans la pièce. Je refermai doucement la porte et regagnai mon bureau à pas lents en me demandant ce qui m'attendait. Distraitement, je me servis un café et des biscuits au distributeur et je m'assis à mon bureau. Quoi qu'il arrive, je savais que ce ne serait pas agréable. Je ne pouvais pas le blâmer. Je sais ce que j'aurais ressenti si j'avais été à sa place. Quelle malchance !

Le téléphone sonna une heure plus tard environ

tandis que j'essayais, l'esprit ailleurs, de me plonger dans mon travail sans y parvenir.

– Gillian, rejoins-moi en bas dans dix minutes.

– Gordon, je...

– Je ne veux pas parler, nous discuterons en bas.

– Très bien, répondis-je, mais il avait déjà raccroché.

Je fermai les yeux, pour essayer de clarifier mes idées, puis me levai pour partir. L'ironie du sort aurait voulu que je le rencontre dans l'ascenseur, mais cela ne se fit pas. Il m'attendait déjà dans la rue ; dès que je l'eus rejoint, il se mit à marcher en direction de Lexington avenue à une telle allure que je n'arrivais pas à le suivre.

– Pourquoi ne pas m'avoir dit qu'il venait ? Tu pensais que je ne le supporterais pas ?

– Bien sûr que non. Je ne savais pas qu'il venait. Il m'a appelée juste après ton départ, et quelques heures plus tard, il était là.

– De quel droit ?

Tout en parlant, nous traversions les rues au mépris des feux et de la circulation, et nous marchions toujours à un train d'enfer. De toute évidence, Gordon était fou furieux.

– Ce n'est pas une question de droit, Gordon. Il va faire un film ici et il ne se rend pas compte de la situation.

– Précisément, où en est la situation ? Je ne suis pas sûr de bien comprendre moi-même. Qui est ton amant, lui ou moi ?

– C'est le père de mon enfant. J'ai vécu avec lui. Nous nous sommes séparés dans des circonstances difficiles.

– Comme c'est dramatique ! Si je me souviens bien, les circonstances difficiles dont tu me parles se résument à ce qu'il t'a laissée tomber. Tu as oublié ça ? Ou est-ce que ça n'a pas d'importance ? Tout ce qu'il sait faire, c'est prendre l'avion, atterrir, et tout est en ordre. Je suppose qu'il est descendu chez toi ?

Mon « oui » s'étrangla dans ma gorge. Gordon me saisit le bras et me fit virevolter.

– C'est bien ça, n'est-ce pas ?

– Oui, il est chez moi. Et alors, pour l'amour du ciel ?

– Alors, tu vas voir. Je ne veux pas que ce salaud tourne autour de toi, Gillian. Pas une minute !

Les gens dans la rue commençaient à nous regarder et la pression qu'exerçait Gordon sur mon bras me fit venir les larmes aux yeux.

– Gordon, je vais clarifier cette situation, je t'en prie...

– Bon Dieu, agis en adulte et sois honnête envers toi-même. Cet homme ne te veut pas, est-ce que tu le comprends ?

– Peut-être que si.

Je fus horrifiée de ce que je venais de dire.

– C'est donc ça ? Eh bien au moins, maintenant, je comprends tout. J'ai fait le bouche-trou pendant qu'il était absent ! Espèce de garce !

Il leva son bras et l'espace d'un instant, je crus qu'il allait me frapper, mais il se contint.

– Eh bien, je vais te dire quelque chose. Tu sais pourquoi les hommes de ta vie t'ont maltraitée ? Parce que tu aimes être maltraitée. Tu ne saurais pas quoi faire s'ils te traitaient décemment. Je suis le premier homme qui ait été régulier avec toi, et regarde ce que tu fais ? Regarde-moi bien, parce que c'est la dernière fois que tu me vois.

Il me foudroya du regard et un sentiment d'horreur m'envahit.

– Gordon, je ne sais pas quoi te dire. Je ne veux pas être malhonnête avec toi. J'ai aimé cet homme, mais tu comptes beaucoup pour moi. Je t'aime et j'ai besoin de toi.

– Tu veux te servir de moi. Il n'en est pas question, c'est trop tard. Je suis trop vieux pour ce genre de comédie. Je n'en suis pas encore arrivé au stade de jouer à cache-cache avec un cinéaste farfelu et sa petite amie de merde. Une salope, voilà ce que tu es !

Il m'agrippa et me secoua si fort que mes dents en

claquèrent. J'aperçus avec terreur un agent de police, de l'autre côté de la rue, qui se dirigeait vers nous.

– Gordon ! Allons nous expliquer ailleurs, il y a...

– Il n'y a plus rien à dire.

Il me secoua une dernière fois.

– Va au diable !

Il s'éloigna et tourna le coin de la rue au moment où l'agent s'approchait de moi.

– Quelque chose qui ne va pas, madame ?

– Non, monsieur l'agent, tout va bien.

– Je croyais que ce type en avait après vous. J'ai pensé qu'il valait mieux que je vienne voir.

– C'était seulement un malentendu.

Encore remuée, je repris le chemin du bureau. La scène avec Gordon avait été affreuse. Je l'avais perdu. C'était fini. Et pour qui ? Dans quelques semaines, Chris repartirait, et cette fois-ci peut-être pour de bon. Qu'avais-je fait ? La perspective de devoir retourner au bureau était lugubre. Je n'avais plus aucun désir d'affronter les tâches de mon métier. J'avais surtout envie de rentrer à la maison et de me cacher. Mais comme je ne voulais pas voir Chris j'étais donc mieux au bureau.

La journée se traîna et j'avais le cœur en morceaux.

Brusquement, je n'y tins plus. J'enfouis ma tête dans mes mains et je me mis à sangloter. Le téléphone sonna mais je ne répondis pas ; je me fichais bien de savoir qui m'appelait. Ça attendrait. Mes larmes coulaient toujours. Fichu Chris Matthews. Tout ce qu'il savait faire, c'était bousiller ma vie.

– Gillian ?

J'entendis une voix mais, avant que j'aie pu relever la tête, ses bras m'entouraient.

– Ma chérie... Je suis désolé.

Il me fit lever doucement et j'éclatai en sanglots dans ses bras.

– Oh, Gordon... Je... Je...

Je ne trouvais pas les mots.

– Chut, chut...

– Je vais lui dire de s'en aller, je vais lui dire que...

– Calme-toi. Tu ne lui diras rien. Nous attendrons jusqu'à ce qu'il parte et on verra comment tu te sens.

Je le regardai, abasourdie.

– Tu pourrais tenir tout ce temps-là ?

– Je peux faire tout ce qu'on veut, si je l'ai décidé. Si tu peux supporter quelques accès d'humeur de ma part de temps en temps, laissons faire les choses. Qu'est-ce que tu en dis ?

Il m'embrassa tendrement sur le front et mes larmes se remirent à couler. Il était incroyablement bon avec moi, en toutes circonstances.

– Ça me paraît très bien si tu penses que ça peut marcher.

– J'en suis sûr.

Il continua à me serrer étroitement contre lui, puis, une demi-heure après, il me raccompagna chez moi.

En tournant la clé dans la serrure, je m'aperçus que j'appréhendais de voir Chris. Sam et lui avaient mis la maison sens dessus dessous ; les jouets de Samantha jonchaient le sol de la salle de séjour.

– Salut. Alors, Chris, comment ça s'est passé ?

– Très bien. Pourtant, c'est une drôle d'équipe. Très « New York ». Ils en sont aux balbutiements et cherchent encore le sujet du film. Un vrai foutoir.

– Surveille ton langage. De jeunes oreilles t'écoutent.

– Bien, madame. Et toi, comment s'est passée ta journée ?

– Rien de spécial, mais j'ai l'impression que je vais être très occupée les semaines qui viennent. Il est probable que je rentrerai souvent tard.

Ce qui signifiait que je me ménagerais du temps libre pour Gordon.

– Ne te bile pas. Une fois que ce machin va démarrer, je ne rentrerai certainement pas avant onze heures ou minuit, la plupart du temps.

– Comme ça, c'est très bien.

– Peut-être pour toi, mais pour moi, ce n'est pas le rêve. Enfin, il faut bien gagner sa croûte, et justement ça rapporte pas mal.

Il n'empêche qu'il ne m'avait pas proposé de payer les notes de l'épicier.

– Chris, tu n'as pas défait la petite valise. Tu veux que je le fasse ?

Elle traînait par terre.

– C'est ça, tu la vides dans un tiroir.

Comme si j'avais des tiroirs vides qui l'attendaient ! Il était vraiment incroyable ! Il était arrivé depuis trois jours et j'avais déjà l'impression d'être en visite chez lui.

J'entrai dans la chambre avec le paquet de savon que j'avais acheté chez le quincaillier et je défis l'emballage en adressant mentalement un adieu à mes savons au gardénia de chez Magnan.

Je me penchai pour ouvrir la valise de Chris et bataillai avec la fermeture pendant une minute avant de réussir à l'ouvrir. A l'intérieur, il y avait des tricots, du linge de corps, des vêtements de ski et des petits bouts de papier jaune. « Je t'aime. M. » « Qui est-ce qui t'embrasse maintenant? M. » « Bien plus qu'hier et bien moins que demain. M. » « Reviens vite à la maison. M. » Je rassemblai toutes ces notes, en fis une pile et la mis sur la table de chevet de Chris. Elle était là de nouveau. Marilyn dans ma chambre à coucher, dans ma douche, dans ma cuisine, m'étouffant littéralement. Chris entra dans la chambre.

– Qu'est-ce que c'est ça ?

– Regarde un peu. Des messages de Madame.

J'avais l'impression que Chris avait fait exprès de laisser sa valise pour que je les trouve.

– Dis donc, tu ne crois tout de même pas...

Sa voix manquait d'assurance.

– Je ne crois rien... Mais ça ne me réjouit pas, de toute façon. Il doit y en avoir une douzaine. Je n'en ai lu que quatre ou cinq. Désolée.

Il ne répondit rien mais les lut un à un avant de les déchirer et de les jeter dans les toilettes. Un à un.

La première semaine que nous passâmes ensemble, Chris et moi, fut étrange. Nous n'arrêtions pas d'évoquer le sujet de Marilyn tantôt en l'attaquant de front, tantôt en le frôlant délicatement. Elle était présente dans nos pensées, ou tout au moins dans les miennes. Je m'aperçus aussi que j'avais changé, que j'avais conquis un petit peu plus d'indépendance. Je m'étais investie dans Chris, mais j'avais cessé de compter sur sa réalité. Sa réalité en chair et en os était plus difficile à vivre que dans mes souvenirs. Je le voyais sous un jour différent, un angle qui n'était pas toujours flatteur. Je me rendis compte également que Gordon m'avait gâtée de bien des façons. Il était facile à vivre, réfléchi, s'occupait de moi et passait son temps à aplanir les difficultés plutôt qu'à les créer. Mais malgré tout, contre vents et marées, j'aimais Chris à la folie, appréciant au-delà de tout le seul fait de pouvoir tendre la main et de le toucher à nouveau. En dépit de tout ce que je ressentais pour Gordon, Chris restait Chris.

Le jeudi de cette même semaine, on opéra encore Julie. L'hôpital disait laconiquement que son état était satisfaisant, qu'elle se trouvait au service des soins intensifs et que les visites étaient interdites. Ma connaissance du langage hospitalier était réduite mais néanmoins assez logique pour interpréter ce qu'ils voulaient dire. Etat satisfaisant ne signifiait pas grand-chose, mais le service des soins intensifs en disait en revanche très long ; on n'y allait pas pour un orteil cassé et seul le personnel soignant était au courant des résultats. Aussi n'y avait-il aucun moyen de connaître l'état réel de Julie ; il était invariablement « satisfaisant ». Le vendredi, John Templeton me convoqua dans son bureau, avec Jane, Gordon, Eloïse Franck et trois autres personnes qui me semblèrent familières mais que je ne connaissais pas. Je compris, quand nous fûmes assis et que John se mit à parler de Julie, que nous formions l'élite qui connaissait la vérité sur l'état de santé de Julie. On devait nous faire part du dernier bulletin de santé.

– Julie a été opérée hier, comme vous le savez tous. Ils ont fait une biopsie du tissu osseux. Elle a... (une pause ; le côté mélodramatique de John)... un cancer des os. Les prévisions sont vagues. Cela peut durer un an ou même deux, ou seulement quelques semaines. Ils ne savent pas. Cela dépend beaucoup de la façon dont elle va récupérer du choc opératoire. Elle est très faible et nous allons suivre pas à pas l'évolution de son état. Elle ne peut pas recevoir de visites. Je vous tiendrai au courant. En attendant, tout ce que nous pouvons faire, c'est prier. Une fois de plus, je vous demande de ne pas divulguer ces informations au reste du personnel. On aura bien le temps pour ça plus tard. Si elle se remet dans quelques semaines, elle sera heureuse de recevoir le plus de visites possible. Jusque-là, je pense qu'il n'y a plus rien à dire. Je vous remercie et je suis désolé. Je me sens aussi malheureux que vous, croyez-le bien.

Après ces mots, on entendit des murmures, un remue-ménage de chaises, on alluma de nombreuses cigarettes puis tout le monde sortit du bureau sans dire un mot, l'air sombre et solitaire.

Gordon m'accompagna jusqu'à mon bureau et y entra avec moi, en fermant la porte derrière lui. Il me prit dans ses bras et nous nous berçâmes mutuellement. Nous pleurions tous les deux. Gordon Harte, cet homme qui avait tout vu, qui avait perdu Juanita, cette fille dont il avait voulu ignorer qu'elle s'était prostituée, pleurait sur Julie Weintraub. Et je crois que tous les deux, dans les bras l'un de l'autre, nous pleurions aussi sur nous-mêmes.

CHAPITRE 26

Si bizarre que cela puisse paraître, mes rapports avec Gordon eurent peu à souffrir de l'apparition soudaine de Chris. Grâces soient rendues à Gordon. Il faisait un effort prodigieux pour ne pas amender notre modus vivendi, ne me tirait pas à hue et à dia et n'exerçait aucune pression sur moi, alors même que nous nous voyions moins et dormions plus rarement ensemble.

Pour contraster avec l'attitude de Gordon, la vie avec Chris était orageuse et faite de hauts et de bas, comme toujours. Nous avions des moments merveilleux suivis d'explosions de colère et de crises de larmes où reparaissait ma rancœur à propos du thème ressassé de Marilyn. Nous passions de plus en plus de temps à discuter de nos problèmes ; il était clair que cette situation devait trouver une solution, soit grâce à des arrangements constructifs, soit par des engagements mutuels. Cette situation durait depuis trop longtemps et si Chris s'en accommodait, moi, je ne m'y faisais pas.

Quant à Julie, elle resta dans le coma les quinze jours qui suivirent l'opération puis reprit vie et retrouva des forces au moment où nous n'osions plus espérer. Elle était amaigrie et pâle mais restait optimiste. Son sens de l'humour était demeuré intact, ainsi que son intérêt pour la revue ; elle nous donna de bonnes idées pour le numéro suivant et fonda une sorte de club de loisirs et d'animation, avec bar, pour le personnel de la revue. Les gens entraient et sortaient de sa chambre du matin au soir, et à tout moment cinq ou six rédacteurs se trouvaient autour de son lit. A dire vrai, Eloïse Franck se révéla extraordinaire. Elle venait chaque jour et ne se comportait pas comme ces charognards qui viennent renifler les vapeurs d'éther et épier les mourants. Elle restait la même, là comme ailleurs : solide, d'humeur égale, efficace et vacharde. Elle organisa un comité de donneurs de sang à la revue et dans d'autres dont elle connaissait les rédacteurs en chef, pour minimiser le coût des transfusions dont Julie avait constamment besoin. Eloïse devint humaine, comme nous tous. Nous formions un cercle magique, en essayant de soutenir Julie, en donnant de notre sang et en tentant de lui donner encore plus ; une sorte d'élixir de vie qui pousse à combattre.

J'avais demandé à Chris de m'accompagner voir Julie, mais il ne le voulait pas.

– A quoi ça servira, Gill ? Ça ne nous apportera rien et elle ne me connaît même pas. De plus, les hôpitaux et les enterrements sont contre mes principes. Ce serait de l'hypocrisie, comme d'aller à l'église alors que tu sais très bien que je ne suis pas croyant.

– Cela s'appelle avoir de l'humanité, Chris. Peut-être n'y crois-tu pas non plus ?

C'était encore une chose qui nous séparait.

Rien n'est jamais blanc ou noir, de toute façon, pas plus que ne l'était ma situation avec Chris. Si tout avait été négatif, s'il avait ressemblé à un méchant de mélodrame, cela aurait été simple. Il était bon et méchant, digne d'être aimé et haïssable tout à la fois, beau et laid. Mais, quoi qu'il en soit, je l'aimais.

Nous avions passé presque un mois ensemble, mais je n'étais toujours pas arrivée à d'autres conclusions, et lui non plus.

Les jours qui précédèrent son départ se voilèrent de tendresse parce que nous ne savions pas quand nous nous reverrions. J'essayai de tout garder en moi pour peupler mes souvenirs. C'était comme le crépuscule, comme un beau soir d'été, lorsque les lucioles commencent à sortir. Je l'aimais aussi fort qu'en Californie et ma rancœur contre Marilyn était oubliée pour le moment. Je m'étais résignée au fait qu'il allait la rejoindre.

Gordon devina sans doute ce qui se passait et ne me demanda pas de le voir les cinq ou six jours qui précédèrent le départ de Chris. Il gardait ses distances et je lui en étais reconnaissante. J'avais besoin d'être seule avec Chris. Je pris un jour de congé et nous partîmes avec Samantha pour la campagne. Nous fîmes des batailles de boules de neige et des promenades.

Noël tombait le samedi suivant et j'avais espéré le passer avec Chris, mais il semblait désireux de partir. Son travail était terminé et il n'avait aucune raison de rester, si ce n'était moi, et je ne pensais pas être une raison suffisante ; quand il avait décidé de partir, il partait. Bien qu'il ne m'eût rien dit, je calculai qu'il partirait certainement le week-end suivant. Je me blindais pour recevoir le choc. J'avais décidé de faire mes courses de Noël seulement après son départ. Je ne voulais pas gaspiller une seconde du temps qui me restait à passer avec lui.

Le vendredi, lorsque je m'éveillai, Chris était habillé. Il avait cet air de « j'ai quelque chose à te dire » sur le visage; Je rassemblai mon courage pour m'entendre dire qu'il s'en allait l'après-midi même.

– J'ai fixé la date de mon départ.

– Très bien, assène-la vite.

– Gill, ne fais pas cette tête-là, s'il te plaît. A cause de toi, j'ai l'impression d'être un salaud. Tu me donnes envie de partir tout de suite, pour en finir vraiment.

– Je suis désolée. C'est juste pour... Bon, tu sais bien, ce que je ressens...

– Qu'est-ce que tu veux que j'y fasse ? J'allais te dire que je pars le lendemain de Noël, le jeudi 26 décembre. Ça te paraît bien ? J'espère que je ne dérange pas tes plans.

– Quels plans ? Christopher Matthews, je t'aime ! Hourrah ! On va aller faire les courses de Noël aujourd'hui.

– Oh, Seigneur... j'abandonne... à New York ? Tu sais comment sont les magasins ? Tu ne devrais pas aller dans une foule pareille.

– Allons, ne sois pas casse-pieds. On ne restera pas longtemps. De toute façon, il faut que j'emmène Sam voir le Père Noël.

– Pourquoi ? Tu sais que ce n'est pas sain de remplir la tête des enfants avec toutes ces foutaises.

– Allez, Chris, sois gentil. S'il te plaît... !

– Bon. Mais après, on fera ce que je veux.

– C'est un marché... Chris ?... Et Marilyn ?

– Quoi, Marilyn ?

– Eh bien, je veux dire avec Noël et tout ça...

– Ecoute, tu sembles oublier que je ne suis pas marié avec elle. C'est mon problème, Gillian. Je ne vais pas discuter de ça davantage. Je te le dis une fois pour toutes : le sujet est clos.

– Très bien, alors fais-moi une tasse de café, s'il te plaît. Je serai prête dans une demi-heure.

J'achetai à Chris une montre d'une très grande marque, ce qui était de la folie mais je savais qu'il l'adorerait. Il aimait les choses raffinées et la montre était vraiment très belle : ressemblant à une peinture de Salvador Dali, extraplate, avec un cadran sobre, élégant et un bracelet de daim noir. Pour ma mère, j'achetai un déshabillé et pour mon père une boîte à cigares. Il devait en avoir déjà une douzaine, mais je n'avais pas d'autre idée. Pour Hilary et Peg, des babioles. Pour Julie, la liseuse la plus sexy que je pus trouver et trois livres classés X. Pour Gordon, je choisis une vieille édition du *Quichotte* reliée en cuir. J'avais commandé pour

Samantha, quelques jours auparavant, une extraordinaire maison de poupée. Je savais que Chris désapprouverait mon choix et que Samantha serait enchantée.

J'avais décidé d'envoyer du whisky à John Templeton, ce qui était bien banal, mais cela me paraissait tout de même convenir. Pour Jean Edwards et les filles du bureau, j'avais trouvé des chapeaux rigolos chez un revendeur, quelques semaines plus tôt. On n'allait pas finir de rire en les essayant... Le 23 décembre, Gordon m'accompagna pour aller voir Julie à l'hôpital. Elle n'avait pas l'air bien du tout. Ses yeux étaient brillants de fièvre. Nous lui avions apporté une bouteille de champagne et nos cadeaux de Noël, mais il y avait quelque chose de si intolérablement triste dans toute la scène que je dus me détourner une ou deux fois pour me composer un visage.

J'offris ensuite son cadeau à Gordon et il me fit présent d'une belle boîte en cuir repoussé. « Une boîte magique pour tes trésors, Gillian... et pour tes lettres d'amour. » A l'intérieur, il y avait une carte avec un poème signé. « Je t'aime, G. » J'étais émue. C'était un cadeau original, simple et en même temps personnel, à l'image de Gordon. J'avais toujours rêvé d'une boîte de ce genre pour mettre des noix d'eucalyptus, des fleurs séchées, des boutons de chemise, des babioles qui n'ont d'importance pour personne mais qui, par leur signification, représentent beaucoup pour moi. Gordon allait dans le Maryland chez sa sœur pour Noël, ce qui me simplifiait les choses.

La nuit du réveillon, Chris et moi restâmes à la maison. Nous fîmes du pop-corn dans la cheminée et chassâmes Samantha vers son lit toutes les dix minutes. On décora l'arbre et on s'embrassa.

– Alors, petite boulotte, tu veux ton cadeau maintenant ?

Il y avait une lueur dans ses yeux.

– Oui, et toi, tu veux le tien ?

– Bien sûr.

J'apportai la boîte de chez Cartier et devins soucieuse. Peut-être aurais-je dû lui faire un autre cadeau ; l'emballage était si luxueux, comparé à la petite boîte entourée de papier ordinaire qu'il me mit dans la main...

– Toi d'abord, dis-je...

Chris accepta et se mit à déchirer le papier tout en essayant de deviner ce qu'il y avait à l'intérieur. Il était assis, tenant la boîte encore fermée dans sa main. Je retenais ma respiration, regrettant tout à coup de ne pas lui avoir acheté plutôt quelque chose pour sa chaîne hi-fi, un pull de ski ou de nouveaux après-ski... Il ouvrit la boîte et son grand sourire de petit garçon s'épanouit.

Il se mit à glousser de joie. Ça lui plaisait ! Ça lui plaisait ! Hip, hip, hip hourrah ! Il mit la montre à son poignet, fit tourner les aiguilles, la vérifia, l'essuya et la regarda. Il me serra jusqu'à m'étouffer tant il était heureux.

– A ton tour.

– Très bien, on y va.

Je commençai par ôter le papier bleu de la petite boîte. Sous le papier apparut une boîte de carton argent et rouge, tout comme celles qu'on trouve dans les bazars, pour trois sous. J'ôtai le couvercle et découvris une autre boîte en velours bleu nuit qui s'ouvrit d'un seul coup pour révéler les lettres inoubliables du mot « Tiffany » et l'incroyable éclat d'un diamant aux reflets bleutés attaché à une fine chaîne d'or. C'était un pendentif. Je pouvais à peine respirer, j'étais bouleversée et j'avais envie de pleurer.

– Chapardeur, imposteur, sale type... Je t'aime tellement ! Comment as-tu pu m'offrir quelque chose comme ça ? (Je le serrai contre moi en refoulant mes larmes.) C'est si beau, chéri !

– Je ne sais pas, mais je me suis dit que je pourrais toujours le reprendre et le revendre plus tard.

Remarque tout à fait typique de Chris...

– Tu ne le feras pas. Mets-le-moi, mes mains tremblent trop.

Je me dirigeai vers le miroir et vis Chris me contempler.

Nous éteignîmes les lumières pour regarder un moment l'arbre de Noël, puis nous allâmes nous coucher et, après avoir fait l'amour, nous restâmes allongés, main dans la main, presque endormis.

– Dis-moi, Gill...

– Oui, mon amour.

– Marions-nous avant que le bébé naisse.

– Quoi ! Tu veux m'épouser ?

– Oui, c'est bien ce que j'ai dit.

– J'accepte !

Je ne demandai rien au sujet de Marilyn, mais je songeai à elle. En fait, je croyais qu'il ne pensait pas ce qu'il disait, mais je l'espérais quand même de tout mon cœur. Comme je le serrais plus fort, je vis qu'il portait la montre à son poignet. Je souris et effleurai du bout des doigts mon diamant avant de m'endormir.

CHAPITRE 27

Le lendemain, c'était Noël, jour agité, plein des cris de Samantha. Comme prévu, la maison de poupée subit un inventaire enthousiaste de Sam et un regard désapprobateur de Chris. A la fin de la journée, nous partîmes pour une longue promenade à Central Park. Il y avait davantage de neige et le parc était vide. Tout le monde était en famille ou avec des amis. C'était agréable d'avoir le parc pour nous tout seuls.

– Chris ?

– Ouiiii ?

– C'est sérieux ce que tu m'as dit la nuit dernière ?

– Oui, pourquoi pas ? On ne vit qu'une fois et ce serait moche que cet enfant soit un bâtard.

– C'est pour ça que tu le fais ?

– Non, idiote. Qu'est-ce que tu imagines ? Je ne suis pas ce que tu crois. J'ai simplement pensé que je ferais mieux de te garer des voitures avant que ce type, Gordon, décide de t'épouser depuis sa chaise roulante.

– Chris ! Il n'est pas si vieux que ça et qu'est-ce qui te fait penser qu'il pourrait m'épouser ?

– Je suis peut-être d'un bon naturel, mais je ne crois pas que je sois stupide; de plus je sais lire.

– Oh ! le poème...

– Oui, ça et d'autres choses. Du reste, je l'ai toujours senti. A partir de quand pourrais-tu te libérer ? De mon côté, il faudrait que tu m'accordes quinze jours... pour ranger la maison.

– Oui, je crois qu'il te faudra ça. Et puis, moi, je ne peux pas m'en aller avant, de toute façon. Je ne pourrai pas les laisser dans le pétrin, au bureau... Chris ? Comment vas-tu t'en sortir, je veux dire... là-bas ?

– C'est mon affaire. Occupe-toi des tiennes et arrive quand tu auras tout réglé de ton côté.

– Tu sais, il va me falloir du temps pour relouer l'appartement et tout mettre en ordre. De plus, la revue...

– Toi et cette foutue revue ! J'ai plus besoin de toi qu'eux.

– Depuis quand ? Tu as vraiment besoin de moi, Chris ?

– Qu'est-ce que tu crois ?

Nous nous embrassâmes une nouvelle fois et nous rentrâmes à la maison main dans la main.

Cette nuit-là, allongée dans mon lit, je regardais toutes ses affaires empilées dans un coin et le choc de son départ m'envahit. Je me mis à pleurer parce que j'étais triste de le voir partir, mais pas uniquement pour cette raison.

– Chris, ce n'est pas simple, tu sais. Il y a des tas de problèmes... comme celui de Marilyn et des autres. Peut-être y aura-t-il toujours une Marilyn. Je ne pourrai pas le supporter. Nous sommes tellement différents ! Je sais que je t'exaspère tellement, quelquefois, et... il m'arrive de me faire du souci pour nous.

– Essaierais-tu de me dire que tu ne veux pas m'épouser? Rends-moi mon diamant.

– Cesse de faire l'idiot. Non, je suis sérieuse. Je ne te dis pas que je ne veux pas t'épouser, je suis en train de te dire que j'ai peur.

– De moi ?

– Eh bien, non... si, dans un sens, oui.

– Alors, ne m'épouse pas.

– Mais je veux t'épouser... Oh, tu ne comprends pas.

– Je comprends. Maintenant, tu te tais et tu dors. Seigneur, même si tu étais au paradis, tu trouverais le moyen de t'inquiéter pour quelque chose. Arrête de rouspéter et dors.

– Je ne rouspète pas.

– Tu n'arrêtes pas. Maintenant, tu dors, je dois me lever tôt demain matin.

C'était tout Chris. Mais moi, j'avais besoin de parler.

– Tu veux te marier quand, Chris ?

– Tu en es encore là ? Aussitôt que tu seras prête, dans la salle d'accouchement, si ça doit te faire plaisir. Ça te va?

– Très bien. Bonne nuit. Et... Chris?

– Quoi encore ?

– Joyeux Noël.

– Bonne nuit.

Il était déjà presque endormi.

Le lendemain matin, je le regardai partir avec le cœur gros. Les départs m'ont toujours attristée et je me sentis tout de suite très seule.

Si bizarre que cela puisse paraître, quand je regagnai l'appartement, je ressentis un besoin désespéré d'appeler Gordon et de me presser contre lui. Mais cela n'aurait pas été très bien de ma part et je n'avais pas encore décidé ce que j'allais lui dire.

« Gordon, je m'en vais. Chris et moi allons nous marier. » Mais comment dire cela à quelqu'un ? Et par où commencer ? Je donnai mon préavis à John Templeton le lundi suivant et m'arrangeai toute la journée pour éviter Gordon, tout en me reprochant d'être monstrueuse et timorée. Je passai le reste de la semaine avec un rhume, errant entre ma chambre et la salle à manger où les cartons se remplissaient vite. J'avais décidé de partir tout de suite après le Nouvel An, contre vents et marées.

Je ne vis pas Gordon de toute la semaine, mais

j'avais décidé de lui parler au réveillon du Nouvel An chez Hilary. Le champagne adoucirait peut-être les choses. Hilary avait réuni une de ces habituelles assemblées tranquilles mais toniques. A minuit, elle porta un toast à ses invités et leva son verre en leur honneur. Nous nous levâmes et bûmes à sa santé, puis on s'assit par petits groupes. Les conversations se faisaient à voix basse. La pièce brillait à la lueur des candélabres; l'aura magique, à la fois triste et tendre du Nouvel An, nous enveloppait tous. Gordon porta son regard sur moi et vit que je le regardais. Il me fit un pauvre sourire et parla à voix basse afin que les autres ne puissent l'entendre.

– A toi, Gillian. Que cette nouvelle année t'apporte sagesse et paix. Que ton enfant t'apporte la joie et que Chris soit loyal envers toi. *Vaya con Dios !*

Les larmes me vinrent aux yeux lorsqu'il leva son verre. Son regard rencontra le mien. Il avait compris. Il savait.

Quelques jours plus tard, je croisai John dans le hall. Il me regarda d'un air profondément las.

– Qu'ai-je fait au ciel pour qu'on me prive toujours de mes meilleurs éléments ?

– Merci pour le compliment, John, mais vous vous en sortirez sans moi. Vous l'avez déjà fait.

Il se contenta de secouer la tête et continua son chemin. C'est la dernière vision que j'eus de lui avant la soirée d'adieux qu'on donna en mon honneur le vendredi. Gordon m'y accompagna mais nous nous parlâmes à peine. Il se montrait aimable mais réservé depuis la soirée chez Hilary. Il me semblait qu'il mijotait quelque chose. J'eus soudain la clé de ce qui se passait, tandis que je faisais mes adieux: Gordon s'en allait aussi. Tandis qu'il me raccompagnait chez moi, je me demandai pourquoi il ne m'en avait pas parlé. Il devait y avoir pensé depuis un certain temps déjà.

– Quand t'es-tu décidé ?

– Oh, il y a déjà un moment que j'y pensais...

– Tu changes de travail ?

– Non, je retourne en Europe.

– En Espagne ?

– Non, à Eze. C'est une petite ville du sud de la France. Ça s'est peut-être dégradé depuis, ce doit être plein de pizzerias et de touristes, mais il y a dix ans c'était magnifique, et j'ai envie d'y retourner. Je veux passer le reste de ma vie à peindre dans un endroit semblable et ne plus gaspiller mon temps dans cette jungle.

– Je suis heureuse que tu partes, Gordon. Je pense que tu as raison.

Il sourit et m'embrassa sur le front en me quittant.

– A demain.

– Très bien. Je t'appellerai.

Nous nous mîmes d'accord pour passer ensemble mon dernier jour à New York, le samedi suivant. Je partais le dimanche matin. Ce soir-là, j'allai voir Julie à l'hôpital et c'est la chose la plus dure que j'eus à accomplir avant mon départ. Quoi dire ? « Merci pour le boulot » ? « Bonne chance et à bientôt » ? Non, il fallait seulement essayer de ne pas pleurer.

Nous parlâmes peu; Julie était ailleurs. Elle s'endormit avant mon départ. Son cerveau était embrumé par les calmants qu'on lui faisait prendre. Elle s'était comme rapetissée et fanée, minuscule et fragile sur son lit. Je la regardais dormir et caressais son bras. Elle ouvrit un œil et me sourit. Je l'embrassai sur la joue en murmurant quelque chose d'automatique, sans doute « Merci, Julie ». Elle referma les yeux et sombra dans le sommeil. Tandis que je la contemplais une dernière fois, je m'entendis murmurer: « *Vaya con Dios !* » Exactement ce que Gordon m'avait dit.

CHAPITRE 28

Pour nos deux derniers jours à New York, nous retournâmes au *Regency*, Sam et moi; nous eûmes la chance d'occuper la même suite. Nous partions comme nous étions arrivées: avec style. Mais tant de choses étaient survenues durant notre séjour que j'avais l'impression d'être restée plusieurs années à New York.

Nous finissions de prendre le petit déjeuner lorsque le téléphone sonna. C'était Gordon.

– Vous êtes en communication avec votre guide, madame Forrester. Voici votre emploi du temps.

Je me mis à rire, me demandant ce qu'il me réservait.

– D'abord, votre guide viendra vous chercher et vous emmènera jusqu'à la première étape de votre itinéraire, au coin de la 59e Rue et de la 5e Avenue, où vous ferez le tour de Central Park dans une calèche tirée par un vieux cheval. Il se peut que le cheval meure en route et, dans cette hypothèse, votre guide vous portera sur ses épaules jusqu'à la fin de la promenade. Veuillez, s'il vous plaît, ne pas mettre de talons aiguilles car votre guide a le dos très fragile. Merci de votre obligeance, madame Forrester. Puis vous vous rendrez à l'hôtel *Plaza*, où vous déjeunerez. Ensuite, trois possibilités s'offrent à vous: a) une courte halte aux Parke-Bernet Auction Galleries[1], b) la visite du Musée d'Art moderne, c) des courses dans les magasins, ou d) vous dites simplement à votre guide qu'il vous casse les pieds et que vous préférez rentrer vous reposer. En fin d'après-midi, vous prendrez l'apéritif au *Sherry-Netherland Bar*. Soyez assez aimable pour présenter votre bon au barman. De là, vous serez conduite à *La Caravelle*, où vous dînerez, non sans avoir laissé votre appareil photo au vestiaire. Il serait souhaitable que vous portiez des chaussures dorées et une veste avec un col de vison, ou mieux de renard. Après le dîner, vous irez chez *Raffles*, où vous danserez avec votre guide. Ayez là encore la bonté d'éviter les talons hauts, car votre guide a aussi les pieds fragiles. Enfin, vous vous rendrez dans l'un des endroits intimes les plus charmants de New York, inconnu de vous. Voilà, madame Forrester, votre emploi du temps. Bienvenue à New York.

La gentillesse de Gordon me toucha beaucoup, une fois de plus.

– Gordon Harte, tu es vraiment extraordinaire! A quelle heure commençons-nous ?

– Vers onze heures ?

– Eh bien...

– Disons onze heures trente. Je t'attendrai dans le hall.

– A propos, Gordon...

– Oui ?

– J'ai promis à Sam de l'emmener une dernière fois au zoo.

– Pas de problème. Quand ?

– Après la sieste, vers quatre heures, ça irait?

– Parfait. Demande-lui si je peux venir avec vous.

– Je pense que ça pourra s'arranger. A bientôt et merci.

Gordon était dans le hall à onze heures et demie précises. Il semblait très satisfait de lui.

1 Hôtel des ventes, comme l'Hôtel Drouot à Paris. (N.d.T.)

– Eh bien, monsieur le guide, quel est le programme ?

– Le tour de calèche, mais votre voiture vous attend.

Je sortis de l'hôtel et cherchai sa voiture, tout en me demandant à qui pouvait bien appartenir la Rolls-Royce rouge, d'un modèle déjà ancien, qui était garée juste devant la porte. Sur les plaques d'immatriculation, se trouvait la lettre « Z ».

– Madame...

Gordon, légèrement incliné, avait ouvert la portière de la Rolls et m'invitait à y pénétrer, avec un grand sourire. Le chauffeur, en uniforme, semblait prendre la scène très au sérieux. C'était tellement inattendu que je restai interdite. Puis je fus prise d'un fou rire que je n'arrivai plus à maîtriser. Je regardais tour à tour Gordon, puis la voiture, et je me remettais à rire aux éclats.

– Oh, vraiment, Gordon... !

– Viens, entre. J'ai voulu que ton dernier jour à New York soit inoubliable.

A l'intérieur de la Rolls, en apercevant un bar, une télévision, une chaîne stéréo, un téléphone et une rose rouge dans un vase, je me serais crue dans une comédie américaine.

Nous nous conformâmes au programme établi par Gordon, mais au lieu de choisir entre le a), le b), le c) ou le d), nous préférâmes une simple promenade. Nous allâmes ensuite chercher Sam à l'hôtel. Elle fut très excitée par la voiture rouge et ses premiers mots furent :

– C'est un cadeau ? On peut la garder ?

Elle ouvrait de grands yeux. Nous nous mîmes à rire.

– Non, chérie, c'est juste pour aujourd'hui. C'est pour s'amuser.

– Moi, je préférerais que ce ne soit pas juste pour s'amuser ! Ça me plaît !

– Tu verras, Samantha, tu t'en souviendras encore quand tu seras une grande fille, répliqua Gordon d'un ton sérieux.

Je n'en doutais pas.

Le chauffeur arrêta la voiture devant le zoo. Gordon avait un appareil photo que je n'avais pas remarqué auparavant.

– J'ai envie de faire quelques photos. Ça te gêne ?

– Non, au contraire, comme ça, j'en aurai. N'oublie pas de prendre la voiture.

– J'aimerais surtout avoir des photos de toi. Qui sait ? Peut-être ne nous reverrons-nous jamais...

– Oh, Gordon, ne sois pas bête. Bien sûr que si.

Je n'étais pas convaincue, pourtant.

– Eze et San Francisco ne sont pas vraiment très proches, ma chérie. Et quand on quitte quelqu'un, on ne sait jamais ce qui arrivera. Quand je dis au revoir, je pense toujours adieu.

– C'est amusant, parce que moi, quand je dis au revoir, je me dis toujours que je reverrai la personne que je quitte.

– Tu le crois vraiment ?

– A vrai dire, non. Je n'en suis pas si sûre, répondis-je avec tristesse.

Je me tournai vers Gordon, mais il regardait au loin.

Pendant une heure entière, Gordon nous photographia sans cesse, Samantha et moi. Il prit Samantha avec des ballons, en train de manger des crackers sur un poney, à côté des phoques. Et des photos de moi. Gillian et Gordon, ensemble pour la dernière fois... « Ne chante pas de chansons, ne raconte pas de contes, ne verse pas de larmes... » Mais souviens-toi de moi avec tendresse... La dernière photo de la pellicule fut prise par le chauffeur. Nous nous tenions tous les trois devant la portière ouverte de la Rolls rouge. Je me rendis compte que c'était la seule photo où se trouvait Gordon.

Le reste de la journée se déroula selon le programme établi par mon guide. A minuit, nous quittâmes le *Raffles* pour nous rendre à « l'endroit mystérieux ». La Rolls roulait en direction de ce que je pensais être, avec raison, l'appartement de Gordon. Nous arrivâmes et montâmes l'escalier. Il me précéda, alluma les lumières et des chandelles, et revint m'aider à enlever mon manteau. Il y avait des fleurs partout et une bouteille de champagne dans un seau à glace sur la table du salon. Gordon fit un feu dans la cheminée et mit un peu de musique. C'était une situation assez cocasse pour une femme qui est sur le point de partir pour épouser un homme qui se trouve à six mille kilomètres de là et dont elle est enceinte. Mais je me sentais bien. Je savais que ma vie avec Chris aurait son propre charme, mais qu'elle ne serait pas non plus sans tension et sans problème. La vie de tous les jours est plutôt faite, malheureusement, de jeans, de tee-shirts et de Coca-Cola que de champagne et de chandeliers, relégués à jamais dans une boîte à secrets... Peut-être était-ce mieux, finalement...

Comme s'il avait lu dans mes pensées, Gordon me tendit le bouchon de champagne pour que je le mette « dans ma boîte à secrets ». Il reprit le bouchon et inscrivit quelque chose dessus. Il avait uniquement marqué la date, rien de plus.

– Je ne veux pas que dans cinquante ans tes enfants se posent des questions en essayant de décrypter des initiales...

Ses paroles m'attristèrent. Je savais qu'il parlait sérieusement.

– Quand pars-tu pour l'Europe ?

– Dans un mois à peu près.

– Comment Greg prend-il la nouvelle? Tu le lui as annoncé ?

– Oui, je l'ai appelé hier. Et tu sais, Gillian, je crois qu'il est impressionné. Je crois que je fais enfin quelque chose que mon fils approuve. J'abandonne tous les avantages matériels qui l'incitaient à me mépriser. J'agis de façon compréhensible pour lui. Il m'a dit qu'il viendrait me voir l'été prochain. Je pense qu'il le fera.

– C'est certain, et comment l'en blâmer ? Je ne

verrais aucun inconvénient à passer un été dans le sud de la France !

Je tentai de sourire et le regardai longuement en silence.

– Tu m'écriras, Gordon ?

– Peut-être. Ce n'est pas mon fort, tu sais. Et je ne pense pas que Chris apprécierait beaucoup. Mais je te dirai toujours où je suis.

Il avait déjà pris ses distances, cela se voyait.

– Chris ne dira rien...

Et puis, je voulais avoir de ses nouvelles.

– N'en sois pas si sûre. Il n'est pas fou et il ne m'aime pas, je le sais. Je ne lui en veux pas parce que je serais pareil à sa place. Gillian, ne lui laisse jamais l'occasion de lui donner le droit de te faire du mal.

J'acquiesçai en silence. Il remplit les deux coupes. Louis Roederer 1956. Le champagne du général de Gaulle. Et de Gordon Harte.

Nous bûmes en contemplant le feu. Nous étions restés si civilisés, si pleins de retenue, nous avions tellement pris sur nous-mêmes, nous avions si peu laissé parler nos cœurs, préférant tenter de nous comprendre l'un l'autre...

Je savais que quitter Gordon allait être un des moments les plus pénibles de ma vie... ce dernier instant... ce dernier regard échangé... J'avais déjà vécu cela une fois, avec Chris, mais c'était aussi difficile aujourd'hui.

J'observais son profil, tout proche. Le visage, splendide, était légèrement tourné vers moi. Il était immobile, les yeux clos. Tout à coup, il eut un geste brusque et j'entendis le bruit d'un verre qui se brisait dans la cheminée. Je savais ce que signifiait ce geste; il détruisait en même temps tout ce qui nous avait unis.

Gordon se leva sans un mot, prit mon manteau et nous partîmes. Durant le trajet, nous gardâmes le silence, main dans la main, les yeux rivés sur les immeubles qui défilaient à toute allure. La voiture s'arrêta devant l'hôtel et Gordon voulut sortir. Le chauffeur m'avait ouvert la portière.

– Non, ne bouge pas. Je t'en prie, soufflai-je d'une voix rauque.

Gordon me serra étroitement dans ses bras et me baisa le front. Je relevai la tête et nous nous embrassâmes longuement. Je fermais les yeux et je sentais les larmes couler lentement sur mes joues et se mêler à celles de Gordon.

– Je t'aime, Gordon...

– Au revoir, ma chérie. N'oublie jamais combien je tiens à toi.

Je sortis de la voiture et courus vers la porte de l'hôtel, sans me retourner... Au revoir... au revoir... pas adieu...

Mais cela ne servait à rien de penser à ce qu'aurait été ma vie avec Gordon. J'avais choisi Chris. J'aimais Chris. Je pris l'ascenseur, tout en me répétant, les yeux clos : « J'aime Chris... j'aime Chris... j'aime... »

CHAPITRE 29

Durant le voyage du retour, qui se déroula sans encombre, je ressentis une sensation étrange. Dans cet avion, je me sentais dans un cocon, suspendu entre deux mondes, où je pouvais me cacher et me recueillir. Je disposais de cinq heures pour me détacher complètement de l'univers de Gordon et réintégrer celui de Chris, et j'étais heureuse de pouvoir me retrouver seule avec moi-même. Peu à peu je sentais une fantastique métamorphose s'opérer en moi.

En survolant les gratte-ciel de New York, mon cœur s'était serré à la vue de certains endroits qui avaient compté pour moi ces derniers mois. Mais tout à coup, j'avais eu l'impression d'atteindre l'autre côté de mon arc-en-ciel et l'excitation m'avait gagnée à la vue de San Francisco. J'allais revoir Chris... Chris !

Je pris la main de Sam et la serrai. J'avais le sentiment que nous avions enfin trouvé notre vrai foyer. L'avion arriva à l'heure précise. Chris nous attendait. Lorsque je le vis, mon cœur s'illumina. Il me souriait, avec son sourire de petit garçon... Nous nous regardâmes, les yeux dans les yeux et tout devint simple et beau. New York, Gordon, Julie Weintraub me semblaient à des millions de kilomètres, sur une autre planète.

– Tu as l'air fatiguée. Tu n'as pas fait bon voyage ?

– Si, très bon. Mais j'ai eu beaucoup à faire la semaine dernière.

Nous récupérâmes nos bagages, que Chris empila dans un fourgon Volkswagen qu'il avait emprunté à un ami. J'attendais que Sam lui parle de la Rolls rouge et je retenais ma respiration. Je ne voulais pas me lancer dans des explications tout de suite. Mais elle n'en souffla mot. Cela viendrait certainement au moment où je m'y attendrais le moins, dans deux mois par exemple...

Nous roulions dans les rues et je n'arrêtais pas de me dire : « C'est bien vrai, je suis là... ! » San Francisco me fait toujours le même effet : j'ai la respiration coupée, je me sens légère, j'ai l'impression que je vais m'envoler. J'avais envie de faire le tour de la ville et de revoir tous les endroits que j'aimais, mais ce n'était pas le genre de Chris : il ne pouvait même pas imaginer une chose pareille. Nous rentrâmes directement chez lui. Après avoir déposé les bagages dans le salon, je partis voir ce qu'il y avait dans le frigo. Rien. Bienvenue à la maison. Deux bouteilles entamées de soda, trois Coca-Cola, un citron pourri et une boîte de beurre de cacahuète qui devait dater de juillet précédent.

– Il n'y a rien à manger, Chris.

– Je sais. Mais il n'est pas tard. On peut aller au supermarché. Tu n'as qu'à prendre la voiture. Et moi, je vais ramener le fourgon.

– Et Sam ?

– Elle vient avec nous.

– D'accord. Mais je ne veux pas qu'elle aille au lit tard. Il y a le décalage horaire et le voyage l'a fatiguée.

– Moi, elle ne me semble pas très fatiguée...

Elle courait partout et avait pris possession de « sa » chambre. Voilà, j'étais bel et bien revenue. Le réfrigérateur était vide et nous allions au supermarché. Ni roses ni champagne en vue. Ça, c'était hier. Mais je m'y attendais. J'avais préféré les citrons pourris et les sodas éventés. Et je n'avais pas franchement besoin de roses et de champagne.

– A quoi tu penses, Gill ?

– Je pense que je t'aime.

Et je le pensais vraiment. J'étais chez moi et je me sentais bien. J'enfilai un jean, un polo de Chris, mon imperméable, et nous partîmes ramener le fourgon et faire des courses. Nous avions l'air d'une vraie famille ; Chris était superbe. J'étais si heureuse que j'avais l'impression que j'allais exploser de joie.

En sortant de la maison, j'eus une pensée subite.

– Chris ? Où allons-nous mettre le bébé ?

– Calme-toi, s'il te plaît. Tu es là depuis une heure et tu commences déjà à tout gâcher. Nous le mettrons quelque part. Mais ne t'en fais pas, par pitié.

– Je ne m'en fais pas, je réfléchis, c'est tout.

– Eh bien, arrête de réfléchir. Je te retrouve au supermarché dans dix minutes.

Il me tapota la joue et s'éloigna. En manœuvrant, il recula dans la voiture et manqua la cabosser.

– N'oublie pas le starter, me cria-t-il.

– Oui, d'accord, je me souviens ! Tu ne vas pas commencer à tout gâcher avec tes recommandations, hein ?

– Va te faire voir !

Il sourit et démarra.

– Toi aussi, mec...

J'étais si heureuse d'être de retour ! Ce que je vivais n'avait rien à voir avec un conte de fées attendrissant, mais c'était le mien et il existait dans toute sa beauté. Comme Chris.

CHAPITRE 30

Chris habitait une maison de style victorien, un peu délabrée, dans Sacramento Street, assez près du quartier élégant de Pacific Heights pour rendre le voisinage agréable, mais pas suffisamment pour en profiter réellement. Nous étions à l'Ouest de la ville et, dans cette partie, le brouillard ne se lève pas avant midi, alors qu'il fait déjà soleil ailleurs, et réapparaît dès cinq heures du soir. La nuit, on entend les cornes de brume résonner faiblement dans le lointain.

Pour moi, San Francisco m'est toujours apparu comme une ville enchantée, une sorte d'endroit de rêve. Elle possède à part entière cette beauté physique que vantent les cartes postales, et son style de vie me rappelle l'Europe. Les gens sont aimables, sans l'affectation de Los Angeles, mais plutôt comme les habitants des villes moyennes de la côte Ouest. C'est une ville et en même temps une non-ville. En quelques minutes, on peut se retrouver en pleine campagne ou au bord de la mer, et la montagne est seulement à deux heures de route.

La maison en elle-même ressemblait plutôt à un abri antiaérien. Elle aurait pu être vraiment confortable si Chris avait voulu y consacrer du temps pour l'entretenir mais il avait toujours quelque chose d'autre à faire, si bien qu'elle continuait à se dégrader.

Le lendemain de notre arrivée, je me tournai dans le lit et regardai le plafond, puis jetai un coup d'œil vers la fenêtre qui donnait sur les arbres du jardin. Je me penchai vers Chris, encore endormi, et souris. Je songeais que, même sans lui, j'aurais aimé San Francisco. Après tout, j'étais tombée amoureuse de cette ville avant de le rencontrer. J'entendis Samantha marcher et me levai pour faire le petit déjeuner. Plus de femme de ménage. C'était une des exigences de Chris. Sam et moi devions nous débrouiller toutes seules.

Chris se retourna dans le lit et ouvrit un œil.

– Quelle heure il est ? Reviens au lit...

– Il faut que je fasse déjeuner Sam.

Je l'embrassai.

– Bonjour. Que je suis heureuse d'être revenue, Chris !

– Pour sûr, mon chou. Tu veux bien m'apporter un verre de jus d'orange, s'il te plaît ?

– D'accord.

Il se retourna et se rendormit. Il ressemblait à un enfant avec ses cheveux ébouriffés et les couvertures remontées jusqu'au bout du nez.

Le petit déjeuner fut long et bruyant. Nous établîmes le programme de la journée. Chris avait beaucoup à faire et Sam voulait « aller voir Julius », entendez le terrain de jeux pour enfants, dans le grand jardin public du Presidio, qui porte le nom de Julius Kahn.

– Tu verras Julius demain, Sam. Nous allons rester à la maison, déballer nos affaires et faire un peu de ménage. Qu'est-ce que tu dirais d'aider Maman ?

– Je veux pas.

– Bon, si tu allais chercher des vers de terre dans le jardin ?

– C'est une bonne idée, Maman. Je vais voir si je peux en trouver un pour toi.

Merveilleux !

Je voulais vider les valises mais ce que je désirais

surtout, c'était ranger la maison. Jusqu'à maintenant, elle avait appartenu à Chris, mais si nous devions nous marier, il lui faudrait subir quelques modifications. Il n'était pas question de supprimer le désordre dont s'entourait Chris, mais je pouvais au moins l'attaquer à coup d'eau et de savon, mettre de nouveaux rideaux et acheter un dessus-de-lit... Et quand je voyais la salle de bains... !

Chris partit tandis que je cherchais de quoi commencer mon nettoyage. Plus j'allais, plus je me disais que Marilyn, même si elle possédait quelques talents, n'avait pas ceux d'une maîtresse de maison. Ce qui faisait sans doute partie de son charme. Vers deux heures, la maison avait déjà meilleur aspect. Sam et moi sortîmes acheter des fleurs.

– Si on prenait des roses, Maman ?

– Pourquoi pas plutôt des marguerites, Samantha, avec des épis de blé et des fleurs rouges ?

– Des roses rouges !

– Non, pas des roses. Ça coûte trop cher.

– Est-ce qu'on est pauvres, maintenant ? Est-ce qu'on va... mourir de faim ?

Elle me regardait d'un air mi-effaré, mi-content.

– Non, nous n'allons pas mourir de faim, comme tu dis, mais il ne faut pas trop dépenser.

– Ah !

Elle semblait déçue.

– Quand est-ce qu'on va chercher le bébé ?

– Pas tout de suite. Dans deux mois, pas avant.

– Pourquoi pas aujourd'hui ?

– La maison n'est pas prête.

Cela me fit penser que j'avais trouvé l'endroit où je ferais la chambre d'enfant. Il fallait que j'en parle à Chris. C'était une petite pièce qui jouxtait la nôtre, où je pourrais installer un lit d'enfant, une chaise et un petit coffre. Cela suffirait pour les six premiers mois. Après, nous mettrions le lit dans la chambre de Sam.

La maison, petite en apparence, était tout de même spacieuse. Au rez-de-chaussée se trouvaient un salon, une petite salle à manger et la cuisine ; il y avait deux chambres à l'étage et au-dessus un atelier très clair où Chris avait installé son bureau. Pas question d'y installer la chambre d'enfant ; l'endroit était sacré. C'était le territoire réservé de Chris. Lorsqu'il rentra, je lui parlai de mon idée, et il promit de remettre la petite pièce en état et de donner un coup de peinture.

– Dis donc, Gillian, ça sent drôle, ici. Qu'est-ce que c'est ?

– Cette odeur, mon chéri, est une odeur très inhabituelle qui s'appelle la propreté. J'ai nettoyé toute la matinée.

– Mais pourquoi donc ? Tu n'as touché à rien là-haut, au moins ?

– Non, absolument à rien.

Je l'embrassai et souris. Il semblait commencer à s'intéresser au bébé et cela me faisait frissonner de plaisir.

Chris se pencha et me murmura à l'oreille :

– Débarrasse-toi de Sam.

– Qu'est-ce que tu veux dire ?

– Oui, éloigne-la... j'ai envie de faire l'amour avec toi.

– Oh !... Sam, mon cœur, est-ce que tu as trouvé des vers de terre ?

– Non, ils devaient dormir.

– Si tu allais en chercher avant qu'il fasse froid ?

– D'accord. Tu en veux un aussi, Oncle Crits ? Maman adore les vers de terre.

– Bien sûr que j'en veux.

Elle se précipita à la porte et descendit au jardin, armée de deux petites cuillères usagées, d'un cure-dent et d'un sac en papier.

Chris me prit par la main et nous montâmes les escaliers en courant.

– Hé, attends un peu, tu es fou !

– Pas question d'attendre. Je me suis morfondu toute la journée. Allez, femme, suis-moi !

Nous continuâmes notre course en pouffant de

rire. Je manquai tomber à la dernière marche, ce qui nous calma un peu, mais pas pour longtemps.

– J'en ai trouvé trois.

Sam avait ouvert la porte en grand et dans sa main, toute sale, je voyais les vers qui se tordaient.

– Vous êtes tous malades ? Pourquoi vous dormez ?

– On faisait une petite sieste. Ta mère est fatiguée.

– Ah bon ! Voilà, je te les donne.

Elle versa sa précieuse récolte dans la main de Chris et sortit en chantonnant.

– Gill, je crois que je vais vomir !

– Et moi donc !

Nous nous précipitâmes dans la salle de bains en riant.

– Si on allait faire un tour après dîner, Chris ? Je suis restée à la maison presque toute la journée.

– Mais pourquoi, Gill ?

– Allons, Chris, s'il te plaît ! Fais-moi cette faveur...

– D'accord, d'accord... mais pas longtemps. Il y a un jeu que je veux voir à la télévision.

– Oui, M'sieur.

– A propos, madame Forrester, quand nous marions-nous ? Peut-être n'êtes-vous pas prête ?

Il plaisantait, mais je sentais qu'il le craignait un peu. J'étais pourtant tout à fait décidée.

– Eh bien, il faut que je regarde mon calendrier. Que dirais-tu de samedi ?

– Pourquoi pas demain ?

– Tu as la dispense ?

– Non.

Il semblait tout penaud.

– Donc impossible demain. Aujourd'hui, nous sommes lundi. On ira faire faire la dispense demain, ce qui nous amènera à mercredi, jeudi, vendredi... on peut se marier vendredi, si tu veux.

– Non, j'ai du boulot, vendredi. Samedi, ce serait

très bien. Gill ? Tu es sûre que tu veux ? Je veux dire, tu es vraiment certaine ? Je ne suis pas le mari rêvé...

– On dirait que vous avez changé d'idée, monsieur Matthews.

– Ce n'est pas de moi qu'il s'agit. C'est toi qui dois être sûre.

– Dis donc, mon garçon, change de disque. Oui, j'en suis sûre. Maintenant tu prends ta douche, ou on ne pourra pas faire la promenade.

Chris nous emmena donc. En descendant la colline, d'où l'on voit la baie de San Francisco et Sausalito de l'autre côté, je songeais à ce qu'avaient pu ressentir les pionniers en découvrant tout à coup le Pacifique. Les routes avaient été modifiées, mais il me semblait éprouver ce sentiment d'émerveillement qui avait dû être le leur et qui m'étreignait chaque fois que je revenais à cet endroit. Nous repartîmes directement vers la Marina, où nous nous arrêtâmes, au bord de l'eau, observant sans mot dire le brouillard qui envahissait lentement le paysage et semblait s'accrocher au Golden Gate. Une à une, les cornes de brume résonnaient dans le lointain.

Après un long moment, Chris me demanda :

– Ça y est, tu en as assez vu ?

– Non, mais on peut rentrer à la maison.

– Oh ! non, non, je veux voir l'Oignon Square ! hurla Sam sur le siège arrière.

– Bon d'accord, acquiesça Chris de bonne grâce, allons jusqu'à l'Union Square.

– Et ton jeu à la télé ?

– Il y a le temps.

En redescendant vers le centre, Sam poussait sans cesse des cris de joie qui s'amplifièrent à la vue de l'Union Square, qu'elle aimait particulièrement. Chris, pour rentrer, passa par Chinatown.

– Si on dînait chinois ?

– Non, rentrons. Tu vas rater ton émission. C'était vraiment très bien.

– Non, arrêtons-nous pour dîner.
– Je te dis que je préfère rentrer.
– Du calme... Sam, qu'est-ce que tu en penses ?
– Je veux dîner ici. On peut, Oncle Crits, on peut ?
– Bien sûr, madame.

Le dîner fut délicieux et, comme d'habitude, je me laissai aller à trop manger. Chris se servit des baguettes. Sam opta pour ses doigts, quant à moi, je préférai la fourchette, ce qui me valut pas mal de quolibets... Mais j'avais faim et je n'ai jamais su me servir de baguettes.

Pour rentrer à la maison, nous empruntâmes le tunnel de Broadway, ce qui finit d'enchanter Sam. Chris et moi, nous nous regardâmes. Je lui envoyai un baiser et murmurai :
– Merci pour cette soirée. Je t'aime.
– Moi aussi, répondit-il à voix basse.

Tout ce qui avait pu se passer de pénible entre nous durant les quelques semaines précédentes semblait tout à coup n'avoir jamais existé. Comme le disait la chanson : « Ils sont arrivés, les jours heureux... » Et c'était vrai qu'ils étaient enfin là.

CHAPITRE 31

Le mardi, après avoir déposé Sam à l'école, Chris et moi allâmes chercher notre dispense. Dans la salle d'attente se pressaient beaucoup de Mexicains, des petits enfants et des gens aux allures bizarres, dont les uns paraissaient déjà vieux et dont les autres semblaient se trouver là à contrecœur. Nous étions les seuls de notre âge, mais nous étions loin de former le couple modèle, car j'étais enceinte de sept mois et j'avais beaucoup grossi. L'employé vit parfaitement mon état et me dit :

– J'espère que cela se passera bien, madame.

Il envoya un regard désapprobateur à l'adresse de Chris, ce qui le mit hors de lui.

– Tu l'as vu, ce vieux salaud ? Mais tu l'as vu ?

– Oui, et alors ? Qu'est-ce que ça peut te faire ?

Nous passâmes rechercher Sam ; Chris nous ramena à la maison.

– J'ai un truc à faire. A tout à l'heure.

– Quel truc ?

– Un truc. Allez, descendez.

La remarque de l'employé l'avait mis de mauvaise humeur.

– D'accord. A plus tard.

Je me demandai soudain, en rentrant, s'il avait été voir Marilyn. Il n'y avait aucune raison pour que je songe à cela, mais cette idée me persécuta tout l'après-midi, jusqu'à me rendre presque folle. Lorsqu'il rentra, je fus si soulagée de le revoir que je ne pris même pas la peine de lui demander la raison de son absence. Je ne voulais pas le faire parce que j'étais trop persuadée qu'il me cacherait une vérité inavouable.

– Tu ne me demandes pas d'où je viens ?

– Non. Je devrais ?

– Qu'est-ce que tu as ?

– Rien. Pourquoi ?

– Tu as l'air toute drôle. Tu te sens bien ?

– Bien sûr.

Mais je songeais de nouveau à Marilyn.

– Viens ici, petite idiote. Est-ce que tu penses que... ?

Je reculai parce que je savais qu'il songeait à la même chose que moi, et j'avais honte.

– Gillian... Ne pleure pas, il n'y a aucune raison, tout va bien, tout va bien, eh, chérie...

Je sanglotais dans ses bras, lui avouant ce qui m'avait obsédée tout l'après-midi.

– Je t'en ai parlé, c'est fini, il ne faut pas te faire du souci pour ça. Maintenant, viens voir dehors.

Il me prit par la main, ouvrit la portière et sortit des papiers qui cachaient un objet sur le siège arrière.

C'était un magnifique berceau ancien, en bois foncé délicatement sculpté.

– Oh, Chris...

– Il y avait une vente aux enchères à Stockton, aujourd'hui. Je voulais te faire la surprise. Il te plaît ?

– Oh, Chris !

Je me remis à pleurer.

– Mais pourquoi pleures-tu, maintenant ?

– Oh, Chris...

– Tu l'as déjà dit. Allez, viens et fais-moi un sourire. Là... C'est beaucoup mieux.

– Je vais t'aider à le sortir de la voiture.

– Non, madame. Tant que tu portes ce qui va dans le berceau, moi, je m'occupe du reste. Ouvre-moi les portes.

Il prit le berceau et le déposa à l'intérieur.
– Chris ? Tu sais... Tu as changé.
– Toi aussi.
Nous nous regardâmes en silence un long moment. Nous savions combien c'était vrai.

CHAPITRE 32

Les deux jours suivants passèrent sans encombre. Sam était à l'école toute la matinée, et Chris travaillait dans son atelier une grande partie de la journée. Notre vie était bien réglée et j'avais l'impression de n'être jamais partie. Simplement, je trouvais que tout se passait beaucoup mieux qu'avant.

Le jeudi suivant, pendant le déjeuner, je demandai à Chris de m'emmener en ville.

– Pourquoi ?

– Je veux m'acheter une robe de mariée.

– Tu plaisantes, Gill !

– Non, j'ai envie de m'acheter quelque chose de nouveau.

– Ecoute, la nouveauté, c'est le bébé, d'accord ? Est-ce qu'on trouve des robes de mariée au rayon maternité, maintenant ?

– Allez, Chris, sois gentil...

– Tu as réfléchi à la couleur ? Rouge, peut-être ?

– Chris ! Je n'aurais jamais dû t'en parler.

– Tu fais ce que tu veux. C'est ton affaire et ton mariage, après tout.

– C'est aussi le tien. Mais j'ai envie de me faire belle et je n'ai plus rien à me mettre.

– Pourquoi veux-tu te faire belle ? Tu as invité quelqu'un ?

– Non, mais justement, je voulais t'en parler, et...

– Ah non, Gill ! Pas question. Nous allons toi et

moi chez le juge de paix et nous nous marions. Pas de badauds. Tu peux te mettre ce que tu veux, mais tu n'invites personne. Compris ?

– D'accord, mon amour. D'accord. Mais ne te mets pas dans des états pareils.

– Je suis très calme.

Il remonta dans son atelier, irrité, tandis que je faisais la vaisselle.

Après avoir couché Sam pour sa sieste, je montai voir Chris pour lui dire que je sortais.

– Pourquoi est-ce que ça ne te plaît pas ?

– De quoi parles-tu ?

– De cette robe que tu portes.

– Chris, je ne peux pas être en noir pour notre mariage. On va croire que c'est un enterrement. Allons, viens... Tu me l'as promis.

– Je sais, je sais. Ecoute, vas-y toute seule et achète-toi un voile, tant que tu y es... avec des cerises en plastique dessus. Je vis qu'il avait retrouvé sa bonne humeur. Il semblait trouver mon idée très amusante. Comme je fermais la porte, il se mit à chanter, à pleins poumons : « Voici venir les noces... »

– Tais-toi, Christopher.

En descendant, je l'entendis reprendre le refrain de plus belle...

J'avais décidé de trouver une robe extraordinaire. Je garai la voiture et rentrai chez Magnin, où la préposée me regarda, eut un grand sourire et prononça « sixième étage », où se trouvait le rayon maternité.

Je ne pus m'empêcher de lui rendre son sourire et de lui demander :

– C'est bien au sixième, le rayon « robes de mariée » ?

Son visage se ferma.

Je me mis à rire et la rassurai immédiatement.

– Pendant un instant, vous savez, j'ai cru que vous étiez sérieuse...

Je me remis à rire et sortis. Eh oui, chère madame, j'étais tout à fait sérieuse...

Le rayon maternité, bien qu'il eût quelque charme, ne me satisfit pas. Les formes étaient trop amples, les couleurs horribles ; aucune robe ne me plaisait.

– Est-ce que je peux vous aider ?

– Je cherche quelque chose pour le mariage de ma sœur. Il aura lieu l'après-midi et ce sera très intime, donc je ne veux pas d'une robe trop habillée.

Il fallait que cela eût l'air plausible.

Nous cherchâmes en vain.

– Que diriez-vous d'une robe et d'un manteau assortis ? Nous avons reçu un modèle hier qui vous irait très bien. Très chic. Gris clair.

Gris ? Pour un mariage ? Et puis, je n'avais pas besoin d'un manteau. Mais lorsqu'elle revint, je fus enchantée. C'était une robe grise, dans un tissu très doux, avec des manches longues, admirablement bien coupée. Le manteau, uni, avait la même forme simple et l'ensemble faisait un effet superbe.

– Combien ?

– Cent quarante-cinq dollars.

J'eus un choc. Mais il s'agissait de mon mariage, après tout, et je pourrais remettre la robe pour d'autres occasions.

– Je la prends.

– Très bien. Cela vous va à ravir. Votre mari sera content.

– C'est certain.

Du moins, je l'espérais. Cent quarante-cinq dollars, tout de même... Mais j'avais encore pas mal d'économies. Je me convainquis, tout en rentrant à la maison, que ce n'était pas une folie.

Je trouvai Sam et Chris dans la cuisine en train de manger une glace.

– Qu'est-ce que tu as acheté, Maman ?

– Une nouvelle robe.

– Fais-la voir.

– Non, pas avant samedi. C'est dans deux jours.

Chris se remit à chantonner immédiatement : « Voici venir les noces... »

Je montai dans ma chambre et rangeai l'ensemble au fond de mon armoire. J'étais heureuse. C'était magnifique. Du même gris lumineux que le brouillard. J'avais ma robe de mariée.

Le lendemain matin, très tôt, Chris se leva, me secoua doucement et me demanda de lui préparer son jus d'orange.

– Maintenant ?

– Eh oui, maintenant ! Je dois être à Oakland à huit heures. On tourne un film et il faut que j'arrive à l'heure. Allez, madame, levez-vous !

– D'accord.

Je me levai donc, encore ensommeillée.

Chris partit, les bras chargés de boîtes et d'accessoires. Il m'embrassa rapidement et me dit de ne pas l'attendre pour dîner.

– Et maintenant, recouche-toi.

Juste avant qu'il démarre, j'ouvris la porte d'entrée, lui fis un geste de la main et criai un fervent « je t'aime » auquel il répondit de la même façon, au risque de réveiller tous les voisins. Je me recouchai puis me relevai plus tard, pour préparer le petit déjeuner de Sam et l'emmener à l'école.

La maison était silencieuse sans Chris. Sam était grognon et j'eus peur qu'elle ait attrapé un rhume. Il faudrait que Chris vérifie le chauffage dans sa chambre : celui-ci me semblait défectueux. En revenant de l'école, je m'arrêtai à la quincaillerie, en haut de la rue, décidée à acheter la peinture pour la chambre d'enfant. Je choisis un jaune tendre. Lorsque je rentrai à la maison, j'entendis le téléphone sonner, mais la sonnerie s'arrêta presque aussitôt. Probablement un faux numéro. Les appels de Chris étaient enregistrés sur répondeur et personne ne savait encore que j'étais chez lui.

Comme la maison était en ordre, je remontai

dans la chambre, ouvris mon armoire et contemplai à nouveau la robe. Je la trouvais si jolie que je décidai de la réessayer. Je mis le collier de perles de ma grand-mère, enfilai mes escarpins noirs, pris mon sac de crocodile et me mis à tournoyer devant la glace. J'avais relevé mes cheveux et je me sentais réellement une mariée. Rien à voir avec mon premier mariage... Je me souris à moi-même, heureuse.

« Gillian Forrester, mais comme vous avez changé... ! »

Tandis que j'étais occupée à faire mille grâces devant mon miroir, le téléphone retentit à nouveau. Je décrochai.

– Madame Matthews ?

Je ne reconnaissais pas la voix. Je songeai à un démarcheur et me préparais déjà à l'éconduire gentiment.

– Non. Pas avant demain. Vous désirez ?

– Je suis Tom Bardi, un ami de Chris.

– Oui ?

Je me souvenais d'avoir entendu son nom.

– Madame... euh... Nous avons travaillé sur le même tournage ce matin à Oakland et...

– Oui ? Il est arrivé quelque chose ?

– Chris est tombé d'un chariot en voulant prendre une photo et... je suis tellement désolé de devoir vous le dire comme ça mais... il est mort. Il s'est brisé le cou en tombant. Je vous appelle de l'hôpital Sainte-Marie à Oakland... Vous êtes là ?

– Oui, je suis là.

J'étais terrassée. Je ne pouvais rien dire d'autre.

– Comment vous appelez-vous ?

– Gillian.

– Gillian, ça va ? Vous êtes sûre ? Ecoutez, vous sentez-vous capable d'aller là-bas.

– Je ne peux pas. Chris a la voiture.

– Bon, alors ne bougez pas. Vous vous asseyez et vous prenez une tasse de café. J'arrive et je vous emmène là-bas.

– Pourquoi ?

– Eh bien, ils veulent savoir ce qu'il faut faire du... du corps.

Le corps ? Le corps ? Chris ! Pas « le corps » ! Je me mis à sangloter.

– Tenez bon. J'arrive tout de suite.

Je restai assise sur le lit, incapable de faire un seul mouvement. J'étais là, dans ma robe grise, les yeux rivés à mes chaussures, en larmes. Tout à coup, j'entendis des pas dans l'escalier, des pas décidés qui montaient les marches quatre à quatre. Chris !... C'était un mensonge, une horrible plaisanterie. Il allait me prendre dans ses bras et me dire que c'était pour rire... Chris... Je relevai la tête. Un homme que je ne connaissais pas me contemplait d'un air embarrassé.

– Je suis Tom.

Je hochai la tête.

– Vous allez bien ?

J'acquiesçai de nouveau.

– Vous voulez du café ?

Je secouai la tête et me levai d'un seul coup, incapable de me souvenir de ce que je devais faire et de l'endroit où je devais me rendre. Je savais seulement que cet homme était là pour une raison précise.

– Mon Dieu... Vous êtes enceinte... Mon Dieu... Oh, je suis désolé.

Il l'était vraiment, je le voyais. Mais je m'en moquais. Je me tenais devant la glace et Tom Bardi était derrière moi. Je portais ma nouvelle robe, dont je n'avais même pas ôté les étiquettes.

– Il faut que je me change. Je serai prête dans une minute.

Je me remis à sangloter.

– C'est ma robe de mariée.

Il me regarda un instant comme si j'étais devenue folle.

– Non, n'ayez pas peur. Nous devions nous marier demain.

– Je croyais que vous l'étiez. Chris nous a parlé de sa femme et aussi d'un petit garçon : Sam, je crois... Mais il n'a rien dit du bébé.

– C'est une petite fille. Je parle de Sam. Samantha... Comment allons-nous faire ? Il faut que j'aille la chercher à l'école tout à l'heure.

– Quelle école ?

– L'école Thomas Ellis.

– Bon, vous vous habillez et moi j'appelle l'école. Je vais leur dire de la garder un peu. Ça ne sera pas long... Je veux dire...

Il descendit l'escalier.

– Où est le téléphone ? cria-t-il d'en bas.

– Dans la cuisine, derrière la porte.

Je remis mon jean et le pull de Chris et attrapai mon sac. La robe gisait sur le lit défait, à côté du tee-shirt de Chris...

Je descendis l'escalier en faisant claquer mes semelles de bois. J'entendis Tom raccrocher.

– C'est arrangé. Ils peuvent la garder jusqu'à quatre heures et demie. Nous serons revenus bien avant.

Il me regarda avec gêne.

– Vous avez pris une décision ? Parce qu'ils vont vous le demander, là-bas. Qu'allez-vous faire de lui ?

Je n'en avais aucune idée.

– Je ne sais pas. Peut-être devrais-je appeler sa mère.

Où habitait-elle donc ? Voyons... Chicago ? Non. Detroit ? Non... Denver. Je l'avais rencontrée une fois lorsqu'elle était passée à San Francisco. Chris et elle étaient très proches. Je savais que son père était mort.

J'appelai l'interurbain.

– Je voudrais les renseignements à Denver, s'il vous plaît.

– Vous pouvez appeler vous-même. Vous faites le 303, puis le 5, 5, 5...

– Ecoutez, je vous en prie, pouvez-vous le faire

pour moi ? Mon mari vient de mourir dans un accident.

– Oh... oui, bien sûr... Je suis navrée. Un instant, s'il vous plaît.

– Allô, le standard. Quelle ville, s'il vous plaît ?

– Je voudrais Denver. Helen Matthews. Je ne sais pas l'adresse.

Après un moment, j'entendis :

– C'est le 663-7015.

Il ne me restait plus qu'à composer le numéro et à annoncer tout simplement à Mme Matthews que son fils était mort.

Je rappelai la standardiste, qui me demanda :

– Voulez-vous que je fasse l'appel ?

– Oui, s'il vous plaît.

– Le numéro seulement ou une personne en particulier ?

– Le numéro... Non, la personne... Oh, n'importe, je m'en fiche.

– Je suis désolée. Il faut choisir.

– Oh, flûte... Appelez Mme Hélène Matthews.

La sonnerie retentit deux fois.

– Bonjour, madame. Nous avons un appel personnel pour Mme Hélène Matthews.

– C'est elle-même.

Sa voix ressemblait un peu à celle de Chris.

– Parlez, s'il vous plaît.

– Allô... Jane ?

– Non, madame Matthews. C'est Gillian Forrester. Je suis une amie de Chris. Je ne sais pas si vous vous souvenez de moi. Nous nous sommes rencontrées l'été dernier... Et je...

– Oui, je me souviens. Comment allez-vous ?

Elle semblait un peu surprise.

– Bien, merci. Et vous-même ?

Oh, Dieu ! Je ne pourrais jamais arriver à le lui dire. Je me tournai vers Tom Bardi et compris ce qu'il avait dû ressentir lorsqu'il m'avait appelée. Je m'assis, fermai les yeux et dus prendre le récepteur à deux mains pour ne pas trembler.

– Si vous cherchez Chris, il n'est pas ici. Il est à San Francisco. D'où m'appelez-vous ? La ligne est très mauvaise.

– Je suis à San Francisco, moi aussi... Voilà... Madame Matthews, Chris vient d'avoir un accident. Il est... Il est mort... je suis désolée... vraiment désolée... Madame Matthews, ne m'en veuillez pas de vous dire ça de cette façon, mais l'hôpital veut savoir ce qu'il faut faire de... Enfin... Je vous ai appelée pour vous demander...

Elle pleurait, maintenant. Cette vieille dame si charmante que j'avais rencontrée l'été dernier.

– Madame Matthews, vous allez bien ?

Question saugrenue. Je me tournai à nouveau vers Tom. Il regardait par la fenêtre, terrassé.

– Oui, je vais bien.

Elle fit un grand effort sur elle-même.

– Je ne sais que vous dire. Son père est enterré au Nouveau-Mexique où nous avons vécu, et son frère est enterré à Washington. Il a été tué au Vietnam.

– Voulez-vous que je le fasse transporter à Denver, madame Matthews ?

– Non. Ça ne servirait à rien. Ma fille habite Fresno. Je pense qu'il vaut mieux le laisser à San Francisco. J'arrive demain par avion. Il faut que j'appelle sa sœur d'abord.

– Vous pouvez vous installer chez moi. A la maison...

Dans sa maison, dans notre maison... Mais savait-elle que nous vivions ensemble ? Cela n'avait plus d'importance maintenant.

– Non, j'irai à l'hôtel avec ma fille.

– J'irai vous chercher à l'aéroport. Vous n'aurez qu'à m'appeler pour me dire votre heure d'arrivée.

– Ne vous donnez pas cette peine.

– J'y tiens, madame Matthews... Je suis tellement, tellement désolée...

Ma voix se brisa.

– Je sais, ma chère enfant, répondit-elle, en larmes.

Nous raccrochâmes.

Tom Bardi me tendit une tasse de café. Il était froid.

– On ferait mieux d'y aller.

Je me dirigeai vers la porte.

– Oh, je voudrais passer un autre appel. S'il vous plaît...

Peg. Il fallait que j'appelle Peg. Vers qui d'autre pouvais-je me tourner ? Qui m'avait vue souffrir, me battre pour survivre durant toutes ces années ? Peg.

Je l'appelai à son bureau.

– Mlle Richards, s'il vous plaît.

– Un moment... Bureau de Mlle Richards, oui ?

– J'aimerais lui parler.

– Je suis désolée. Mlle Richards est en réunion.

– Prévenez-la. Dites-lui que c'est Gillian Forrester. Elle s'interrompra.

– Bon, je vais voir. Ne quittez pas.

Je savais que Peg viendrait. Ce qui ne manqua pas.

– Gillian, qu'est-ce qui se passe ? Je suis en réunion.

– Je sais. Peg... Il est mort.

Je m'effondrai à nouveau.

– Quand ?

– Ce matin... un accident... Traumatisme crânien.

Je pouvais à peine parler.

– Je prends l'avion de huit heures ce soir. Je pourrai au moins passer le week-end avec toi. Tu tiens le coup ?

– Non.

– Alors, c'est bien entendu : il faut tenir jusqu'à ce que Tante Peg arrive, après tu te laisseras aller. Je serai là ce soir. Je calculai rapidement qu'avec le décalage horaire, Peg serait là dès vingt-deux heures.

– Ne viens pas me chercher. Je prendrai un taxi. C'est toujours la même adresse ?

– Oui.
– Tu as besoin de quelque chose ?
– Seulement de toi. Oh, Peg, merci. Merci.
– Faut que j'y aille. Essaie de te calmer. Ecoute, est-ce que tu as du Librium ou quelque chose dans ce style ?
– Oui. Mais je ne veux pas en prendre.
– Prends-en. Tu fais ce que te dit tante Peg et tu en prends un.

Je savais que je ne le ferais pas.
– D'accord. Merci encore... Au revoir.

Tom Bardi commençait à s'impatienter.
– Allons-y.

Il parut soulagé. Je pense qu'il craignait que je me mette à appeler toutes mes connaissances et que je le laisse attendre là, interminablement.

CHAPITRE 33

Nous roulâmes vers Oakland en silence. Je n'avais rien à dire, et j'étais reconnaissante à Tom de ne pas essayer d'engager la conversation. Il se contentait de conduire. Très vite. Je regardais le paysage, l'esprit vide, incapable de pleurer et même de penser. J'étais dans la voiture de Chris, avec un homme du nom de Tom Bardi que je voyais aujourd'hui pour la première fois. C'était étrange, si étrange que cela ne m'étonnait même pas. La voiture ralentit brusquement et je m'aperçus que nous étions dans le parking de l'hôpital Sainte-Marie. Tom me précéda vers l'entrée des urgences.

A l'intérieur, se trouvait un groupe de jeunes. Ils semblaient atterrés et se serraient les uns contre les autres, comme pour se tenir chaud. Je reconnus l'équipe des cameramen.

Tom me conduisit jusqu'à l'accueil et murmura quelque chose à l'infirmière de service.

Elle me regarda et me demanda :

– Madame Matthews ?

– Oui.

Je mentais parce que je savais qu'elle ne comprendrait pas la vérité et qu'il me serait trop pénible de devoir m'expliquer.

– Voulez-vous me suivre, s'il vous plaît ?

Elle me conduisit dans une petite pièce. Au-dessus de la porte, j'aperçus une lumière rouge et un panneau : « Défense d'entrer. » Chris était là, habillé comme il l'était le matin, étendu de tout son long sur un brancard, l'air paisible. Il y avait un peu de sable sur son visage, mais aucune trace de blessure. Ils se trompaient. Il n'était pas mort; il dormait simplement. J'enlevai doucement les grains de sable et caressai ses cheveux. Je me penchai pour l'embrasser, et d'horribles hoquets me secouèrent. J'approchai mon visage du sien et le serrai contre moi. J'eus alors une sensation étrange; je ne reconnaissais plus le grain de sa peau. Ce n'était plus Chris. C'était le cadavre de Christopher Caldwell Matthews.

L'infirmière était restée dans le coin de la pièce, à m'observer, mais je m'en fichais. J'avais oublié jusqu'à sa présence. Elle s'approcha doucement, me saisit par le coude et me ramena très professionnellement vers la porte. Je marchais, la tête tournée vers Chris, m'attendant à le voir bouger, se lever, ouvrir les yeux, me faire un clin d'œil. Il m'avait joué encore un de ses sales tours, tout comme Tom Bardi. Je vous le dis, madame l'infirmière, il est tout simplement en train de vous faire marcher...

Elle me reconduisit jusqu'au bureau d'accueil.

– Voudriez-vous signer ceci... et ceci, s'il vous plaît.

Elle me tendit un feutre. Je signai deux fois Gillian Forrester, puis me détournai, ne sachant où aller. Je lui demandai ce qu'il fallait que je fasse.

– Avez-vous appelé un établissement de pompes funèbres ?

– Non, pas encore.

Il n'était même pas encore froid...

– Vous avez une cabine téléphonique à l'autre bout du hall. Consultez les pages jaunes de l'annuaire, ça vous donnera des idées.

C'est cela, consulter les pages jaunes... Hobson... Hobson... C'était le premier... Les établissements Hobson « prennent soin de vos chers disparus »... Je connaissais l'homme qui avait créé ce slogan publicitaire. J'appelai.

– Maison Hobson, répondit une voix mielleuse.

– Je suis Mme Forrester. Ce serait pour...

– Certainement, un instant s'il vous plaît.

– Oui ? me demanda une voix aiguë.

Ce devait être un homosexuel. J'en eus la confirmation lorsque je le vis plus tard, arborant un sourire affecté et un costume noir très étroit.

Je lui racontai l'histoire. Il me dit qu'il n'y avait aucun problème : une des voitures viendrait chercher M. Matthews à trois heures.

– Et pourrions-nous nous voir vers trois heures et demie, madame Forrester, pour régler tous les détails ?

– Entendu.

– Vous êtes la sœur de la personne décédée ?

– Non, sa femme.

– Excusez-moi. J'avais compris « Forrester».

– Vous ne vous êtes pas trompé. Je vais dire à l'hôpital que vous viendrez chercher M. Matthews à trois heures.

Je me fichais de ce qu'il pouvait penser. J'étais la femme de Chris, mariée ou non.

Je prévins l'infirmière puis rejoignis Tom, que je mis au courant.

– Voulez-vous retourner en ville ? Je vais vous y conduire. Quelqu'un se chargera de ma voiture.

– Non. Je vais attendre. Mais vous pouvez partir si vous voulez. Vous n'avez aucune raison de rester.

– Je reste, répondit-il, décidé.

Je lui en fus reconnaissante.

– Voulez-vous vous étendre ?

– Non, ça va bien.

– C'est sûr ?

– Absolument, merci.

Je fis un effort pour sourire. Il s'avança vers l'équipe de tournage, qui se tenait toujours dans le hall, et leur parla à voix basse. Ils se retournèrent rapidement pour me regarder puis échangèrent des poignées de main avec Tom. Avant qu'ils s'en aillent, je vis Tom donner les clés de sa voiture à l'un d'eux.

– Tom, je pourrai repartir dans la voiture de Hobson, vous savez. Je le supporterai.

– Il n'en est pas question. Vous croyez que Chris aurait apprécié, dans l'état où vous êtes ?

– D'accord.

– Venez, je vais vous emmener manger un hamburger.

– Non, je ne pourrai pas...

Mon cœur se soulevait déjà.

– Eh bien, vous boirez une tasse de café. Venez.

Nous nous assîmes à une table et le temps passa. Nous n'échangeâmes pas plus d'une dizaine de mots. Cet ami de Chris, que je ne connaissais pas la veille encore, était devenu pour l'instant mon ami le plus cher. J'avais besoin de sa présence et je m'accrochais à lui, malgré mon silence.

La voiture de chez Hobson arriva enfin. C'était un long véhicule marron. Un corbillard. Un corbillard pour Chris. Chris fut transporté sur une étroite civière de métal, recouvert d'une sorte de bâche verte et maintenu par des courroies. Ils le glissèrent à l'arrière du corbillard et refermèrent la portière. Le chauffeur se tourna vers moi.

– Bon, vous me suivez ou on se retrouve là-bas ?

– On vous suit.

Je pris la décision sans même consulter Tom. Mais je me rendis compte tout à coup que je n'avais pas cessé d'étreindre sa main depuis le moment où Chris était apparu sur la civière. J'avais enfoncé mes ongles dans sa chair et il n'avait rien dit. Je crois même qu'il ne s'en était pas aperçu.

Je montai à côté de Tom dans la voiture de Chris. Le moteur démarrait difficilement. Je lui dis machinalement, comme le faisait toujours Chris, de vérifier le starter, et tout à coup, assaillie par le souvenir, je m'effondrai et me mis à sangloter.

– On peut y aller ?

Le chauffeur du corbillard s'impatientait. Tom me regarda. Je me laissai tomber sur le siège, regrettant un instant de ne pas avoir pris du Librium, comme me l'avait ordonné Peg. Non. Je voulais m'en sortir toute seule, sans médicament. Heureusement, Tom était là.

CHAPITRE 34

Chez Hobson, on me conduisit dans un petit bureau meublé en faux Louis XV. Tom attendait dehors. L'homme dont j'avais entendu la voix au téléphone entra. Je l'avais déjà aperçu dans le couloir.

– Je suis M. Ferrari. Madame Forrester, je présume ?

– Oui.

– Dites-moi... Quand est prévu l'enterrement ?

– Je ne sais pas encore.

– Naturellement... Nous allons conduire M. Matthews dans une pièce spéciale que je vous montrerai dès que nous aurons fait les papiers. Ensuite, je vous présenterai notre cosméticien, puis nous descendrons voir les cercueils. Après, vous n'aurez plus à vous occuper de rien. Voyons, nous sommes vendredi, donc je pense que l'enterrement aura lieu dimanche, ou peut-être lundi ?

Grand sourire de crocodile et petite tape d'encouragement... Oh ! enlevez vos sales mains de là... Il me faisait l'article comme pour me vendre une croisière sur un paquebot de luxe.

– A propos, madame Forrester, pourrez-vous passer ce soir pour me porter un costume appartenant à M. Matthews ? Et des chaussures aussi.

Un costume. Je n'étais même pas sûre que Chris en eût un.

– Pour quoi faire ?

L'homme sembla offusqué au-delà de tout.

– Pour l'arranger...

Et encore ce sourire où se lisait sa commisération pour ma si grande stupidité.

– L'arranger ? Ah, oui, dans le cer... Ce n'est pas nécessaire. Il sera fermé de toute façon. Il peut garder ce qu'il a.

– Il porte un costume ?

– Non, monsieur Ferrari, il ne porte pas de costume. Il n'a pas de costume et j'aime comme il est habillé.

Je commençais à me ressaisir.

– Il faut que je règle plusieurs détails avec sa mère. Elle arrive ce soir.

– De la côte Est ?

– Non, de Denver.

« Ne vous en faites pas, monsieur Ferrari, vous serez payé... »

Il me sourit, certain que la mère de M. Matthews serait d'accord au sujet du costume. Peut-être. Elle était sa mère, après tout.

– Pouvons-nous descendre maintenant et regarder les cercueils ?

Nous sortîmes du bureau et je vis Tom qui attendait toujours. Sa présence me rassurait.

– Nous ne serons pas longs, dis-je à Tom.

M. Ferrari parut offusqué. Il avait manifestement l'intention de me faire son grand numéro.

Sans savoir pourquoi, je me demandai tout à coup dans l'ascenseur de quoi je devais avoir l'air avec mon jean, mes sandales et le vieux pull de Chris. Mais c'était aussi bien. Peut-être la note serait-elle moins élevée ; je ne savais pas quels étaient les moyens financiers de Mme Matthews. Je pouvais payer avec mes économies, mais une telle dépense me laisserait pratiquement sans rien. Les enterrements peuvent coûter des milliers de dollars.

M. Ferrari ouvrit une porte qui donnait sur une pièce remplie de cercueils, disposés comme des voitures dans un hall d'exposition, en rond et sur des plates-formes. Certains portaient des crucifix, d'autres des ornements divers, d'autres encore étaient tapissés de satin, de velours ou de moire.

Je vis que M. Ferrari allait se lancer dans un grand discours. Le vendeur de voitures dans toute sa splendeur.

– Je prends celui-ci.

– Celui-ci ?

– Celui-ci.

– Très bien, mais je peux vous montrer un...

– Non. Combien coûte-t-il ?

Il consulta sa liste.

– Trois cent vingt-cinq dollars.

– Parfait.

Je tournai les talons et rappelai l'ascenseur avant même que M. Ferrari ait pu reprendre sa respiration ou même me rejoindre. Une fois en haut, je lui serrai la main, prête à m'en aller.

– M. Matthews sera prêt à sept heures ce soir. Vous n'avez même pas vu la salle...

– Je suis certaine que c'est très bien, monsieur Ferrari.

J'étais épuisée, je voulais m'en aller.

– Vous êtes bien sûr pour le costume ?

– Tout à fait. Merci.

Je m'éloignai, suivie de Tom.

Une fois dehors, il me regarda.

– Ça va bien ?

– Beaucoup mieux. Allons chercher Sam.

Je lui donnai l'adresse de l'école. Il était presque quatre heures et demie et j'avais peur qu'elle commence à s'inquiéter.

Je trouvai Sam, parfaitement heureuse, en train de dessiner dans l'un des bureaux des inscriptions.

– Où tu étais ?

– J'avais des choses à faire. Allons, chérie, il est temps de rentrer.

Elle prit sa veste et se dirigea vers la porte, non sans avoir roulé ses dessins qu'elle emporta. Une fois qu'elle fut dehors, la dame qui l'avait gardée fit le tour du bureau et me serra la main.

– Je suis vraiment désolée, madame Forrester.

– Merci.

Il allait falloir que je m'habitue. Beaucoup de gens allaient être « désolés » durant les jours à venir.

Tom nous attendait dans la voiture.

– Qui c'est, Maman ?

– Un ami d'Oncle Chris.

– Oh !

Tom et elle bavardèrent durant le trajet, ce qui me permit de me reposer un peu. J'étais si fatiguée que mon esprit était engourdi.

– Tom, je voudrais m'arrêter chez un fleuriste avant de rentrer. Il y en a un en haut de notre rue. Vous avez le temps ?

– Bien sûr.

– Pourquoi tu veux acheter des fleurs, Maman ? Il y en a déjà à la maison.

– Je souhaite en envoyer à quelqu'un.

Il faudrait bien arriver à lui dire quelque chose. Je ne savais quand ni de quelle façon, mais c'était inévitable.

Chez le fleuriste, je commandai pour deux cents dollars de fleurs des champs multicolores, que je demandai de faire porter chez Hobson à sept heures. Je ne pouvais supporter l'idée de glaïeuls blancs ou saumon. Pas pour Chris.

Lorsque je revins, Sam et Tom étaient en train de chahuter dans la voiture. Je les contemplai un instant et souris faiblement : Tom avait été formidable.

Il nous ramena à la maison et me demanda si je préférais qu'il reste.

– Non. Ce n'est pas la peine. Ça va bien. Mais je vais vous préparer à dîner.

– Non. Je vais rentrer.

– Voulez-vous que je vous ramène ?
– Inutile. J'habite tout près. Je rentrerai à pied. Avant, je vais garer votre voiture.

Il revint ensuite et resta sur le pas de la porte, sans mot dire, l'air aussi harassé que moi.

– Tom... Je ne sais comment vous le dire, mais... merci... vous avez été vraiment merveilleux.

Ma gorge se serra et je dus retenir un sanglot.

– Vous aussi, Gillian, vous aussi.

Il m'embrassa sur la joue, ébouriffa les cheveux de Sam et partit, tête baissée. Je crois qu'il pleurait, tout comme moi.

– Pourquoi tu pleures, Maman ? Tu as mal ?
– Oui, un peu.
– Bon alors je vais te soigner et tu iras mieux.
– Merci, chérie.

Nous montâmes l'escalier, main dans la main. Nous étions de nouveau seules au monde.

Mme Matthews m'appela pendant que Sam était en train de dîner. Elle m'annonça qu'elle arrivait à neuf heures et insista pour que je ne vienne pas à l'aéroport, mais j'insistai. Pour faire garder Sam, je téléphonai à la seule voisine que je connaissais, qui accepta aussitôt. Elle ajouta :

– A propos, Gillian, j'ai su la nouvelle à la radio. Je suis vraiment désolée...

« Désolée, tellement désolée. » Une fois de plus...

– Merci, madame Jaeger, merci.

Sam fut adorable ; elle prit son bain, dîna et alla se coucher sans faire d'histoire. Elle réclama Chris une fois, mais je détournai la conversation. Je ne voulais pas qu'elle associe sa disparition au chagrin dont elle allait être témoin, les jours suivants. Il valait mieux attendre le moment où je ne pourrais plus faire autrement.

Mme Jaeger arriva à huit heures et je partis pour l'aéroport. J'avais pris soin de me changer et de mettre une tenue sobre et noire. Mon jean et le pull de Chris gisaient sur notre lit, toujours défait, à côté de la robe grise.

CHAPITRE 35

Une fois à l'aéroport, j'attendis l'arrivée de l'avion en cherchant des yeux une personne qui puisse être Jane, la sœur de Chris, mais personne ne correspondait à l'idée que je m'étais faite de son aspect physique. Je me mis à contempler la piste d'atterrissage.

« Arrivée du vol 402 de la compagnie United Airlines, en provenance de Denver. Les passagers sont attendus à la porte 3... Arrivée du vol 402... »

Je la reconnus tout de suite parmi les premiers passagers. C'était une petite femme avec des cheveux gris, qui avait dû être jolie. Dans son tailleur noir très strict, elle passa à côté de moi sans me voir. Je crois qu'elle ne me reconnut pas tout de suite.

– Madame Matthews ?

– Gillian ?

– Oui, c'est moi.

– Merci d'être venue. Il ne fallait pas, vous savez.

Tandis que je la rassurais, je notai qu'elle regardait par-dessus mon épaule.

– Où est Jane ? Elle m'a dit qu'on se retrouverait ici, pourtant...

Tout à coup, je la vis agiter la main et aperçus une jeune femme, très élancée, qui venait à notre rencontre. Je fus frappée de sa ressemblance avec Chris. Même démarche, même allure et mêmes yeux. J'étais horrifiée et fascinée tout à la fois. Elle se précipita dans les bras de sa mère, qu'elle étreignit un long moment. Je regrettais d'être venue. Je n'avais rien à faire là, avec elles. Elles avaient besoin l'une de l'autre, et moi, j'étais une étrangère. Je reculai, gênée, me demandant ce que j'allais dire à Jane. « Je suis désolée ? » Non, pas moi. Pas moi aussi. Tandis que je la regardais de nouveau, encore fascinée par la ressemblance, elle s'avança vers moi et me prit dans ses bras.

– Je sais, Gillian, je sais... Je ne vous dirai pas que je suis désolée. Je me doute de votre état. Chris m'a écrit la semaine dernière.

– Ah bon ? Il ne m'en a rien dit.

– Il est toujours comme ça. Maman, nous devrions aller chercher tes bagages.

Nous nous dirigeâmes lentement vers l'escalator et nous récupérâmes les valises de Mme Matthews. En arrivant devant la voiture, je m'excusai :

– La voiture n'est pas très spacieuse. Chris... enfin... je... nous l'aimions.

Il y eut un silence embarrassé.

Nous parlâmes très peu durant le trajet. De temps à autre, comme si nous sentions au même moment la nécessité de rompre le silence, nous commencions à parler toutes les trois ensemble, ce qui provoquait quelques rires nerveux. Nous parlâmes de San Francisco, du temps qu'il faisait à Denver, du voyage en avion, de tout enfin sauf de Chris et de l'accident.

– Quand devez-vous accoucher, Gillian ? me demanda Jane.

– Pas avant deux mois. Vous avez trois enfants, je crois ?

Jane acquiesça. Quant à moi, j'évitais le regard de Mme Matthews, espérant qu'elle n'avait rien entendu. Nous oublions souvent, lorsque nous discutons librement entre amies que ces mêmes amies ont des parents ; Christopher Caldwell Matthews avait une mère qui pouvait ne pas apprécier du tout les enfants illégitimes. Chris n'y avait pas songé, lui non plus, et je pouvais m'attendre à une réaction horrifiée de la part de sa mère. Je me risquai à lui jeter un coup d'œil rapide, accompagné d'un sourire un peu tendu. Je ne l'avais rencontrée qu'une seule fois, après tout.

Elle me regarda, aussi gênée que moi, de ses grands yeux tristes, et je la vis sourire imperceptiblement.

– J'espère que vous ne m'en voudrez pas si je vous dis que... que je suis très heureuse. Mon autre fils n'était pas marié, lui non plus, et Chris...

Elle s'interrompit. J'eus envie de l'embrasser mais je me contentai de la regarder droit dans les yeux, avec un franc sourire cette fois.

– Est-ce que vous voulez que nous passions... là-bas... avant de rentrer ?

– Non, Maman, pourquoi ne pas attendre demain ? Allons directement à l'hôtel.

– Non. Je veux y aller ce soir, Jane. Je veux le voir...

Là encore, elle ne put terminer sa phrase.

– Eh bien, madame Matthews, voyez-vous, je... j'ai fait fermer le... Mais cela pourra être modifié, si vous le désirez.

– Oh ! Est-ce qu'il est... ? Il est donc très... ?

Je la coupai, ne pouvant supporter la suite.

– Non. Il est... très bien.

Je voulais dire « beau » mais je n'y parvins pas. C'était vrai, pourtant qu'il était magnifique, le bel enfant endormi et serein que j'avais contemplé si souvent.

– Je crois que Gillian a eu raison, Maman. C'est très bien comme ça.

Mme Matthews se contenta d'opiner.

La conversation cessa. Il n'y avait plus rien à dire. Nous restâmes silencieuses, plongées dans nos pensées, jusqu'à notre arrivée devant la maison Hobson.

Une jeune fille très pâle – un fantôme peut-être – était assise derrière un bureau dans le couloir et

M. Ferrari discutait avec un petit groupe de personnes. Il leva les yeux à notre arrivée et opina rapidement, visiblement satisfait que j'aie changé de tenue. Je m'avançai vers le bureau et demandai d'une voix rauque :

– M. Matthews, je vous prie. Où est-ce ?

– Par ici, s'il vous plaît.

Nous passâmes devant de nombreuses pièces. Je n'osais pas regarder par les portes ouvertes, de peur de voir un cadavre, ce que je redoutais par-dessus tout. La secrétaire s'arrêta devant la dernière porte et nous fit entrer. Je vis la sombre boîte en bois que j'avais choisie l'après-midi même et les fleurs que j'avais achetées. Elles étaient superbes. Des rouges, des jaunes et des bleues. Je fus frappée de leur gaieté et de leur vie. Elles n'avaient rien de mortuaire, elles étaient exactement comme je les avais voulues.

Deux immenses candélabres étaient placés de chaque côté du cercueil. Il y avait également un prie-Dieu et quelques sièges le long du mur. L'éclairage était faible et l'atmosphère solennelle, comme dans une église. Ce n'était pas un endroit qui convenait à Chris. Il me semblait l'entendre s'exclamer :

– Bon Dieu, Gill, mais qu'est-ce que c'est que ça ?

Mais il devait en être ainsi. Sa mère sembla satisfaite de ce cérémonial.

– Les fleurs sont magnifiques, Gill. C'est vous qui avez eu l'idée ?

J'acquiesçai. Elle se dirigea vers le cercueil et Jane me serra le bras. Mme Matthews s'agenouilla sur le prie-Dieu et nous restâmes immobiles, contemplant cette femme qui avait perdu deux fils et un mari.

Elle se releva au bout d'un moment et Jane prit sa place, tandis que Mme Matthews allait s'asseoir sur un des sièges sans relever la tête. Je n'eus pas le courage de la regarder plus longtemps. Je ne m'en sentais pas capable.

Jane se releva à son tour, nous rejoignit et fit lever sa mère.

– Allons, Maman, la journée a été longue et j'ai dit à l'hôtel que nous arriverions à dix heures.

Je demandai à Jane où elles étaient descendues.

– A l'hôtel *Sir Francis Drake*.

– Je vais vous y conduire.

Dans la voiture, Jane parla de choses et d'autres. De temps en temps, elle posait la main sur l'épaule de sa mère et lui pressait le bras.

– Madame Matthews, je suis désolée de vous parler de ça maintenant mais quel jour aura lieu... l'enterrement ?

Voilà. J'y étais arrivée.

– Dimanche, ce sera trop tôt ?

– Non, je ne crois pas. Ce serait mieux ainsi. Faut-il une cérémonie religieuse ? Je suis désolée de vous harceler ainsi... Mais ils veulent savoir... Chez Hobson, je veux dire...

– Les salauds ! s'exclama Jane.

Je crus entendre Chris.

– Voyons, Jane ! Ils font leur travail, comme les autres.

Nous ne répliquâmes pas, Jane et moi, mais nous pensions la même chose.

– Est-ce que Chris allait encore à l'église ?

– Pas très souvent.

Il valait mieux mentir un peu plutôt que de répondre « jamais ».

– Je suis presbytérienne et son père était méthodiste. Je ne crois pas que Christopher penchait pour l'une ou l'autre de ces religions.

– Ecoutez, il y a une jolie petite église presbytérienne à côté de chez nous. J'irai voir le pasteur demain matin.

– Pourrai-je vous accompagner ?

– Bien sûr. Excusez-moi, je ne voulais pas vous en empêcher. Je pensais seulement...

– Gillian, vous avez été merveilleuse. Ne vous faites pas de souci.

– Je viendrai vous chercher demain matin et nous irons le voir ensemble.

Je crus entendre Jane grincer des dents sur le siège arrière. Elle ressemblait vraiment à Chris. Un enterrement religieux pour Chris ! Mais ce n'était pas pour lui ; c'était pour sa mère et pour nous. Il est vrai que les cérémonies funéraires sont plus faites pour consoler les vivants que pour célébrer les morts.

Devant l'hôtel, nous nous étreignîmes encore. Je vis disparaître dans le couloir la grande jeune femme blonde dont la démarche me rappelait tant celle de Chris, accompagnée de sa mère, petite femme vêtue de noir.

Je consultai ma montre et décidai de retourner chez Hobson. Je voulais me retrouver seule avec Chris pendant quelques instants. Mme Jaeger ne m'en voudrait certainement pas de la faire attendre un peu. Elle comprendrait.

Je me garai, entrai et constatai avec soulagement que M. Ferrari était parti. La même jeune fille au teint diaphane était à son bureau, en train de boire un café. Je me demandai, en passant devant elle, comment elle parvenait à travailler dans un tel établissement. Je ne connaissais que l'atmosphère bruyante et chaude des salles de rédaction. Ici, la mort était partout présente.

Je pénétrai avec précaution dans la salle où se trouvait Chris. Je m'assis sur une des chaises et restai immobile, les yeux clos, recueillie. Je songeai à mille petites choses, à des instants passés, à des mots, à des riens... Quinze heures plus tôt, Chris descendait joyeusement les marches de la maison, et maintenant, je me retrouvais dans cette pièce silencieuse, remplie de fleurs, où Chris reposait... Peut-être, si je retenais ma respiration, fermais les yeux et comptais jusqu'à 712, tout se dissiperait-il et me réveillerais-je enfin. Mais non. Je m'étranglai et rouvris les yeux. Rien n'avait changé. Simplement, je suffoquais et je sentais mon enfant réagir violemment dans mon ventre.

Je me levai et allai m'agenouiller sur le prie-Dieu, près du visage de Chris que je ne voyais pas. Des larmes roulèrent lentement sur mes joues. Je crois que je priai, mais je n'en suis pas sûre. Puis je me levai et partis. J'aurais voulu sentir Chris présent à mes côtés, mais je n'éprouvais rien. Chris était bel et bien enfermé dans cette boîte. Il était parti et j'étais seule. Sur le parking, il n'y avait plus que sa voiture. Je démarrai et regagnai Sacramento Street. Il était presque minuit, le brouillard était tombé et j'étais un peu ennuyée d'avoir fait attendre Mme Jaeger si longtemps. J'ouvris la porte d'entrée, laissai mon manteau sur une chaise et me dirigeai vers la cuisine, pensant la trouver. La lumière était allumée.

– Madame Jaeger ?... Madame Jaeger ?

Sam s'était peut-être réveillée. Je montai l'escalier et, en arrivant sur le palier, je vis que la lumière de notre chambre était allumée. Par la porte entre-bâillée, j'aperçus Peg, occupée à faire le lit.

– Oh, Peg, tu es merveilleuse !

J'éclatai en sanglots.

– Ne dis rien. Tu vas te mettre au lit. Assieds-toi là. Je vais t'aider.

– Tu dois être épuisée, avec le décalage horaire.

– Allons, pas de salades !

– Mon Dieu, Peg, que deviendrais-je sans toi ?

– Tais-toi, là n'est pas le problème.

– Et Mme Jaeger ?

– Elle est partie avant que tu arrives. Je ne sais pas si elle m'a vraiment crue, mais je lui ai fait tant de discours en la poussant vers la porte qu'elle a fini par s'en aller. Où étais-tu ?

– Je suis allée chercher Mme Matthews à l'aéroport, on a filé chez Hobson et après à l'hôtel, et puis je... je suis retournée chez Hobson.

– Tu es retournée chez Hobson ? Tu ne me feras pas croire que c'est l'endroit le plus amusant de San Francisco, quand même ! Qu'est-ce que tu essaies de faire ? De te tuer et ton enfant avec ?

– Absolument, je veux dire... non... Ecoute, Hobson n'est pas un endroit amusant et je n'essaie pas de me tuer, ni le bébé. Il fallait bien, Peg, que j'emmène sa mère...

– Elle est seule ?

– Non, la sœur de Chris est là... mais je tenais à l'accompagner.

– Bon, ça va. Qu'est-ce que tu dirais d'un chocolat chaud ? Je t'ai apporté des médicaments de New York.

– Qu'est-ce que c'est ?

– Des calmants. J'ai appelé ton gynécologue, qui m'a donné une ordonnance.

– Peg...

– Est-ce que tu as pris du Librium aujourd'hui ?

– Eh bien, à la vérité...

– Je m'en doutais.

Je parcourus la chambre du regard. Rien n'avait changé de place, mais Peg avait fait un peu de rangement et il n'y avait plus rien sur le lit. La robe grise était sur un cintre, accrochée à la porte de l'armoire.

– Peg, est-ce que tu peux ranger ça, s'il te plaît ? Je ne veux pas le voir.

– Bien sûr.

La robe disparut immédiatement.

– L'enterrement est dimanche, comme ça tu pourras être au bureau lundi.

– Tu veux te débarrasser de moi, ou quoi ? Je leur ai dit que je partais pour une semaine.

Peg, Peg, incroyable Peg qui m'avait soutenue la première fois que je m'étais saoulée et qui toujours, toujours, avait été là. Elle était venue, une fois encore, et avait parcouru cinq mille kilomètres pour être à mes côtés et faire mon lit avant que j'arrive. J'étais sa malade et elle, mon infirmière, venue spécialement pour moi de New York. Je savais très bien que Chris n'aurait pu comprendre une telle amitié, mais je remerciais Dieu de m'avoir donné Peg. Il n'y en avait qu'une comme elle au monde, et j'avais eu la chance d'aller à l'école avec elle.

Elle me donna mon médicament et ma tasse de chocolat. Je restai silencieuse, songeant à Chris.

– Peg...

– Essaie de ne pas parler. Dis-moi simplement où tu veux que je dorme. Dans la chambre de Sam, c'est possible ?

– Tu dors ici, Peg. Moi, je dors dans la chambre de Sam.

– Pas question. Si tu mets un pied par terre, je t'assène mon fameux crochet gauche.

– Le même qui a failli te faire renvoyer de l'école ?

– Le même !

Et nous nous mîmes à rire.

– Peg ?

– Oui ?

– Tu sais... je...

– Je sais...

Elle éteignit la lumière et emporta la tasse vide. Je sentais le sommeil me gagner. Pendant un instant, je fis un effort pour rester éveillée, songeant à cette ombre qui se tenait près de moi et qui ressemblait tant à Peg Richards. Mais non. Peg était à New York... Ce devait être Chris... Il faudrait le lui dire demain matin... Il trouverait ça très amusant...

CHAPITRE 36

Le soleil entrait à flots dans ma chambre et j'entendais des voix à l'étage au-dessous... Quelle heure est-il ? Midi moins le quart. Je m'élançai hors du lit et appelai depuis le palier :

– Chris ?... Sam ?... Pourquoi m'avez-vous laissée dormir si tard ? Aujourd'hui, c'est... Oh non, mon Dieu, non...

Je m'arrêtai sur la première marche et m'y assis, la tête cachée dans mes mains. Peg monta l'escalier en courant, suivie de Sam, et m'obligea doucement à me lever. Elle me reconduisit à ma chambre.

– Qu'est-ce qu'elle a, Maman, Tante Peg ?

– Elle est seulement très fatiguée, Sam. Pourquoi ne retournes-tu pas en bas comme une grande fille ? Tu pourrais mettre la vaisselle sale dans l'évier... Tu es très gentille.

Sam descendit bruyamment l'escalier. Peg me fit asseoir sur le bord du lit et s'installa à côté de moi, un bras passé autour de mes épaules. Je me mis à sangloter et à trembler.

Nous restâmes ainsi jusqu'à ce que Sam revienne, l'air intriguée et quelque peu soucieuse. Je la regardai et essayai de sourire, ce qui me fit pleurer davantage.

– Oh, Peg... Je ne peux pas m'arrêter... Je ne peux pas...

– Ne t'en fais pas, Gill. Ça va aller. Va te passer de l'eau sur la figure.

– Je devais appeler Mme Matthews. Il faut aller voir le pasteur.

– Jane a appelé. Sa mère et elle arriveront à une heure.

– J'irai les chercher.

– Non. Elles peuvent prendre un taxi. Arrête de te conduire en héros. Deviens égoïste, Gill, pense au bébé. Tu as aimé cet homme, aussi prends soin de son enfant.

C'était difficile à avaler, saisissant comme une douche froide, mais Peg avait raison.

– Peg, je ne veux plus prendre de tranquillisants, je t'en prie...

– On verra. Ecoute, tu as eu de nombreux appels. Un type qui s'appelle Tom Bardi. Il voulait savoir s'il pouvait être utile à quelque chose. Je lui ai dit qu'on lui ferait signe. Et Hilary Price. Et Gordon Harte... Et... attends, ah oui ! John Templeton... Et...

– Comment ont-ils su ?

Je regardai Peg et compris.

– Tu les as appelés ?

– Simplement Gordon et John Templeton, avant d'arriver ici. Ta mère a appelé. Je pense que Gordon a dû la joindre par téléphone.

– Je ne veux parler à personne, je t'en prie... Je dois appeler le pasteur. Où est passé ce foutu annuaire ?

Je me mis à quatre pattes sous le lit lorsque le téléphone se mit à sonner. Je sursautai et fis signe à Peg de répondre. Elle écouta un instant.

– Je vais voir si elle est là.

Elle me regarda et je lui fis signe que je ne voulais pas prendre l'appel. Elle boucha le récepteur et murmura :

– C'est Gordon. Tu ne veux pas lui parler ?

Je commençai à dire non lorsqu'un coup d'œil de Peg me décida à prendre le téléphone.

Peg et Sam sortirent de la chambre.

– Allô... Oui, c'est moi... Gordon ? Allô... Merci d'appeler... Peg m'a dit que... Comment ?

– J'ai dit que j'aimerais venir un jour ou deux, si je peux me rendre utile.

– Non... non... Gordon, merci beaucoup, mais je préférerais que tu ne viennes pas. Ce ne serait pas... Bref, je ne pense pas que ce soit une bonne idée.

– Comment te sens-tu, Gill ?

– Je ne sais pas... vraiment... Aujourd'hui, ce devait être le jour de notre...

Je me remis à pleurer. Gordon essayait de me parler.

– Je ne sais que te dire. Je suis tellement désolé, Gill...

C'était parti. Le tour de Gordon, maintenant.

– Je sais, je sais...

– Gillian, il est trop tôt, bien sûr, pour que tu y aies pensé, mais pourquoi ne pas retourner à New York avec Peg ? Il n'y a personne pour s'occuper de toi à San Francisco.

– Non, je reste.

C'est ce que j'avais dit de plus énergique depuis deux jours, excepté ma passe d'armes avec M. Ferrari. Et c'était beaucoup plus important pour moi que l'histoire du costume. Personne n'allait me faire partir d'ici. Ni maintenant ni plus tard. NON.

– Bon, mais n'oublie pas ma proposition, penses-y. Tu es sûre que tu n'as pas besoin de moi ?

– Non... oui. Je te préviendrai en cas de besoin. Il n'y a rien d'autre à faire. C'est...

Je me remis à pleurer.

– ... Je ne peux plus parler... Merci d'avoir appelé. Merci pour tout.

– Gillian, nous sommes de tout cœur avec toi. Sache-le bien...

J'acquiesçai en sanglotant et raccrochai avant que Gordon ait fini sa phrase.

J'appelai le pasteur et, dès l'arrivée de Jane et de Mme Matthews, nous allâmes à l'église pour tout régler. La cérémonie aurait lieu à deux heures et demie de l'après-midi. Ce ne pouvait être plus tôt à cause des offices du dimanche. Je crois que le pasteur avait aussi besoin de déjeuner, ou quelque chose de cet ordre.

Après l'entretien, nous restâmes devant l'église, ne sachant que faire ; l'heure du déjeuner était passée depuis longtemps.

– Retournons à la maison, proposai-je.

– Pour moi, répondit Mme Matthews, j'aimerais bien retourner chez Hobson, Gillian.

Comme Jane et Peg ne disaient rien, je proposai de rentrer chercher la voiture. Nous marchâmes doucement vers la maison, Jane et Peg nous suivant en parlant à voix basse, Mme Matthews et moi discutant de passages de la Bible pour la cérémonie.

Notre chagrin nous liait et les dispositions à prendre nous rapprochaient. Et après ? Peut-être le bébé...

A la fenêtre de la maison, Sam et Mme Jaeger nous firent des signes de la main. Sam discutait frénétiquement avec Mme Jaeger et je devinai qu'elle voulait nous rejoindre.

– Montons vite dans la voiture ou bien Sam va piquer une colère et vouloir venir avec nous.

En chemin, pas un mot ne fut échangé. Je me garai au même endroit et nous entrâmes, toujours silencieuses, chez Hobson. Nous prîmes le chemin désormais familier de la salle où reposait Chris. Je pensais la trouver aussi vide que je l'avais laissée la nuit précédente, mais à l'intérieur se tenaient Tom Bardi et toute sa troupe, debout, l'air solennel, en train de signer le registre doré qu'Hobson avait déposé pour que les visiteurs prouvent ainsi qu'ils avaient accompli leur « devoir ».

On fit les présentations. Les gens se dandinaient d'un pied sur l'autre, ne sachant que dire. Peu de temps après, ils partirent à la queue leu leu, m'observant au passage. Une des filles pleurait et un jeune homme avait passé son bras autour de ses épaules pour la reconduire à la porte. Avait-elle bien connu Chris ? L'avait-elle aimé, elle aussi ? Avait-elle dormi avec lui ? Me plaignait-elle vraiment ? Je m'en voulais de tant de curiosité. Tom s'attarda quelques minutes pour pouvoir me parler.

– C'était dans le journal ce matin.

– Que disent-ils ?

– C'est juste un petit article, page 11, pas une notice nécrologique.

– On m'a dit qu'on en avait parlé aux nouvelles hier soir, aussi.

– Oui...

Il hocha la tête et prit congé.

Je me dirigeai vers le registre pour examiner les signatures en me demandant qui était cette fille, si éplorée. Je lisais beaucoup de noms que je ne connaissais pas. Mes yeux s'arrêtèrent soudain au milieu de la liste... C'était elle ; le dixième nom. Marilyn Lee. Une écriture penchée et appliquée. Elle devait être dans le même état que moi. Pauvre Marilyn. J'espérais qu'elle avait au moins pu rester seule quelques minutes avec Chris. La rivalité était dépassée.

– D'où viennent toutes ces fleurs, Gillian ?

– Des fleurs, quelles fleurs ?

Je découvris, en regardant autour de moi, une douzaine de corbeilles, certaines belles, d'autres funèbres et grotesques. Je vis une petite pile de cartes sur la table ; des bons de commande décrivaient chaque gerbe, indiquant l'expéditeur : des chrysanthèmes blancs d'une compagnie cinématographique dont j'ignorais le nom, des roses blanches et roses envoyées par Hilary, une composition florale de John Templeton et de tout le personnel, des brins de muguet provenant de Gordon Harte... et bien d'autres dont je ne connaissais pas les noms. Nos amis surtout, pour la plupart des amis. Je rejoignis Peg et me remis à pleurer. Pauvre Mme Matthews. Cela n'allait pas lui faciliter la tâche.

Nous restâmes assises deux heures environ. Quelques personnes entrèrent puis sortirent en nous saluant au passage, une ou deux serrèrent la main de Mme Matthews en murmurant le sempiternel « je suis désolé ». Combien de fois l'avait-elle entendu ? Pour son mari, pour son autre fils, et maintenant pour Chris.

Dans la soirée, un homme élégant dans un costume sombre, entra. Je crus un instant qu'il travaillait pour Hobson tant il avait l'air sérieux, mais Mme Matthews se leva et me dit :

– Gillian, je vous présente mon gendre, Don Lindquist.

Nous nous serrâmes la main et il entoura Jane de son bras après avoir embrassé Mme Matthews. Il alla ensuite s'incliner devant le cercueil de Chris.

Lorsqu'il nous rejoignit, il proposa de nous ramener tous à la maison et d'aller ensuite dîner dehors. Je déclinai l'invitation et Peg me foudroya du regard, mais je n'aurais pu supporter cette sortie.

Comme Don avait sa propre voiture, il n'était plus question de conduire Mme Matthews et Jane. J'étais contrariée d'être privée de cette occupation qui avait le mérite de m'obliger à rester saine d'esprit.

Après leur départ, Peg me regarda puis se leva.

– Bon, eh bien, maintenant, mon petit, tu rentres à la maison.

– Non, je ne rentre pas.

Je me sentais intraitable. Je ne voulais pas partir.

– Va retrouver Sam. Il est tard et ces deux derniers jours l'ont complètement bouleversée. Dis-lui que je rentrerai tard.

– Ça la troublera encore plus si je rentre sans toi, Gillian. Viens avec moi. Tu pourras revenir plus tard si tu veux.

Bonne vieille Peg, qui m'obligeait à partir, purement et simplement ! Mais elle avait raison. Je me levai, mis mon manteau et partis avec elle, me retournant pour regarder le cercueil de Chris « encore une dernière fois. »

– Où vous étiez toute la journée ? Personne ne joue avec moi. Sauf la grosse Mme Jaeger. Je n'aime pas Mme Jaeger.

Sam était furieuse ; elle se sentait abandonnée.

– Et où est Oncle Crits ?

Elle était aussi en colère contre lui. Nous l'avions tous délaissée. Elle se mit à pleurer. Je la pris dans mes bras et la berçais doucement.

– Si tu prenais ton bain avec moi ?

Cette idée la rasséréna et lui fit oublier momentanément Chris. Elle monta l'escalier en courant.

Peg proposa de préparer le dîner et je rejoignis Sam, soulagée de ne pas avoir à en dire plus au sujet de Chris. Je pensais qu'un bain chaud me ferait du bien car je me sentais inerte et j'avais ressenti de petites contractions toute la journée. Le bébé était déjà descendu et j'avais des difficultés à me déplacer.

Sam retrouva sa bonne humeur au dîner. Nous ne cessâmes de rire et de raconter des histoires drôles pour l'amuser et nous divertir nous-mêmes. Je pouffais au sujet de n'importe quoi. Tout me semblait étrange. J'étais soulagée d'être loin de chez Hobson, loin de cette boîte de bois sombre, des cartes de condoléances, de l'odeur lourde des fleurs, de Mme Matthews et de Jane. Sam alla se coucher et je me retrouvai seule avec Peg dans l'entrée.

– Peg...

– Non.

Nous nous défiâmes du regard un moment. J'en arrivais presque à la haïr. Elle n'avait pas le droit de m'empêcher de retourner là-bas.

– Tu n'iras pas, Gillian, il n'en est pas question.

– J'y vais.

Elle me barrait la route. Je me demandai un instant si je n'allais pas tâter de son crochet gauche. Nous avions l'air si stupides, debout, dans ce couloir, que je me mis à rire aux éclats. Peg m'imita et partit d'un grand fou rire, comme la fois où nous avions dévissé la cuvette des cabinets de Mlle Mac

Farlan et que nous l'entendions pousser des hurlements de colère. Nous nous étions sauvées, riant aux éclats comme aujourd'hui.

– Qu'est-ce qu'il y a de si drôle ?

Sam était revenue.

– Retourne te coucher, ma chérie.

Peg la chassa jusqu'à sa chambre. J'attrapai mon manteau et descendis les escaliers. Quand Peg me rejoignit, j'étais déjà sur le pas de la porte, les clés de la voiture à la main.

– A tout à l'heure, Peg.

– Très bien, mais si tu n'es pas rentrée à onze heures, j'appelle la police.

– Je serai là.

Je lui envoyai un baiser, fermai la porte et m'enfonçai dans le brouillard. Je restai quelques instants immobile sur le siège de la voiture à écouter les cornes de brume qui résonnaient dans le lointain.

CHAPITRE 37

Chez Hobson, la même jeune fille était là, dans la même robe, buvant le même café et lisant le journal. Cela me donna une idée.

– Je peux regarder une seconde ?

Elle me lança un regard de lapin effrayé. Personne ne lui demandait jamais rien de cette sorte.

Elle me tendit le journal que j'ouvris à la page 11. Où cela pouvait-il bien être ? Je vis tout à coup un petit encadré, tout en bas : « A Safford Field, dans l'Oakland, hier, Christopher Caldwell Matthews, âgé de trente-trois ans, a trouvé la mort en tombant d'une grue pendant le tournage d'un documentaire. Il a été transporté d'urgence à l'hôpital Sainte-Marie d'Oakland, mais il était mort sur le coup, le crâne brisé. » C'était tout. D'ailleurs, tout n'était-il pas dit dans ce raccourci ? Les gens le liraient et penseraient : « Comme c'est triste ! » ou bien : « Tout peut arriver dans ce milieu du cinéma », ou... et puis merde.

– Merci.

Je lui rendis le journal. Elle avait toujours l'air perplexe. Mon sourire finit de la décontenancer.

Je pris le chemin familier. J'avais l'impression que Chris avait toujours été là et que j'étais toujours venu le voir chez Hobson. Mais c'était le Chris mort. Le Chris vivant se trouvait à sa place habituelle, dans notre lit en désordre, dans les pantoufles qui gisaient aux quatre coins de la chambre, dans la brosse à dents plus qu'usée qui traînait encore sur le lavabo, dans son atelier où je n'avais pas encore eu la force de me rendre... Il y avait quelque chose de malsain à m'accrocher ainsi au Chris défunt, mais dans ces moments-là, il me semblait plus vivant que le Chris en chair et en os. Le Chris que j'avais connu me reviendrait plus tard, par clichés fulgurants, pendant que je ferais la vaisselle ou que je croirais l'entendre fermer une porte en haut. Ce Chris-là serait avec moi à jamais mais il était provisoirement éclipsé par celui qui était couché dans cette boîte, auquel des gens venaient rendre un dernier hommage en signant le registre des condoléances. En le consultant, je vis deux signatures supplémentaires. Je me demandai si Marilyn était revenue. J'enlevai mon manteau et entrepris de ramasser tous les pétales de fleurs qui étaient tombés, ces dernières heures. Je ne voulais pas que la pièce ait l'air désordonné. Tout à coup, je sursautai; je sentis une présence derrière moi. En me retournant, je découvris Tom Bardi, qui fumait tranquillement une cigarette dans un coin.

– Salut.

– Salut.

Nous retombâmes dans un silence feutré. J'aurais voulu être seule avec Chris mais il valait mieux que Tom soit là. Sa présence m'obligeait à lutter contre l'envie de m'approcher du cercueil pour savoir si Chris se trouvait réellement dedans. Nous restâmes assis un très long moment, en fumant sans arrêt. Nous ne bougions pas et personne ne vint nous déranger.

– Il est onze heures et demie. Vous voulez rentrer chez vous, Gill ?

– Non... Je... vais rester ici toute la nuit. Cela doit vous paraître stupide mais c'est une tradition... Ma famille... J'y tiens.

– Peg a dit que vous rentriez, pourtant.

– Peg ? Quand ? Elle vous a appelé ?

Je compris d'un seul coup.

Il répondit « non » trop vite et secoua la tête trop fort. Je savais qu'il mentait. Peg l'avait appelé et c'est la raison pour laquelle Tom se trouvait là quand j'étais arrivée. Il avait dû courir jusqu'à sa voiture et foncer pour être sûr d'être déjà assis lorsque j'entrerais. Encore une de leurs idées... Mais qu'aurais-je fait sans eux ? Leur sollicitude m'irritait, et pourtant, j'en avais besoin.

Les heures passèrent. Deux heures du matin... trois heures... cinq heures...

– Tom ?

Il dormait, à moitié couché sur le sofa. J'aurais voulu lui dire que j'allais faire quelque chose, qu'il pouvait partir s'il le voulait, mais que cela m'était indispensable. J'allais ouvrir le cercueil. Je voulais être sûre que c'était vraiment Chris, qu'il portait les mêmes vêtements, et qu'on ne l'avait pas affublé d'un costume.

J'avançai sur la pointe des pieds jusqu'au cercueil, ôtai la gerbe de roses que sa mère avait fait déposer, puis reculai en retenant ma respiration. C'était affreux de faire une chose pareille mais il le fallait. Maintenant ou jamais. Demain, il serait trop tard. Les Matthews allaient revenir et ils seraient horrifiés. Ensuite, Chris leur appartiendrait, ainsi qu'au pasteur et à l'assemblée des fidèles. Cette nuit, il était encore à moi. Il était encore Chris et non pas « Christopher Caldwell Matthews, âgé de trente-trois ans... » J'étais encore Gill, et non pas « Très chers et bien-aimés frères, nous sommes réunis ici... » Pourquoi se servaient-ils toujours des mêmes termes pour les mariages et les enterrements ? Très chers et bien-aimés de qui ? Dieu ? S'il m'aime tellement, pourquoi m'avoir fait cela à moi ? Je me souvenais du « *Vaya con Dios* » de Gordon. Dieu avait loupé le coche quelque part, vendredi dernier.

Je me retournai pour voir si Tom était toujours endormi. C'était parfait ; je pouvais y aller. La clef tourna facilement dans la serrure du cercueil. J'eus des difficultés à soulever le couvercle, qui était extrêmement lourd, mais j'y parvins enfin. J'abaissai mon regard. Chris était là... Chris... Tel que je l'avais vu à l'hôpital le vendredi précédent, mais on avait enlevé le sable sur son visage. Quelque chose, pourtant, n'allait pas... Ses cheveux ! Ils l'avaient coiffé de travers. J'allais chercher mon sac à main, sortis mon peigne et entrepris de le peigner à ma façon, en laissant les cheveux un peu en désordre. Je me penchai et l'embrassai sur le front. J'essayai de prendre sa main, mais elle était roide, comme celle d'une poupée de cire. Il était si pâle... Je m'agenouillai sur le prie-Dieu et ne le quittai pas des yeux, persuadée que j'allais le voir bouger ou respirer. Après de longues minutes, je me levai enfin et l'entourai de mes bras. Quelle étrange sensation... Je ne retrouvais plus la souplesse de ce corps à la peau si douce. Le jour commençait à poindre et effleurait son visage. C'était le même Chris qui avait reposé à côté de moi dans notre lit, l'homme-enfant que j'avais contemplé tant de fois dans le passé, quand la nuit tournait au gris pâle de l'aube. Je me mis à pleurer, non pas sur moi-même, mais sur lui. J'embrassai ses joues, ses yeux et ses mains, croisées si étrangement sur sa poitrine. Je posai une petite fleur blanche près de lui et retirai la petite chaîne en or qu'il portait autour du cou. Ce n'était peut-être pas légal, mais je l'avais toujours vu avec, et je savais qu'il ne m'en voudrait pas de l'avoir prise. C'était comme une alliance... pour toujours, jusqu'à ce que la mort nous sépare...

Je détournai les yeux en rabaissant le couvercle. Je ne voulais pas voir son visage disparaître pendant que je refermais le cercueil.

Je regardai Tom, toujours endormi sur le sofa, et m'assis sur une chaise. Le jour continuait à se lever, encore gris. Nous étions là tous les trois, Tom, Chris et moi, et j'étais contente de ce que j'avais fait parce que j'avais affronté la mort, que je l'avais touchée et embrassée... J'avais enterré le Chris mort dans son cercueil, je lui avais dit au revoir. Le Chris vivant renaissait maintenant à la vie. Je ne verrais jamais plus son corps, je ne toucherais plus son visage, mais j'entendrais son sourire, je me souviendrais de ses éclats de voix, je verrais son visage en m'éveillant le matin. Chris m'était revenu et me resterait pour toujours. Je laissai aller ma tête en arrière et m'endormis.

Je sentis que l'on me secouait et découvris le visage de Tom Bardi, penché sur le mien.

– Vous voulez du café ?

– Oui. Quelle heure est-il ?

– Huit heures et demie. Vous avez dû dormir longtemps. J'ai sombré moi-même depuis des heures.

Il revint quelques minutes plus tard avec deux tasses de café fumant que nous bûmes en bavardant. Le soleil entrait dans la pièce et la rendait beaucoup moins intimidante.

Quelques instants plus tard, Mme Matthews arriva, accompagnée de Jane et de Don. Ils étaient tous tirés à quatre épingles. Mme Matthews portait un nouveau tailleur noir, Jane une robe-manteau bleu marine et Don avait son même costume sombre.

Tom et moi prîmes congé. Nous regagnâmes chacun notre voiture et nous nous suivîmes à travers les rues vides. C'était dimanche et il était trop tôt pour qu'il y ait de la circulation. Mme Matthews m'avait demandé de la rejoindre à l'église. Je n'avais donc plus aucune raison de revenir chez Hobson. J'avais dit au revoir à Chris et j'étais heureuse d'avoir quelques heures devant moi et de pouvoir rentrer chez moi. Je me demandais seulement qui prendrait la place de Chris le lendemain chez Hobson. Je savais déjà que je n'oublierais jamais cet endroit.

Tom me quitta devant la maison et continua son chemin. Je trouvai Peg et Sam dans la cuisine, en train de prendre le petit déjeuner. Je les rejoignis et bus une tasse de café. Je sentais tout le poids de la fatigue accumulée depuis vendredi, mais j'étais plus apaisée, plus tranquille. Je montai ensuite m'étendre sur le lit, non pas pour dormir mais pour me reposer. J'étais contente que Peg et Sam soient dans le jardin, et non à mes côtés ; je voulais qu'on me laisse seule.

A une heure et demie, Peg monta et passa la tête par la porte.

– Il te reste une demi-heure.

Je me souvins tout à coup du jour de mon mariage. Peg était ma demoiselle d'honneur. Elle rouspétait et se plaignait d'avoir à porter « cet imbécile de voile que tu as choisi, Gill, espèce de garce », mais elle avait fini par s'occuper d'organiser toute la cérémonie en trouvant quand même le moyen de brûler sa voilette avec une cigarette avant de partir pour l'église. Tout Peg, quoi !

Je me préparai et me coiffai, sans savoir que mettre. La robe noire que j'avais achetée à New York était défraîchie, mon manteau de tweed pas assez foncé, ma robe bleu marine trop étroite, ma robe gris foncé avait une belle tache d'œuf sur le devant – cadeau de Samantha – et j'avais oublié de la porter à nettoyer depuis mon retour à San Francisco. Il ne restait plus que la robe de mariée, cette robe gris pâle que Chris n'avait même pas vue et qui pendait au fond du placard, là où Peg l'avait reléguée sur ma demande.

Vingt minutes après, je me contemplai devant le miroir. Je portais la robe et le manteau, les escarpins noirs, le collier de perles de ma grand-mère ; mes cheveux étaient réunis en un petit chignon bas. J'étais exactement telle que j'aurais été le jour de mon mariage avec Chris. Du bout des doigts, j'effleurai la chaîne d'or que j'avais ôtée du cou de Chris le matin... Le mariage, l'engagement de toute une vie... trop tard... beaucoup, beaucoup trop tard.

CHAPITRE 38

Mme Matthews et les Lindquist attendaient dans le bureau du pasteur, derrière l'église. Après avoir échangé quelques mots avec nous, le pasteur s'éloigna et nous entendîmes la musique s'élever au loin. J'avais complètement oublié d'aller voir l'organiste. Je ne reconnaissais pas ce qu'il jouait, mais c'était un air doux et triste. Nous pénétrâmes dans l'église et je me faufilai au premier rang, à côté de la famille de Chris. Peg et Tom s'étaient assis derrière nous. Au moment où je me retournai pour agripper la main de Peg, je vis que soixante à quatre-vingts personnes se trouvaient dans l'église. C'était peu, bien sûr ; rien à voir avec les funérailles grandioses de ma grand-mère, mais cela faisait beaucoup pour un homme comme Chris qui voyait peu de monde. Une jeune fille, vêtue d'une robe noire et cachée par un voile de la même couleur attira mon regard, sur la gauche. C'était Marilyn. Nos yeux se rencontrèrent et nos regards se soutinrent. Je n'avais avec elle ni lien ni parenté, comme avec la famille de Chris, mais nous nous comprenions mieux que cette famille ne nous comprendrait jamais. Chacune de nous était seule maintenant. Chris s'en était allé. Je me retournai pour regarder le pasteur. Chris gisait dans son cercueil couvert de fleurs.

– Frères bien-aimés, qu'il repose en paix. Amen.

Chacun priait en silence tandis que l'orgue jouait

quelque chose qui ressemblait à du Bach, et je regrettais de ne pas avoir demandé du Ravel. Les porteurs de chez Hobson firent rouler le cercueil le long de l'allée centrale. Mme Matthews, appuyée au bras de Don, se mit doucement en marche derrière eux. Jamais elle ne m'avait paru si petite. Jane la suivit et je lui emboîtai le pas, me demandant si Marylin allait se joindre à nous. Je vis que tous nous regardaient passer et j'entendis quelques reniflements et de lourds sanglots. Ils pouvaient se le permettre, pas nous. Je savais que Marilyn ne sanglotait pas. Ce sont toujours ceux qui connaissent le moins le « disparu » qui pleurent le plus.

Dehors, nous montâmes dans la longue estafette marron de Hobson, derrière le fourgon mortuaire. Je vis Peg monter dans la voiture de Tom Bardi, et la procession se mit en route, de Sacramento à Gough. Nous prîmes ensuite la grande route qui mène à Dale City, ce quartier voué aux décharges de voitures et aux cimetières.

En chemin, Jane et Don se mirent à parler; Mme Matthews et moi restâmes muettes. Nous étions assises côte à côte, elle les yeux baissés, moi regardant par la vitre et réalisant que c'était la même route que nous avions empruntée la semaine précédente, lorsque Sam et moi étions arrivées de New York. Une camionnette Volkswagen empruntée, et aujourd'hui une estafette marron. Des milliers d'années-lumière depuis, et tout cela en une petite semaine.

Au cimetière, le pasteur réapparut et nous gagnâmes la tombe tous les quatre, suivis de Peg, de Tom et de cinq personnes que je ne connaissais pas, puis de Marilyn. Je ne l'avais pas vue tout de suite. Elle se tenait à l'écart, très belle et l'air tragique, son voile nimbant son visage d'un nuage gris, élargissant encore ses yeux, sa robe noire admirablement bien coupée. Elle avait une grâce réelle et beaucoup de classe. Son maintien était plein de fierté et de dignité. Elle était venue pour Chris, bien que nous fussions là. Elle me regarda droit dans les yeux, sans montrer la moindre émotion, et je l'admirais d'être venue et d'avoir ce maintien. A sa place, j'aurais sans doute fait la même chose, mais je n'aurais pu masquer mon embarras et ma nervosité.

Le pasteur récita les prières des morts, puis ce fut le silence. Je sursautai en entendant sa voix retentir :

– Christopher Caldwell Matthews, nous te rendons à la terre et te remettons entre les mains de Dieu.

J'ajoutai silencieusement : « *Vaya con Dios.* »

Nous regagnâmes nos voitures. Au moment de démarrer, je me retournai et vis Marilyn, au même endroit, droite, fière et solitaire. Une veuve. Une veuve avec son voile noir.

CHAPITRE 39

Les Lindquist quittèrent San Francisco tout de suite après l'enterrement en emmenant Mme Matthews avec eux. Elle resterait quelque temps à Fresno. Je promis de l'appeler lorsque le bébé serait né.

En arrivant devant chez moi, je vis la voiture de Tom Bardi devant la maison. Il bavardait avec Peg et Sam mais leur discussion s'arrêta lorsque j'entrai.

– Bonjour, Maman. Où est Oncle Crits ?

C'était presque une plainte. Son regard suppliant m'obligeait à lui répondre quelque chose.

– Sam, viens t'asseoir un peu avec moi.

– Est-ce qu'il est parti comme mon vrai papa ?

– Non, pas comme ça.

Je ne voulais pas qu'elle croie que la vie n'était qu'une succession d'hommes qui s'en allaient et revenaient de temps en temps pour rendre une petite visite. C'était peut-être vrai, mais pas pour Chris, pas cette fois-ci.

– Sam, tu te souviens quand grand-mère Jeanne est partie au ciel ?

– Tu veux dire la maman de papa ?

– Oui.

Je vis Peg et Tom se lever doucement et quitter la pièce en fermant la porte sans bruit derrière eux. Je crois que Peg pleurait, mais je n'en suis pas sûre. Je regardais Sam. Il fallait vraiment que je lui parle, que je lui dise quelque chose qu'elle garderait toujours en elle, quelque chose de Chris.

– Eh bien, ma chérie, quelquefois Dieu aime tellement les gens qu'il estime qu'ils ont accompli tout ce qu'ils avaient à faire et qu'il les emmène avec lui au ciel.

– Est-ce qu'il aime chacun de nous autant ?

– Oui, il nous aime tous, mais il en laisse certains sur terre très longtemps. D'autres, au contraire, repartent plus tôt avec lui.

– Maman... Est-ce qu'il t'aime tellement, toi ?

Son menton commençait à trembler.

– Sam, ma chérie, il ne m'arrivera rien.

Je voyais très bien où son raisonnement la menait.

– Mais il avait besoin d'Oncle Chris pour l'aider à certaines choses. Aussi, maintenant, Oncle Chris est au paradis avec le Bon Dieu et grand-mère Jeanne.

– Est-ce qu'il reviendra nous voir ?

– Pas comme tu le crois. Mais chaque fois que tu penseras à Oncle Chris, cela équivaudra à sa visite. Quand tu penseras à lui, il sera toujours avec toi. Nous pourrons parler de lui, penser à lui et continuer à l'aimer. C'est cela que veut dire « pour toujours ».

– Mais je veux qu'il soit là, avec nous.

Ce regard... Oh... ce regard...

– Moi aussi, mais c'est ce que le Bon Dieu a décidé. Il va nous manquer beaucoup, mais nous sommes ensemble, et je t'aime tellement, tellement...

Elle se précipita dans mes bras et nous nous mîmes à pleurer.

– Sam, je t'en prie, ne sois pas triste. Oncle Chris ne voudrait pas que tu le sois. Il n'est pas triste, il ne souffre pas et il nous aime toujours.

Nous restâmes enlacées. Je la berçais, nos larmes se mêlaient et ses petits doigts serraient ma nuque, s'agrippant à la vie. Je continuai de la bercer longtemps et, lorsque je m'arrêtai, je m'aperçus qu'elle s'était endormie. Ma petite Indienne sauvage qui encore la semaine passée mettait trois vers de terre dans la main de Chris devrait vivre avec le fait qu'il était parti. Je l'étendis sur les coussins du sofa. Son visage était toujours baigné de pleurs.

Je me levai, contemplai le jardin et respirai profondément avant d'aller rejoindre Tom et Peg. Ils étaient assis dans la cuisine, les yeux rougis. Ils me regardaient avec embarras.

– Tu veux boire quelque chose ? demanda Peg.

– Non, c'est inutile.

– Où est-elle ?

– Sur le sofa. Elle dort. Je ne vais pas la réveiller pour dîner. Ces deux derniers jours ont été durs pour elle. J'espère qu'elle ne se réveillera pas.

– Vous voulez que je la porte dans son lit ?

– Merci, Tom. C'est une bonne idée. Je crois que je vais aller me coucher, moi aussi. Je suis épuisée.

Je pus à peine gravir l'escalier. Tom montait devant moi avec Sam dans les bras. Peg me suivait et j'avais presque envie de lui demander de me pousser, tant la dernière marche me semblait éloignée.

Je me couchai sur le lit, toujours vêtue de la robe grise. Peg entra pour m'aider à me déshabiller.

– Je n'en peux vraiment plus, Peg.

– Je sais. Enlève seulement la robe. Tu vas te reposer un peu.

J'obéis et m'étendis pendant que Peg fermait les volets et éteignait les lumières. Je m'endormis aussi rapidement et aussi profondément que Sam, quelques instants plus tôt.

On me poignardait, quelqu'un essayait de m'assassiner ou de m'assommer. Des gens me rompaient le dos, me tailladaient l'estomac, déchirant chacun de mes muscles. Mon Dieu, à l'aide ! Qu'on me vienne en aide, s'il vous plaît... Je luttais pour me réveiller, me débarrasser ainsi de ma douleur et échapper à ce cauchemar. Je me sentis sans force, éreintée, me tournai pour regarder le réveil près du lit. Je soulevai la tête et la même douleur m'assaillit, m'arrachant le dos, se propageant jusqu'à mon ventre comme des mains qui auraient déchiré mes entrailles. La douleur me fit crier. Peg entra. La douleur s'était un peu calmée et j'essayais de reprendre mon souffle.

– Gill ? Qu'est-ce qui ne va pas ? Je t'ai entendue... Quelle mine tu as...

– Je ne me sens pas très bien.

J'essayai de me lever mais la douleur me transperça de nouveau. Je dus m'agripper aux draps pour ne pas crier.

– Ne bouge pas. J'appelle le médecin. Quel est son nom ?

– Morse. Son numéro est dans le bloc-notes à la cuisine... Dis-lui... que je pense que je vais accoucher... Dis-lui...

Une autre vague de douleur me traversa. Je restai allongée, luttant contre la panique, essayant de maîtriser ma souffrance en attendant le retour de Peg.

– Il m'a dit de t'amener tout de suite à l'hôpital. Peux-tu marcher jusqu'à la voiture ?

Je tentai de me soulever, mais je ne pus m'asseoir. Le drap était taché de sang.

– Oh, mon Dieu... Peg...

– Calme-toi, Gill. J'ai appelé Tom. Il vient pour garder Sam et il va te porter jusqu'à la voiture.

Je m'allongeai de nouveau, trop éreintée pour parler davantage. L'image de Peg s'estompait, s'évanouissait puis réapparaissait. La douleur ne cessait de m'agresser, de m'empoigner et de me précipiter contre des rochers acérés. Je voulais tenir la main de Peg mais sans y parvenir, tant j'étais agitée. Je vis ensuite Tom dans l'embrasure. Je sentis qu'il me soulevait, roulée dans la couverture ; puis il m'installa dans la voiture. Je pense que je dus m'évanouir car, lorsque je rouvris les yeux, je vis des milliers de lampes au-dessus de ma tête.

J'entendais des gens parler autour de moi et agiter des objets métalliques. Je me sentais prise de vertiges, j'avais l'impression de flotter sous les lumières, d'être suspendue entre deux mondes. Et puis... Chris... Peg... Ils m'écartèlent... Oh, mon Dieu... Ils sont en train de me tuer... Je vous en prie, arrêtez-le... Je ne peux pas le supporter, je ne peux pas, je ne peux pas... Et tout sombra dans le noir.

Je m'éveillai dans une pièce étrange, avec l'envie de vomir. Je regardai autour de moi, vis Peg, puis tout s'obscurcit. Je ne cessais de passer du réveil au sommeil. Chaque fois que je me réveillais, je voyais Peg, puis elle disparaissait. Quelque part, dans un autre monde, il y avait une femme sur un lit, avec des transfusions et des tubes. Je la voyais très clairement, mais je ne savais pas qui elle était. Cela m'étonnait, mais pas assez pour que je me pose des questions. J'étais trop fatiguée... trop fatiguée...

Oh, comme mon ventre me fait mal...

– Peg ? Qu'est-il arrivé ?

Je me retournai vers elle pour lui parler... Mon ventre... Il est tout plat... le bébé...

– Peg ?... Peg ?... Le bébé ?

Mais je savais déjà ce qui s'était passé. Le bébé était mort.

– Recouche-toi, Gillian. Tu es restée longtemps inconsciente.

– Je ne veux pas le savoir.

Les sanglots me déchiraient et ravivaient la douleur. Un peu plus tard, je lui demandai quelle heure il était.

– Deux heures.

– De l'après-midi ?

– Oui, Gill... Et nous sommes mardi...

– Mardi... ?

Les infirmières allaient et venaient, Peg me rendait visite puis repartait ; le temps passait. Il n'y avait plus aucune raison de se précipiter ou de se faire du souci. Sam était à la maison avec Peg et Mme Jaeger; Chris et le bébé étaient partis. Rien n'avait plus d'importance. Rien ni personne. Ni Chris ni le bébé, ni Sam ni moi. Absolument rien.

Peg avait dû passer des appels parce qu'il y avait de nouveau des fleurs de la part d'Hilary, de Gordon, et de John Templeton « et de tout le personnel ». J'avais l'impression de revivre les obsèques. Simplement, maintenant, cela ne me touchait plus. Tout m'était absolument égal.

Je découvris aussi que les hôpitaux ont la coutume de mettre une femme qui vient de perdre son enfant dans le même service que les mères qui viennent d'accoucher. C'est un des actes psychologiquement les plus inhumains de la médecine moderne, mais c'est ainsi. Je passais mes journées à entendre les nouveau-nés pleurer et crier dans leur berceau.

On me fit savoir combien pesait mon enfant, quels étaient sa taille, son groupe sanguin, et le temps qu'il avait vécu : sept heures et vingt-trois minutes exactement. Je ne pus parvenir à le voir. C'était un garçon.

A la fin de la semaine, je me sentis plus forte et les médecins décidèrent de me laisser rentrer chez moi le dimanche. Il le fallait, de toute façon; Peg devait partir.

– Je reste une semaine de plus.

– Non, Peg. Tu es restée ici bien assez, à t'occuper de moi et à supporter tous mes malheurs.

– Arrête de dramatiser, je reste.

– Ecoute, Peg, je vais appeler l'agence et trouver une aide familiale. Je dois me reposer trois semaines. Tu ne vas tout de même pas attendre tout ce temps.

Peg se laissa alors fléchir et nous nous mîmes d'accord sur un compromis. Elle resterait jusqu'au mercredi suivant.

Je quittai donc l'hôpital le dimanche. On me donna congé en même temps qu'à une demi-douzaine de filles extasiées, portant leur bébé dans des couvertures aux couleurs pastel. Peg vint me chercher en voiture. J'arrachai mon sac de voyage des mains de l'infirmière, montai dans la voiture et ne pus lâcher qu'une seule phrase :

– Allons-y, Peg, foutons le camp d'ici.

Elle appuya sur l'accélérateur et nous filâmes en direction de Sacramento Street.

A la maison, tout était dans un ordre parfait. La super-efficacité de Peg Richards était visible partout. Sam m'attendait à la porte avec un petit bouquet de fleurs qu'elle avait cueillies dans le jardin. C'était bon de la retrouver. Je me sentais coupable d'avoir si peu pensé à elle à l'hôpital. Mais maintenant, elle était bien là, ma Sam chérie.

Peg m'obligea à monter dans ma chambre, me mit au lit et m'apporta une tasse de thé. J'avais l'impression d'être une reine. Une reine alitée, mais une reine quand même. Je n'avais qu'à rester au lit et me faire servir.

Je me sentais encore très faible et j'étais heureuse que Peg me préserve du monde extérieur. Le téléphone sonna deux fois après mon retour. D'abord ce fut Mme Matthews, et ensuite Gordon. Peg me consultait du regard chaque fois, mais je secouais la tête. Pas encore. Tout le monde savait. Ça suffisait. Je n'avais rien à ajouter. Mme Matthews me dirait combien elle était désolée. Je l'étais déjà assez moi-même et j'étais désespérée d'ajouter ainsi à son chagrin.

Gordon aurait voulu venir, ou souhaitait que je retourne à New York, mais je ne voulais pas en entendre parler. J'avais fait un choix, une fois pour toutes, et je m'y tenais. New York, la revue, rien ne m'importait plus. Tout cela était du passé, malgré tout ce qui était arrivé.

En regardant mon courrier, je vis que Gordon avait envoyé la photo où nous nous trouvions tous les trois devant la Rolls. J'y jetai un rapide coup d'œil, puis l'abandonnai sur la table de nuit. Peg s'en était emparée.

– C'était il y a si longtemps, tu sais...
Elle remit la photo dans son enveloppe.

L'hôpital m'avait été bénéfique sur un seul point : il avait mis un écran entre moi et la brutale réalité qui m'avait frappée si soudainement. Pour l'instant, il m'était impossible d'errer dans la maison, de toucher les objets et de me replonger dans les souvenirs. Je devais d'abord me reposer. J'aurais tout le temps plus tard.

Les jours suivants s'écoulèrent doucement. Peg partit le mercredi, après nombre d'embrassades et d'au revoir, et la promesse mutuelle de téléphoner et d'écrire. Elle m'annonça même qu'elle reviendrait une semaine au printemps. Tom Bardi l'emmena à l'aéroport ; je commençais à me demander s'il n'y avait pas autre chose entre eux que leur désir commun de m'aider. Ces quelques jours passés ensemble avaient créé entre eux ce lien particulier qui peut se tisser entre deux personnes durant une croisière. Ils avaient été coupés de leur univers habituel, et aussi confrontés ensemble à une série de désastres. En formant un cercle autour de moi, ils s'y étaient enfermés eux-mêmes. Mais ils pourraient très bien, comme après une croisière, ne plus rien se trouver en commun, si jamais ils se rencontraient de nouveau. Peg n'avait rien dit avant de partir. J'étais donc restée sur ma faim.

Tom était du même monde que Chris, très semblable à lui dans sa franchise et sa désinvolture, mais il était plus simple et plus gentil. Il n'avait pas l'honnêteté impitoyable de Chris, ni bien sûr sa vivacité d'esprit. Pour toutes ces raisons, je pensais qu'il devait être plus facile à vivre. Il était aussi beaucoup moins doué pour les mots. J'avais remarqué, avant que Peg nous quitte, qu'il la regardait avec une sorte de crainte. Tout cela donnait matière à réflexion.

Je trouvai une aide familiale que j'installai dans la chambre de Sam, et le train-train quotidien reprit son cours. Je retrouvais des forces et souffrais un peu moins. Comme je l'avais dit à Sam, Chris était toujours parmi nous. Nous parlions de lui, le souvenir de son visage illuminait mes journées et le son de sa voix remplissait mes rêves. Je dormais presque tout le temps, beaucoup trop d'ailleurs. C'était une échappatoire facile ; dans mon sommeil, Chris était toujours présent. Il attendait que je m'endorme, prêt à me prendre la main et à m'attirer à ses côtés, loin de la maison vide... et de la vérité.

CHAPITRE 40

En mars, j'appris par une lettre de John Templeton que Julie Weintraub était restée dans le coma presque trois semaines et qu'elle était morte sans avoir repris connaissance. C'était une grâce du ciel car ses derniers jours de lucidité l'avaient crucifiée de douleurs inouïes. Pour moi, c'était comme l'épilogue du livre de ma vie : Chris, le bébé, Julie. Tous partis. Ma vie se peuplait de fantômes. J'étais alors remise sur pied, m'occupant dans la maison, peignant un peu, passant mes loisirs avec Samantha, et laissant couler le temps sans vraiment l'employer. Je n'avais de goût à rien. J'avais repris une partie du poids que j'avais perdu et j'avais bonne mine grâce aux longues marches que je faisais avec Sam.

Tom Bardi venait souvent, achetait de petits cadeaux pour Sam et restait parfois dîner avec nous. Il ne disait pas grand-chose mais sa présence était agréable. Il ne faisait jamais allusion à Peg, mais si je l'évoquais, il semblait tout à coup se dresser sur sa chaise et écoutait avec attention tout ce que je disais d'elle. C'était touchant à voir, et je ne cessais de me demander si Peg savait quelque chose, à moins qu'une relation n'eût existé entre eux, auquel cas j'aurais été la dernière informée.

Un jour, n'y résistant pas, je me lançai :

– Est-ce que vous avez quelquefois des nouvelles de Peg ?

– Non.

Et il se mit à rougir.

– Pourquoi ne l'appelez-vous pas de temps en temps ?

– L'appeler ?

Il prit un air tellement choqué que je n'abordai plus le sujet. C'étaient des adultes, après tout. Peg était l'une des personnes les moins complexées que je connaisse et Tom donnait l'impression de savoir mener sa barque. Je décidai donc de me taire et de m'occuper de mes affaires.

Gordon m'avait donné deux fois signe de vie avant son départ pour la France, plaidoyers passionnés m'implorant de penser à moi et à lui et d'aller le rejoindre. Mais je ne voulais quitter ni San Francisco ni Chris.

Je n'avais pas encore entrepris de mettre de l'ordre dans les affaires de Chris mais, lorsque je me sentais trop seule, j'ouvrais sa penderie, je regardais ses bottes, ses jeans et ses pulls, et son odeur m'envahissait, me laissant croire qu'il reviendrait bientôt. Son atelier était resté tel quel. Je n'y étais montée qu'une seule fois pour chercher des papiers, jamais depuis. Tout le monde à la maison savait que c'était un domaine interdit, qui devenait peu à peu un tombeau.

J'écrivais régulièrement à Peg et lui racontais ce que nous faisions, mais elle ne me répondait que de temps à autre. Je savais qu'elle se lassait de son travail ; elle m'avait même laissé entendre dans une lettre qu'elle envisageait peut-être de le quitter. Mais elle n'y fit plus allusion par la suite. Elle savait de toute façon que ma porte lui était toujours ouverte et que j'espérais sa venue. Peu à peu, elle se mit à me titiller dans ses lettres, avec des phrases comme : « Il faut que tu rencontres des hommes... » « Tu devrais chercher du travail... Tu devrais faire un voyage... » Elle ne me proposa pourtant pas de retourner à New York, connaissant mon opinion sur ce sujet.

L'année scolaire de Sam se termina fin mai, et en prenant le petit déjeuner avec elle, un matin, je réalisai que Chris était mort depuis cinq mois. D'une certaine façon, c'était comme si Sam et moi avions toujours vécu ainsi et, à l'inverse, j'avais encore l'impression que Chris venait de passer dans la cuisine le matin même. Je laissais aller les choses en maintenant Chris en vie, pour survivre moi-même.

Je me sentais très seule, mais cela n'avait rien à voir avec la solitude que j'avais dû supporter lorsque j'étais retournée à New York. Cette période-là avait été houleuse, pleine de soucis, de contradictions et de constantes frustrations, bien que je ne m'en sois pas rendu compte à l'époque. C'était un temps plein de colère. Mais rien de tout cela ne subsistait maintenant, si ce n'est le fait que j'étais seule. Cette situation irrévocable, je l'avais acceptée sans révolte. Mon bateau restait à l'ancre, sans destination. Je n'avais d'ailleurs aucune envie de partir, j'étais bien où j'étais. Je peignais davantage, lisais beaucoup et me renfermais de plus en plus sur moi-même, menant un peu une vie de nonne. Je traversais un long tunnel sombre ; il serait toujours temps d'aviser si je parvenais au bout.

Sam devait se rendre chez son père en juin, et je pensais partir dans les montagnes, autour du lac Tahoe, pour changer d'air, mais j'hésitais. J'étais heureuse à la maison, entourée des affaires de Chris, heureuse de dormir dans son lit, heureuse dans ses pulls. J'avais finalement épousé Chris. Mais je m'étais mariée à un homme mort et je flottais à ses côtés, presque aussi morte que lui.

– Sam, on sonne. Sois grande et va ouvrir. Je suis en haut, mais demande qui c'est avant.

Tom Bardi monta les marches quatre à quatre et surgit dans la chambre.

– Peg arrive !

– Quand ?

– Demain.

Il souriait de toutes ses dents.

– Vraiment ? Vous êtes sûr ? Comment le savez-vous ?

C'était bizarre que je ne sois pas au courant.

– Elle vient de m'appeler.

Je vis dans ses yeux qu'il m'en voulait de paraître si incrédule.

– Elle arrive demain matin. De bonne heure. Je vais la chercher.

J'eus envie de lui demander si j'avais le droit d'aller l'attendre moi aussi. J'avais toujours connu Peg et voilà qu'un étranger allait la chercher... Je gardai pourtant le silence. Peut-être Peg préférait-elle qu'il en soit ainsi. Elle l'avait prévenu, pas moi. Au même instant, le téléphone sonna. C'était Peg.

– J'arrive demain.

– Je sais.

– Ah ?

– Tom est ici.

– Dis-lui bonjour pour moi. Est-ce que tu m'acceptes encore chez toi ?

Tous mes soupçons fondirent comme neige au soleil, ou presque...

– Bien sûr, je suis si heureuse ! Combien de temps restes-tu ?

– Une semaine, peut-être deux, peut-être trois. Je verrai. Il faudrait vraiment que je m'arrête chez ma mère avant de repartir.

– Parfait. Tom m'a dit qu'il irait te chercher. A demain, Peg. Je suis si impatiente !

Je raccrochai.

– Est-ce qu'elle voulait me parler ?

– Elle était pressée. Elle sera là demain, Tom.

On aurait dit un petit garçon. L'expression de son regard me rappelait Chris et aussi Samantha.

Tom dévala l'escalier et disparut.

Quand je le revis, il se tenait sur le seuil de la porte d'entrée, derrière Peg. On aurait dit qu'il venait de découvrir une mine de diamant. Peg se jeta dans mes bras, et ce ne furent que rires, exclamations et embrassades, auxquels Sam participa.

– Bienvenue, Peg. Tu nous as tellement manqué !

– Eh bien, je vois que rien n'a changé ici. Comme c'est agréable d'être de retour !

Tom déposa ses valises dans la chambre de Sam. Nous déjeunâmes ensemble et bavardâmes quelque temps. Ils sortirent ensuite faire une promenade puis allèrent au cinéma. Je me couchai de bonne heure et n'entendis pas Peg rentrer.

Le lendemain matin, lorsque je descendis pour le petit déjeuner, Peg avait ce regard sévère qui signifiait qu'elle allait « me parler »... Tante Peg. La leçon de morale. Je rassemblai mon courage grâce à une tasse de café et un sourire. Peg m'avait manqué.

– Gillian...

Son ton était décidé.

– Oui, Peg ?

J'essayais de rire, mais sans succès.

– Où est Sam ?

– Dehors, avec des amies. Pourquoi ?

– Parce qu'il faut que je te parle et je ne veux pas que Sam entende. Gill, quand je t'ai dit que cette maison n'avait pas changé, hier, je ne croyais pas si bien dire. Mon Dieu, Gill, toutes ses affaires sont encore étalées partout, ses papiers, ses vêtements, ses chemises, sa brosse à dents. Quel châtiment t'infliges-tu ? Tu as vingt-neuf ans. Il est mort. Pas toi. Je parie que tu n'as même pas rangé son atelier. Tu l'as fait ? Est-ce que tu l'as fait ?

Elle avait touché juste. C'était vrai, mais comment pouvait-elle comprendre ? Peg avait beaucoup de cœur et une vie pleine qu'elle s'était bâtie, mais elle ne s'était jamais mariée, elle n'avait pas eu d'enfant et n'avait jamais perdu l'homme qu'elle aimait ni un enfant. Non, elle ne pouvait pas comprendre.

– Peg, tu ne comprends pas.

– Si, je comprends, et même beaucoup mieux que tu ne pourras jamais le penser. Tom dit la même chose ; il dit que tu portes ses vêtements, que tu parles de lui comme s'il était là. Tu ne sors pas, tu ne fais rien. Seigneur, Gill, c'est lamentable.

– Ce n'est pas lamentable. C'est ainsi que je veux vivre. Fous-moi la paix, tu veux ?

J'étais furieuse parce que je n'appréciais pas les vérités qu'elle me lançait.

– Je n'ai pas le droit de te parler ainsi... mais je le prends. Parce que je t'aime, Gill, et que je ne supporte pas de te voir agir comme ça. Tu as fait pas mal de bêtises et j'ai toujours été à tes côtés. Tu es revenue à New York pour avoir ce bébé et je n'ai rien dit, parce que j'ai pensé que tu avais peut-être raison. Je n'aurais pas agi ainsi, mais je pouvais au moins le comprendre. Mais ça... c'est différent, c'est morbide. Je t'en prie, Gill, je t'en supplie, regarde le mal que tu te fais, à toi et à Sam. Est-ce que tu crois que ça lui fait du bien, à elle ?

Je savais qu'elle disait vrai, et j'étais déjà prête à répliquer, lorsque, en levant les yeux, je vis qu'elle pleurait. Les larmes me vinrent aux yeux, je posai ma tête sur la table et me mis à sangloter. Elle venait de balayer cette fausse sérénité dans laquelle je m'étais enfermée depuis des mois. Parce que je n'avais jamais regardé les choses en face. J'avais connu la paix parce que j'avais vécu dans un rêve, sans affronter la réalité. Peut-être aurais-je supporté d'avoir perdu Chris, si j'avais eu le bébé, mais, avec sa disparition, plus rien n'avait existé. Plus rien de réel. J'avais bâti mon propre monde et je m'étais accrochée à Chris. Il avait suffi d'une dizaine de minutes pour faire éclater le cocon que j'avais construit autour de moi. Je me retrouvais assise dans cette cuisine, nue, écorchée, le cœur à vif, confrontée à tout ce que je m'étais caché ces derniers mois, confrontée à la mort. Chris était mort.

Peg me laissa pleurer tout mon saoul, tout en s'affairant dans la cuisine. Une seule fois, elle mit sa main sur mon épaule et me dit : « Je suis désolée, Gill. » Je parvins à lui dire qu'il ne le fallait pas. Elle avait bien fait de me parler. J'avais eu tort, terriblement tort, et j'avais fait beaucoup de mal à Samantha, par la même occasion.

– Peg, tu veux m'aider ?

– Comment, mon poussin ?

– En m'aidant à tout déblayer.

– Quand ?

– Maintenant.

– Maintenant ?

– Oui. Si je ne le fais pas maintenant, je ne le ferai peut-être jamais, et je vivrai éternellement dans cette toile d'araignée que je me suis tissée.

– Très bien. On y va.

Pendant des heures, nous nous appliquâmes à trier, à classer et à faire des piles d'affaires. J'aurais pu me croire au lendemain des obsèques. La souffrance était omniprésente, intacte. Je mis de côté quelques objets pour Mme Matthews, d'autres pour Jane, et gardai quelques affaires dont je ne parvenais pas à me séparer. Je les rangeai volontairement dans une boîte, sachant ainsi que je pourrais les regarder ou les toucher chaque fois que je le voudrais, mais que je n'aurais plus à les voir constamment.

Le reste fut mis dans le bas d'un placard, prêt à partir pour une œuvre de bienfaisance.

Peg et moi nous interrompîmes dans nos rangements avant le retour de Sam. Il ne restait plus rien au deuxième étage. Nous avions tout passé en revue.

– Demain, l'atelier.

– Tu veux que Tom nous aide ?

– Oui.

Le lendemain, nous nous attaquâmes tous les trois à l'atelier, triant et classant tous les papiers. Je donnai pas mal de choses à Tom, en particulier du matériel qui pourrait lui servir. Nous travaillâmes d'arrache-pied toute la journée. A dix-huit heures et sept minutes, il ne restait plus rien. Les biens terrestres de Christopher Caldwell Matthews avaient été partagés et dispersés. La fin d'une ère.

CHAPITRE 41

Peg était à la maison depuis quinze jours et je commençais à me poser des questions. Elle ne faisait aucune allusion à son départ et je ne voulais pas lui en parler, de peur qu'elle puisse croire que je voulais la mettre à la porte. Elle passait le plus clair de son temps avec Tom. Je la voyais peu, mais elle semblait heureuse; San Francisco paraissait lui convenir. Sam et moi profitions de nos derniers jours ensemble avant qu'elle parte rejoindre son père. Je pensais chercher du travail; comme toujours, la venue de Peg avait produit son effet.

Un matin que j'étais plongée dans les offres d'emploi, Peg arriva. Elle se tenait sur le pas de la porte avec cette expression particulière qui signifiait qu'elle avait à me parler.

– Viens, lui dis-je, et ne prends pas cet air guindé. Assieds-toi et ménage-moi. J'ai été très sage. Je regarde même les offres d'emploi dans le journal...

– Mon Dieu, ai-je un air si solennel ?

– Oui, tout à fait. Qu'y a-t-il ?

Elle s'assit en paraissant retenir sa respiration.

– Eh bien... Tom et moi, nous nous marions.

– Peg ! C'est sensationnel !

Je courus à elle et l'étreignis.

– Quand ça ?

– Demain.

– Tu as la dispense ?

Les mêmes mots que j'avais adressés à Chris, il n'y avait pas si longtemps...

– Oui.

– Mais enfin, tu n'aurais pas pu m'en parler ?

– Je ne savais pas. Honnêtement, Gill, je n'étais pas sûre. J'en avais le sentiment après être rentrée à New York, mais je n'ai jamais eu de nouvelles de Tom et je ne savais pas si Tom éprouvait la même chose que moi... Et puis... zut !...

– Peg, je ne peux pas y croire ! Les contes de fées existent donc... pour certains.

Nous détournâmes les yeux ; nous savions que le rêve de l'une avait coïncidé avec le cauchemar de l'autre.

Tom sonna à la porte. Je l'embrassai et le félicitai. Il se mit à rougir jusqu'à la racine des cheveux.

– Elle vous a dit ?

– Que m'a-t-elle dit ?

Il rougit encore plus, tandis que Peg et moi poussions des cris de joie.

– Elle te fait marcher, chéri, je lui ai tout dit.

Il parut soulagé.

Thomas Hugo Bardi et Margaret Allison Richards se marièrent le lendemain. Je retrouvais les mêmes gens un peu bizarres que nous avions côtoyés, Chris et moi, lorsque nous étions allés chercher notre dispense. Cela me rappelle que je l'ai toujours, d'ailleurs.

Samantha et moi assistâmes à la cérémonie avec un ami de Tom, puis nous allâmes tous déjeuner.

Après le déjeuner, Tom vint chercher les affaires de Peg à la maison ; ils allaient passer leur lune de miel chez lui. Lorsqu'ils furent partis, je me rendis compte combien la réalité était aux antipodes des rêves de petites filles que nous avions toutes caressés en classe. Peg avait toujours juré qu'elle s'enfuirait avec un cow-boy professionnel ou presque. Aucun de nos rêves ne s'était réalisé. Mais c'est peut-être mieux ainsi ; ils allaient très bien s'entendre, tous les deux. Je me demandais si la mère de Peg était au courant. La redoutable Mme Richards était l'antithèse de sa fille ; elle aurait certainement son mot à dire sur cette affaire.

Le lendemain midi, ils réapparurent et restèrent déjeuner, bavardant avec Sam, assis dans la cuisine comme s'ils étaient mariés depuis sept ans.

– Que vas-tu faire de tes affaires à New York ?

– Une des filles du bureau m'a dit qu'elle me les emballerait et qu'elle me les enverrait. Je n'ai pas grand-chose, et elle pense même en garder puisqu'elle reprend mon appartement.

Ce qui me fit souvenir que le bail de la maison de Chris expirait le mois suivant ; il faudrait le renouveler.

– Ils ont été très gentils au bureau. Ils ont dit qu'ils savaient que ça arriverait un jour ou l'autre et ils m'ont offert un poste équivalent à Oakland comme cadeau de mariage.

– Tu vas faire la navette entre ton bureau et ta maison ?

– Oui, bien sûr. Ça en vaut la peine.

– Qu'est-ce que ta mère va dire ? J'ai oublié de te le demander l'autre jour.

– Rien que je puisse te répéter, mais elle s'y fera.

Nous continuâmes à bavarder et je me disais que c'était bon de les voir ensemble. Mais cela me faisait sentir plus durement l'absence de Chris. Tout était si étroitement mêlé : la joie de les savoir unis et la douleur que cela provoquait en moi... Je pense que Peg se rendait compte de la situation, bien que je n'en aie jamais soufflé mot.

– Gillian ?

– Oui ?

– Pourquoi ne pars-tu pas en voyage ? Et puis, tu sais, je crois qu'il faudrait que tu envisages de trouver un logement plus petit.

– Dis donc, Peg, doucement ! J'ai nettoyé toute la maison, suivi tous tes conseils, mais ne te fais pas d'illusions. Ça s'arrête là. Alors, tu te calmes. Pourquoi ne te fais-tu pas les griffes sur Tom ?

– Ne te vexe pas. Je le maintiens, tu pourrais au moins faire un voyage. Tu n'as pas encore de travail et Sam va partir. Pourquoi ne pas aller à Hawaii ou ailleurs ?

– Parce que je n'aime pas Hawaii. J'y suis allée avec Richard avant la naissance de Samantha et il n'a pas arrêté de pleuvoir.

– Bon, eh bien, ailleurs alors.

– J'y penserai.

Je n'avais aucune intention de partir. Avoir mis de l'ordre dans la maison était une chose, la quitter en était une autre.

Tom et Peg se levèrent en promettant de revenir le lendemain ou le surlendemain.

– Écoutez, les enfants, vous êtes en pleine lune de miel, vous n'allez pas jouer les baby-sitters, non ?

– Non, mais on aime ton café, répondit Tom en me donnant une tape amicale sur l'épaule.

Ils pensaient sans doute que leur devoir était de s'occuper de moi. C'était bien de leur part. Peut-être se sentaient-ils aussi une dette envers moi, pour leur avoir permis de se rencontrer. Quoi qu'il en soit, j'aimais les avoir près de moi et les regarder vivre, même si, sans le vouloir, ils me faisaient sentir ma solitude. Je les regardais partir côte à côte, échanger des regards et se tenir la main lorsqu'ils pensaient que je ne les voyais pas. Chris était parti depuis bien longtemps.

CHAPITRE 42

J'avais reçu une lettre de Gordon me disant que tout allait bien pour lui et qu'il se plaisait à Eze. Il pensait faire une exposition à Paris, à la fin de l'automne, si sa cadence de travail se maintenait. Il avait loué une petite maison avec une vue inouïe et des fenêtres à lucarne. Il apprenait à jouer aux boules.

Il me suggérait de venir le voir quelques jours, si je me rendais en Europe cet été, et même de passer un mois avec lui, « si ça me tentait ». Mais d'après le ton de son invitation, j'avais l'impression qu'il savait déjà que je n'accepterais pas. Je ne l'avais pas vu depuis des mois qui me paraissaient des années. Je me sentais plus vieille, différente, pas plus sage mais simplement un peu plus lasse ; et surtout, oui, différente. Je préparais les affaires que Sam allait emporter chez son père et je regrettais un peu que Tom et Peg ne soient pas là. La maison serait si vide sans Sam... Mais c'était mieux que de la voir faire des allées et venues tous les week-ends et de la sentir perturbée par les visites que son père lui aurait faites, s'il avait habité à proximité de chez nous. Je me demandais si Sam grandirait avec le même sentiment d'incommunicabilité avec son père que moi avec le mien. C'était peut-être le prix qu'il faut payer, ou que certains pères paient.

Le téléphone sonna. Ce devait être Peg.

– Allô ?
– Allô ? Allô ? Oui ?... Allô ?
– Oui, je suis là... Allô ?
La ligne était très mauvaise.
– Madame Fo-ress-taire, s'il vous plaît. Nous avons un appel de la part de M. Harte.
Le « Haarte » roulait dans la gorge de la standardiste, me rappelant mes professeurs de français à l'école.
– C'est elle-même.
– Gillian ?
– Oui, Gordon. Qu'est-ce qui te prend de m'appeler de si loin ? Tu es donc devenu si riche que ça ?
– Je suis assis devant le plus beau coucher de soleil que j'aie jamais vu. Il fallait que je t'appelle. Je veux que tu viennes.
– Pour un coucher de soleil ? Je crois que je le manquerai. Tu es extraordinaire ! C'est un grand voyage, Gordon. Je veux encore rester ici.
– Pourquoi ne pas venir ? Amène Sam, ce serait merveilleux pour elle.
– Son père vient la chercher dans deux jours. Tout est prévu pour son été, tout au moins pour un mois. Moi, je reste pour m'occuper de la maison.
– Pour qui ?
– Pour moi.
– Gillian, je t'en prie, ne me réponds pas maintenant. Réfléchis, je t'en supplie.
– Très bien, j'y penserai.
– Non, tu ne le feras pas, je le sais.
Il avait raison.
– Si, je te jure, je vais y réfléchir. Je t'écrirai pour te dire ce que j'ai décidé.
Je lui dirais non.
– Non, si tu m'écris, ce sera pour me dire que tu ne viens pas. Je te rappellerai dans quelques jours. Il y a un vol direct Los Angeles-Nice. Je pourrai venir te chercher.
– Mais je ne suis pas allée là-bas depuis que j'étais petite fille...

– Eh bien, il est temps que tu y reviennes... S'il te plaît...

Sa voix se faisait plaintive.

– Bon, j'y penserai. A part ça, comment ça va ?

– Admirablement. Je suis heureux ici. Tu avais raison.

Au moins, j'avais su donner de bons conseils à quelqu'un. Ce n'était pas juste. Ce n'était la faute de personne si Chris avait fait une chute mortelle.

– Comment va Greg ?

– Il est venu ici pendant les vacances de Pâques. Il s'y est beaucoup plu et m'a promis de revenir en juillet.

Il y avait quelque chose de nouveau dans la voix de Gordon ; je le percevais malgré le brouillage qui persistait sur la ligne.

– Ecoute, cet appel va te coûter une fortune. Je t'appellerai bientôt.

– Penses-y, Gill. J'ai besoin de toi.

– Au revoir.

– Au revoir, je te téléphonerai à la fin de la semaine.

« J'ai besoin de toi... J'ai besoin de toi. » Depuis combien de temps un homme ne m'avait-il pas dit ces paroles ? Des mois ? Plus que cela ? Chris avait-il eu besoin ou envie de moi ? Gordon, lui non plus, n'avait pas eu besoin de moi, du moins pas avant notre séparation. Combien de temps s'était écoulé sans qu'un homme ait eu besoin de moi ?... Etait-ce d'ailleurs jamais arrivé ?... J'ai besoin de toi...

J'appelai Peg et lui racontai ma conversation avec Gordon. Sa réaction fut instantanée :

– Vas-y.

C'était un ordre, mais j'attendais une réponse. Pourquoi l'avais-je appelée ? Pour l'entendre me dire cela ? Pour l'entendre dire « Vas-y » ?

– Ne sois pas stupide. Si j'y vais, ce sera pour tout casser.

– Qu'est-ce que tu veux dire par là ? Il a été assez bon pour toi dans le passé, que je sache. Tu as autre chose de mieux en vue ? Merde, Gillian, à ta place, je sauterais sur l'occasion.

– Evite que Tom entende ce que tu dis...

– Très bien, très bien, mais si tu ne pars pas, tu es cinglée.

Nous raccrochâmes, irritées l'une contre l'autre. J'étais en colère contre Peg et contre moi-même, parce que je l'avais appelée. Elle n'avait pas fini de me ressasser tout l'été que j'avais tort de ne pas aller le rejoindre.

Sam partit avec Richard. Ils prenaient l'avion pour Londres. Avant de me quitter, il me regarda d'un air de commisération.

– Je suis désolé pour tout ce qui t'est arrivé.

Il n'en connaissait pas la moitié.

– Et moi donc ! Je te remercie. Mais on s'en tire bien. Sam se plaît à San Francisco.

N'importe quoi pour changer de sujet.

– Tu ne vas plus jamais en Europe. Pourquoi ne viendrais-tu pas cet été pour récupérer Sam ? Ça te permettrait de te balader, comme avant.

– Et de récupérer ma jeunesse ?

– Je n'ai pas dit ça.

– Non, mais tu y as pensé. Je verrai. Il y a tellement de monde qui va en Europe...

Je promis à Sam de lui téléphoner. Elle pleurait en me quittant. Je me souvenais que j'éprouvais les mêmes affres lorsque j'étais petite, et j'avais le cœur serré en la voyant s'éloigner.

Je rentrai chez moi et m'assis, écoutant le silence, regardant les jouets qu'elle avait laissés dans le salon, me demandant comment les gens pouvaient survivre sans enfant.

Le téléphone sonna. J'espérais que c'était Peg. J'avais besoin d'elle pour redonner vie à la maison.

– Allô ?

C'était de nouveau Gordon. Je n'avais même pas songé à sa proposition. C'était trop tôt. J'avais besoin de temps. « Je t'en prie, un peu de temps. Pas encore... »

– Gillian ? Quelle est ta réponse ? Avant que tu parles, je veux que tu saches que je comprendrai si tu ne viens pas. Je te veux ici avec moi, mais je comprends. Je n'ai pas le droit...

– Je viens.

Je tombai presque de ma chaise en m'entendant accepter.

– Tu viens ?

Je n'étais pas la seule à être surprise.

– Oui, je viens juste de me décider, vraiment, là, maintenant.

J'étais encore abasourdie.

– Quand viens-tu ?

– Je ne sais pas. Je n'y ai pas vraiment songé jusqu'à maintenant. Quand y a-t-il un avion ?

– Demain.

– C'est trop tôt.

– Bon, l'autre est pour demain en huit. Ça devrait te donner le temps de te retourner. Quand Sam part-elle ?

– Elle vient de partir il y a dix minutes environ.

– Très bien, alors je viens te chercher à Nice la semaine prochaine. Je serai à l'aéroport. Gillian, ma chérie... merci. Tu seras si bien ici, vraiment, tu seras bien... Merci...

Je balbutiai quelques mots en guise de réponse et nous raccrochâmes. Qu'est-ce que j'avais encore fait ? Eh bien, je m'étais accordé quelques vacances, rien de plus. Oh, mais si ! Beaucoup plus. J'avais tendu la main et je m'étais de nouveau rendue nécessaire, parce que j'avais moi aussi besoin de Gordon. C'était si merveilleux d'éprouver ce sentiment ! Chris... Chris... Mon chéri, je suis désolée.. A mesure que je montais l'escalier, le souvenir de Chris m'envahissait, ainsi que celui de Marilyn. Le véritable Chris aurait compris, j'en étais certaine.

– Peg ? Je pars. Je viens juste d'avoir Gordon au téléphone. Je men vais demain en huit.

– Alléluia ! On arrive tout de suite.

Ils arrivèrent en effet avec une bouteille de vin d'Espagne que nous terminâmes en une heure, au milieu de grands fous rires et d'amicales bourrades. Ils étaient « fiers » de moi. Trop fiers. J'avais la sensation d'avoir trahi Chris et, pendant un instant de répit, je m'échappai à la cuisine pour aller chercher de la glace, mais aussi pour les fuir.

Tom arriva sur mes talons et m'observa tandis que je tripotais le bac à glace. J'essayais de ne pas pleurer et de ne pas le regarder. Il m'agrippa le bras et me sortit du réfrigérateur dont je m'étais fait une cachette.

– Gillian, il l'aurait voulu. Il n'aurait pas aimé te voir dans cet état.

– Je le sais, mais je n'y peux rien. Je dois... Je devrais...

– Je sais. Mais maintenant, tu dois mettre un terme à tout ça. Aime-le, Gill, souviens-toi de lui et de ce qu'il était. Mais n'en fais pas un fantôme. Ce n'était pas son genre ni le tien. Nous ne l'oublierons jamais. Peut-être n'aimerais-tu jamais personne autant que tu l'as aimé, mais je parierais que tu l'aimes encore plus maintenant qu'il est mort.

C'était vrai, si vrai... J'avais douté de lui et passé de bien mauvais moments à ses côtés, mais je l'avais aimé.

Des larmes se mirent à couler le long de mes joues. Je me tournai vers Tom et lui rétorquai avec fierté :

– Je l'aimais vraiment.

– Je n'en doute pas, bien sûr. Mais il faut être courageuse, Gill. Arrête d'hésiter. Tu ne l'as jamais fait dans le passé, et Chris ne l'aurait pas fait davantage.

Je m'agrippai à Tom et pleurai. C'était presque de l'histoire ancienne.. N'hésite pas... Fais le premier pas... En avant... démarre... avance... pour aimer à nouveau... sois courageuse... pour aller à Eze, courageuse pour Gordon. Courageuse pour Chris.

Lorsque nous sortîmes de la cuisine, Peg nous demanda :

– Alors, on s'embrasse dans la cuisine... ? Ecoute, Gill, ça me gêne de te le demander... mais est-ce que nous pourrions t'emprunter la maison pendant que tu seras absente ? Il faut qu'on parte de chez Tom. C'est trop petit et ça me porte sur les nerfs. Le bail se termine ce mois-ci, et il faut que nous trouvions quelque chose très vite.

– Bien sûr ! Tu n'as même pas besoin de me le demander. Vous pouvez emménager demain.

– Je pense qu'on pourra quand même attendre la semaine prochaine.

J'étais contente de savoir que la maison serait habitée pendant que je serais partie, par des gens en chair et en os, des gens heureux. Nos amis dans la maison de Chris.

Une semaine plus tard, Tom et Peg m'emmenèrent à Los Angeles. J'avais insisté pour prendre l'avion à San Francisco et changer à Los Angeles, mais Tom devait aller voir ses parents et ils voulaient absolument me conduire à l'aéroport.

– Comment vais-je savoir si tu n'es pas restée à Disneyland tout l'été, en nous faisant croire que tu es en France ?

– Tu n'as pas confiance en moi ?

– Non.

Peg n'avait pas l'air convaincue, en effet. Le voyage fut très agréable et nous nous relayâmes au volant, ce qui fit paraître le trajet plus court.

– Vol Pan American, n° 115, départ porte 43... Dernier appel pour tous les passagers à destination de Nice, France... Vol Pan American...

– C'est celui-là.

– Oui.

Nous étions là, nerveux, ne sachant plus quoi nous dire. La même attitude que chez Hobson. Seigneur, combien je haïssais les adieux...

– Peg, prends soin de toi... J'écrirai... Tom...

Il m'étreignit très fort, puis Peg me serra contre elle, chavirée.

– Maintenant, grimpe dans ce foutu avion avant que je tombe dans les pommes. Tu y vas, oui ou non ?

Chère vieille Peg ! Toujours pareille !

– Au revoir.

Tom me fit un clin d'œil complice.

– On s'occupera bien de la maison. Dis-nous quand tu rentreras pour qu'on nettoie la poussière avant !

Ils continuèrent à me faire des signes tandis que je me dirigeais vers la porte d'embarquement. Je me retournai une dernière fois ; ils étaient toujours là, me regardant partir, les mains enlacées.

CHAPITRE 43

Ce n'était pas encore la grande période des vacances et l'avion était à moitié vide. C'est un long trajet, que la plupart des gens interrompent par une escale à New York. Presque tous les voyageurs semblaient européens. Je n'avais personne à côté de moi. De l'autre côté de l'allée, il y avait un homme, également seul, qui avait, lui, un air très américain. Il me regarda à plusieurs reprises et j'évitai de me tourner vers lui, de peur qu'il veuille engager la conversation.

Je dormis presque tout le temps. Lorsque je m'éveillais, je contemplais les nuages et je pensais à Peg. Comme nous étions intimes maintenant ! Tom était devenu un excellent ami. Je pensais que leur union était parfaite, qu'ils passeraient sûrement leur vie ensemble. Qui aurait cru cela l'année précédente ?

– Excusez-moi, mais ne seriez-vous pas Lillian Forrest ? Je crois vous avoir rencontrée à New York.

C'était le type de l'autre côté de l'allée. J'avais envie de lui répondre : « Non, mon nom, c'est Jane Jones. »

– Gillian Forrester. Vous n'étiez pas loin.

Je regardai volontairement ailleurs, espérant qu'il serait satisfait d'avoir trouvé qui j'étais. J'évitai de lui demander la réciprocité de l'information, de peur que cela ne l'entraîne à poursuivre la conversation.

– Vous ne le croirez pas, mais je vous ai rencontrée à une soirée que vous avez donnée. Oh, ce devait être en octobre de l'année dernière à New York. C'était une soirée très réussie.

– Merci.

– Je travaillais dans une banque à New York, et cette nana me dit : « Je suis invitée à une soirée terrible, tu vas voir si cette fille sait recevoir ! » Comme elle avait raison ! Quelle soirée ! Vous me croirez si vous voulez, mais après ça, elle s'est mariée, j'ai été muté à Los Angeles et ma sœur a eu des jumeaux. Vous vous rendez compte ? Tout ça depuis l'automne dernier...

Et il me regarda comme s'il ne parvenait toujours pas à y croire.

– Merci beaucoup. Pour la soirée, j'entends. Vous avez eu une année bien remplie, dirait-on.

Je pensai aussitôt que je venais de l'encourager à poursuivre.

– Oui. Quelquefois, je m'appuie sur le dossier de ma chaise et je me dis : « Quand je pense que je suis ici, à Los Angeles, qui l'aurait cru ? » Je veux dire que c'est un nouveau monde, une toute nouvelle vie.

– Hmmm... Je vois ce que vous voulez dire. Qui le croirait, en effet ?

Je me détournai à nouveau et me mis à regarder par le hublot les nuages qui flottaient en contrebas.

– Vous voulez que je vous dise, Lillian, vous avez l'air différente. Pour un peu, je ne vous aurais pas reconnue, et pourtant je n'oublie jamais un visage.

Il me contempla un moment.

– Oui, vous avez changé. Quelque chose dans votre visage. Vous n'avez pas vieilli, mais vous n'êtes plus la même.

C'est vrai, vieux frère, « différente », mais aussi plus vieille. Tu aurais pu le dire, va, parce que je le mérite.

Je me détournai pour la dernière fois et dormis jusqu'à notre arrivée à Nice.

– Veuillez attacher vos ceintures et ne plus fumer. Nous arriverons à Nice dans quinze minutes environ. Il est quinze heures trente-cinq, heure locale, et la température extérieure est de vingt-six degrés. Merci d'avoir choisi la compagnie Pan American. Nous espérons que vous avez fait bon voyage et nous vous souhaitons un agréable séjour à Nice. Pour votre retour, faites vos réservations en vous adressant à notre agence locale dans le grand hall des départs. Merci et au revoir...

L'avion atterrit et roula lentement vers les aires d'arrivée. Lorsque je descendis les marches de la passerelle, je me mis à regarder tout autour. Aucune trace de Gordon. Je me souvins tout à coup qu'il fallait d'abord passer par la douane, et me dis qu'il devait m'attendre de l'autre côté. Je me sentais étrangement calme, tout juste ennuyée de n'avoir pas pris le temps de me repeigner avant de débarquer. J'avais dormi jusqu'à la dernière minute et je me sentais moulue. Le voyage avait été long.

Le douanier tamponna mon passeport et mes bagages.

– Au revoir, Lillian... A un de ces jours.

C'était mon compagnon de voyage. Gordon n'éait toujours pas là.

Il avait peut-être été retardé par la circulation. Et si jamais... ? Oh non, il n'y avait rien d'autre. Seigneur, je vous en prie, ne me faites pas ça. Vous ne pouvez pas me haïr à ce point... Non, oh non... Je commençais à paniquer lorsque je le vis tout à coup devant moi. Plus grand que dans mon souvenir, plus mince aussi. Sa barbe était plus fournie et ses yeux plus bleus dans son visage bronzé. Il se tenait là, incertain, comme s'il n'était plus sûr d'avoir eu raison d'insister pour que je vienne. Tous ces derniers mois se dressaient entre nous et défilaient dans nos yeux. Nous restions immobiles.

– Attention à la marche, madame, elle est très haute... Attention à la marche, monsieur...

Un employé de l'aéroport avertissait les touristes qui arrivaient. Vous avez raison, monsieur, c'est une marche particulièrement haute. Et les mots de Tom me revenaient en mémoire : « Sois courageuse, Gill. Ne tergiverse pas... » Je descendis la marche, doucement, posément, puis une autre, en regardant bien où je mettais les pieds. Regarde toujours où tu mets les pieds... Regarde ces marches... une... deux... Je me retrouvai devant lui.

Il continuait à me regarder interminablement, comme s'il n'arrivait pas à en croire ses yeux. Il m'attira à lui, doucement, en me prenant tendrement dans ses bras.

– Je suis revenue, murmurai-je sur son épaule.

Il ferma les yeux et me pressa plus fortement contre lui.

– Maintenant, je sais. J'ai cru que je t'avais perdue, toi aussi.

Au bout d'un moment, nous nous regardâmes. Nos passés se reflétaient dans nos yeux : ce que nous avions été, les êtres que nous avions aimés, ceux que nous avions perdus, tous de façon différente... Sa femme, mon mari... Juanita... Greg... Chris.. Ils se tenaient tous autour de nous et nous regardaient partir main dans la main, vers notre foyer.

IMPRESSION : BUSSIÈRE S.A., SAINT-AMAND (CHER) (NOVEMBRE 1998)
N° D'IMP. : 2482. – D.L. JUIN 1998.
Imprimé en France